ハヤカワ・ミステリ文庫
〈HM519-1〉

鑑識写真係リタとうるさい幽霊

ラモーナ・エマーソン
中谷友紀子訳

早川書房
9072

祖母のミニー・S・エマーソンに

鑑識写真係リタとうるさい幽霊

登場人物

リタ・トダチーニ……………………鑑識課写真係。ナバホ族の居留地で生まれ育った
アーマ・シングルトン…………高速道路で死亡した女性

サミュエルズ…………………………鑑識課長。リタの上司
シーヴァース（アンジー）……鑑識課所属。部長刑事
マーティン・ガルシア…………刑事
バルガス………………………………刑事。ガルシアの相棒
アルメンタ……………………………元刑事。長年ガルシアの相棒だった
デクラン………………………………内務調査課所属。警部補
ブレイザー……………………………検死医
ハリソン・ウィンターズ………判事。失職の後、自宅で死亡した
サンバダ………………………………シナロア・カルテルの最高幹部
イグナシオ・マルコス…………サンバダの元部下
マティアス・ロメロ……………イグナシオの右腕
セドリック・ロメロ……………マルコス・カルテルのリーダーのひとり

アン……………………………………リタの母
ミセス・トダチーニ……………リタの祖母
グロリア………………………………リタのいとこ
シャニース……………………………リタの幼なじみ
フィリップ……………………………リタの友人。同じアパートメントの住人
ミスター・ビッツィリー………まじない師

第一章　ニコンD50 18-55mm DX

　魂は遺体のようには千切れない。両脚を天に吊りあげられても、必死に留まろうと指先を白くしてしがみつく。そしてわれわれに、遺された者たちに、自分だけが知る真実にすがりつく。魂はみずからの最期の、誰よりもたしかな目撃者だ。

　わたしは身を切るような寒風のなかで死者のそばに立ち、その写真を撮る。

　今夜、それは形を留めていない。骨や肉は二時間にわたってアスファルトと鋼鉄の塊《かたまり》に押しつぶされ、そこにあるのは、暗い高速道路に兵士の隊列のように並んだ黄色いプラスチックの鑑識標識板だけだ。全部で七十五枚、この魂の終焉《しゅうえん》の場所を示している。血も肉もすでにアスファルトの一部となり、砂や化学物質と混じりあっている。現場鑑識班の主任が遠くにもう一枚標識板を置いた。76番。

無線機からノイズが漏れた。

「OMIが現場に急行中」法医学事務所《OMI》、州内の検死を担当するニューメキシコ大学付属の法医学施設だ。「高速40号線西行き車線、ルイジアナ跨道橋《こどうきょう》付近で遺体発見。高速道路上に遺体発見。応答せよ。フォト・ワン、到着したか」

「こちらフォト・ワン。到着しました」

どうやら長丁場になりそうだ。わたしはニコチンガムの最後のひと袋に指をつっこんでふた粒を取りだし、紙のつなぎ服とラテックスの手袋を身につけた。どちらも寒さしのぎにはならない。立入禁止テープの下をくぐる。鑑識写真係は真っ先に現場入りしなければならない。来月で六十六カ月。死者の写真を撮って五年半になる。

今回は轢死体《れきしたい》だ。筋肉も皮膚も鋼鉄にはね飛ばされ、引きずられ、ゴムの熱や推進力やスピードといった物理的な力によって引き裂かれている。標識板の列ははてしなく長く、黄色く光るヘビが黒々とした空と道の先へとのたくっているようだ。現場にはすでに大勢が集まり、その大半が警官で、数人ずつ固まって小声で言葉を交わしながら惨状を見渡している。

わたしは1番の標識板に近づいた。夜空の下、まずは現場全体の写真を撮影する。高いところに立ち、広角レンズで一枚にぴったり収める。無数の輝きが黄色い靄《もや》のようにひとつながりになり、すべての標識板の、すべての遺体片の位置を浮かびあがらせている。最初の十点は骨片や肉片といった小さく判別不能なものばかりだ。21番の標識板あたりで、やや大きな塊が現れた。青白くつやのある皮膚が見えている。剃ったばかりの脚の一部だ。その日の朝についたらしき切り傷も、褪《あ》せた〝永遠〟のタトゥーも、細部にいたるまですべてカメラに収める。それが脚だと判別できるのは、肉からほの白い骨が突きだしているためだ。大腿骨が。22番は足首の一部、23番は左足で、指が二本欠損し、そこにあいた穴から這いだすようにヘビと樹木のタトゥーが刻まれている。三十センチ離れたところに見つかった二本の足指はひからびた筋状の皮膚でつながったままだ。24番。

もう片方の脚は原形を留めたまま、腿《もも》の下あたりで引きちぎれている。路面にこすれて骨が露出した膝頭は北を向き、折れ曲がった膝から下は南へのびている。両脚とも骨はきれいに切断され、むきだしになった肉が広げた指のように見える。右足の骨は残らず折れているようだ。小指が欠損。30番。

臀部《でんぶ》はジーンズの縫い目につなぎとめられ、かろうじて形を保っている。左脚が十五センチほど残っていて、骨は露出していない。切断面のすぐ上に付着したタイヤ痕の一部にカメラのピントを合わせる。風が吹き寄せて鉄臭い濃厚なにおいが鼻腔にもぐりこみ、かすかな腐臭を喉に感じる。

破れて血に染まったジーンズのウエストのすぐ上で腰が引きちぎられ、腸骨稜《ちょうこつりょう》が突きだしている。フラッシュを焚《た》くと、粉々になった背骨がフレームのなかで白飛びしてスパンコールのように光を放った。補助《スレーブ》フラッシュとアダプターを使ってもう一度撮りなおす。ファインダーごしに、二十ドル札がポケットからのぞいているのが見えた。最初に見たときには気づかなかった。写真番号175。

続いて四角く囲われた路肩のほうへ移動し、遺体片のサイズと各部の距離を注意深く測っていく。肝臓と腸、腎臓、子宮は跡形もない。どの臓器もタイヤに轢《ひ》きつぶされ、砂埃《すなぼこり》がこびりついている。34番の標識板が置かれた心臓は、目に見えない天使が運んでいったかのように路肩の草むらで見つかった。見たこともないほど無傷な状態で、いまにも脈打ちそうに思える。絵葉書に描かれた〝イエスの聖心《みこころ》〟みたいだ。

47番の標識板にたどりつくころには、内臓の大半を含め、遺体の半分の撮影がすんでいた。それでも47番は胴体の形を留めていた。定規で測ると縦の長さは三十八センチ。小柄な女性だったようだ。凝った美しいタトゥーがいくつも刻まれているが、その逸話が語られることはもはやなく、インクの線もずたずたに断ち切られている。胸郭の脇の路面には三メートルほどのスリップ痕が幾筋も残り、一面の遺体片のなかをうねりながらのびている。

十五センチほど千切れずに残った上腕の周囲には、破れて環状に丸まった薄いグレーのTシャツの袖が巻きつき、皮膚に食いこんでいる。肩甲骨の上に軽くのったままのきらきらしたナイロンの紐二本はブラの一部だ。残りは胴体の脇に丸まって転がり、黒いタールの筋がついている。フラッシュのチャージ音が夜空を切り裂く。写真番号231。

あたりには夜霧が立ちこめている。凍てつく冷気のなかでも帽子とマフラーは汗でぐっしょりだ。どちらもひっぺがす。目を上げて残りがどのくらいかをたしかめた。撮影を続けていると、捜査員とトラックの運転手のやりとりが耳に入った。わざわざ車をとめたのはその運転手ひとりだった。

「なにも見えなかった。ドスンと音がしただけで。音がしただけなんだ、さっきから言ってるように」

「ええ、わかります。音がしたのはどこでしたか」

「左の前輪のあたりで、そのあと左の後輪でも。後輪がなにかを轢いたのがわかったから、車をとめたんだ」

「それから?」

「車を飛びだした」運転手は口ごもり、後ろがメッシュ素材になった青いキャップのつばに手をやった。「そしたら、ばらばらになったものが見えたんで通報したんだ」

何百もの車が彼女を轢き、気づかないうちに肉片を街の外にまで運んだということだ。発見できずじまいの部位がいくつもあるにちがいない。すでに現場にいるのは警察関係者ばかりになっている。鑑識官が五名、刑事と制服警官が十五名、そしてカメラ係のわたし。あたりを照らすのは赤く点滅するパトカーの警光灯だけだ。今夜は月明かりもなく、空はインクのような藍色に覆われている。わたしは作業を再開した。まだ半分ほど残っているが、すでに指先がしびれている。

標識板48番以降は腕と指の断片が続いた。親指は千切れ、根もとまで嚙んだ爪には赤いマニキュアがところどころ残っている。路面の黄色いライン上に落ちている足の小指も、手指と同じ色に塗られている。残りの脚部からの距離は六メートルあまり。写真番号456。

頭蓋骨の欠片《かけら》のうち最大のものは下顎骨《かがくこつ》で、二本の歯が欠損、歯茎はまだ血がにじんでいる。68番。路上に何時間か放置されていたにもかかわらず、皮膚はまだやわらかい。骨頭部、つまり耳の下で骨をつなぐ関節の部分は細い毛髪にうっすらと覆われ、四十五度の角度で斜め後方に突きだしている。皮膚に血痕はなし。シャッターボタンに指をかけてファインダーをのぞく。フラッシュが目を射る。

背後から鑑識官のひとりが検死医のドクター・ブレイザーと歩いてきた。医療廃棄物用ゴミ袋の箱を抱えたドクターが手を伸ばしてわたしの肩に触れた。顔を上げたわたしにぎこちなく笑いかけて会釈する。

「リタ」

わたしも会釈を返した。ふたりはそのまま通りすぎた。

「何時間くらい経過していると思います？」警官のひとりが報告書に記入しながら訊いた。

ドクター・ブレイザーは立ちどまって空を見上げる。

「二、三時間といったところだろう。日没は何時だった？」

話の続きを聞いていようとしたが、跨道橋の上で野次馬を追いはらう警官たちの大声に邪魔された。三人が暗がりに駆けこみ、警官の懐中電灯の光がそれを追う。わたしもあとでそこへ上がって、不審なものがあれば残らず撮影してこないといけない。紙のつなぎ服を着た警官たちが防護柵の隙間や手すりの上を懐中電灯で照らしている。ひとりが標識板を置くのが見えた。足が痛みだす。集中しなければ。もう五十二時間眠っていない。

鼻骨と眉弓は砕けて白いばらばらのパズルと化し、血に染まっている。標識板77番。頭蓋骨は縫合線に沿って割れ、続いて大小の断片に分かれたその中身が現れはじめた。黄色い標識板が並んで立っている。88番、89番、90番。眼窩《がんか》を飛びだした片方の眼球が潰れたビール缶とフロントガラスの破片のあいだに見つかり、それも撮影する。93番。歯がいくつか落ちていて、十五センチ離れたところに煙草の灰と吸い殻の山がある。二日間の凍てつく嵐のせいでその山は形を留めている。二週間ほどまえにこの道路を走行した車が捨てていった灰皿の中身がそのまま凍り、解け残った氷によって偶然にも風雨から守られていたらしい。98番。

続いて跨道橋にのぼった。橋の上は二車線の道路になり、両脇に歩道がある。靴底に振動を感じながらそこを歩く。片方の車線は警察によって規制され、歩道の一部も黄色いテープで封鎖されて、ぽつんとひとつ立った黄色い標識板が通行車のヘッドライトを反射している。歩道に落ちたハンドバッグを撮影させようと、ふたりの刑事がわたしを待ちかまえていた。むさ苦しい太っちょのほうがマーティン・ガルシア刑事。もうひとりは相棒になったばかりの無口なバルガス刑事。長年のガルシアの相棒だったアルメンタ刑事は、先月心臓発作で警察を退職した。標識板番号はM2——各種遺留品。

「バッグに身分証がないか調べたいんだ、リタ」ガルシアが言った。

わたしが写真を撮るまで、誰もどこにも触れられない。ふたりともいらだっている。ガルシアは両手を腰にあて、脂ぎったその顔が照明灯のオレンジの光を浴びてぎらついている。

「さあ」とガルシアがせかして、カメラをかまえてボタンを押す仕草をする。

た。

「こっちだ。手すりの向こうにある」ガルシアはぶよぶよの毛深い手に水色の手袋をはめた。

「M1は？」

わたしは手すりに近づいて懐中電灯で下を照らした。

跨道橋から張りだした鉄骨に赤いハイヒールが一足ぶらさがっている。ぎざぎざになった縁にストラップが引っかかったのだ。ガルシアも隣に立ってのぞきこんだ。

「お気に入りじゃなかったらしいな」

ハイヒールの真上の手すりを指紋係が黒い粉末で覆った。うっすらとした汚れのようなもののなかに黒い紋様が浮かびあがるのを待って、指紋採取が試みられる。そこは被害者が最後に跨道橋に触れた場所だ。四本ずつの指がふた組、必死に手すりを握りしめた跡が残っている。この女性は自分で飛び降りてはいない。続いて検出された手形の一部がより大柄な人物の存在を示している。強靭《きょうじん》でごつい、深い皺の刻まれた手の持ち主だ。左の手形はかすれているが、右手は鮮明で、それを見るかぎり被害者を手すりの向こうへ押した人物はゴム手袋をはめていたようだ。鑑識官たちはその手形もテープで証拠保存用の台紙に転写した。

わたしはフラッシュで跨道橋を照らし、カメラのフレームに二十四センチの赤いハイヒールを収めた。ブーツの重みでバランスをとりながら手すりの向こうへ身を乗りだす。フラッシュ。ファインダーの表示によれば撮影可能枚数が千枚、保存枚数が九百六十五枚。Ｍ２のところへ戻り、ハンドバッグの真上に立って定規をコンクリートの地面に置いた。バッグは幅二十五センチ、高さが十五センチ。白い革はやわらかく、くたびれていて、底面は擦り傷に覆われている。茶色い革の取っ手は脂と汚れで黒ずんでいる。ファスナーは開いたままだ。カメラをかまえてそのバッグを、ここで起きたことの唯一の目撃者をフレームに収める。バッグの右側面の革に靴跡が残っている。おそらくはワークブーツだ。鑑識官のひとりがバッグから財布を出して開くと、古びた写真が一枚地面に落ちた。若い女性の写真だ。長く豊かな、緩くカールした髪。にこやかに笑いながら、まばゆい銀髪の女性の首に腕を巻きつけている。はじけるような笑顔だ。赤いタンクトップ姿で、右胸に赤ん坊の顔のタトゥーを入れている。そのタトゥーはさっきも見た——というより、その残骸を。鑑識官が被害者の運転免許証を出して財布の上にのせた。それも撮影する——アーマ・シングルトン。靴のサイズは二十四センチ。日常が永遠に続くと思っていた。シャッターを切る。写真番号１０００。

　跨道橋を下りて高速道路に戻ろうとしたときには、空の色が黒から青へ変わり、星々も低いところから順に消えはじめていた。夜が明けてきたせいで路面の黒ずんだ血痕が目で見えるようになっている。右へ左へといびつに曲がり、ところどころ渦巻きを描いている。遺体の最後の軌跡だ。わたしはメモリーカードを交換した。明るくなったおかげで、ぶらさがった赤いハイヒールの下に広がる光景を上から撮ることができた。薄汚れた革の靴の真下に最初に飛び散った血を。

ＯＭＩはすでに遺体の大半の採取、保存をすませている。あとは黄色い標識板を数枚残すばかりだ。くたびれた顔の鑑識官たちは早く家へ帰って枕に顔を埋めたそうにしている。わたしも帰ってすんなり眠れるように祈るしかない。

最後に血痕をたどって、見落としがないかと探しはじめた。漂う死のにおいが濃くなっている。

そのとき、それが目に入った。警官も鑑識官も、誰ひとり発見できなかった小さな肉塊だ。全員が二、三度は通ったはずだが、それでも見落とされていた。皮膚の色が路肩の赤土とそっくりなせいだ。すでに地面に溶けこみ、朽ちようとしている。

「来て！」わたしは声をあげた。

その場が荒らされないうちに何枚か写真を撮った。懐中電灯がいっせいに地面に向けられ、光の輪がわたしの足もとに集まる。顔の一部だ。片耳と片目がついたままで、瞼《まぶた》は半開きになっている。緑の瞳は玉虫色に変わりはじめている。

「標識板を置いてもらっても、巡査?」

返事はない。

「巡査?」

「あ、すみません」着任三日目のブランドン巡査が黄色い標識板を置いた。

百番。

わたしはシャッターを切った。ここまでに百を超える死体の断片と所持品を撮影した。合計千十五枚。手と膝には擦り傷が五つ、白い紙のつなぎ服も汚れ放題だ。

そのあと十五分のあいだ車のなかにすわり、三枚のメモリーカードと五枚のメモをチェックした。

こめかみのあたりが痛みはじめた。目を閉じて追いやろうとしても消えない――痛みも、そして助手席にすわった濃い黄色の光も。

第二章　エキザクタVX1000

その光は、物心ついたときからずっとそばにいた。いまでもほとんどすべて覚えている。わたしはおとなしい赤ん坊だった。祖母の話では、二十四時間ぶっとおしで黙っていることもあり、死んではいないかと心配で、祖母もわたしの母のアンも眠れなかったそうだ。でも朝が来るとわたしはぱっちり目をあけて空を見ていた。わたしだけに見えるひと筋の光を。わたしは泣かなかった。ただ目を見開いていた。いつもいつも。

「この子、どこかおかしいのよ、母さん」虚空《こくう》を見つめてきゃっきゃと笑うわたしを見て、母はよく心配した。

「どこもおかしくなんかないよ。そこにいる誰かとおしゃべりしてるだけ、そっとしとけばいいの」

祖母がそう言うのを覚えている。そしていつも振りむいて、わたしの見ているものをたしかめようとした。なにも見えなかったはずだといまではわかる。

わたしにとって、そこにあるのはたくさんの光と笑顔の集まりだった。それにかん高い笑い声と、くっきりとしたシルエットと。光たちは親が赤ん坊をあやすようにわたしをあやした。すぐそばに近づいてくるので、甘い香りまで嗅ぎとれるほどだった。わたしは光たちのことが、ハチミツが滴《したた》るようなそのささやきが気に入った。傷つけられることも、悪意を向けられることもなかったので、わたしもいつも微笑み返した。

赤ん坊のころは、夜にベビーベッドの柵の上から母がこっそりのぞきこみ、シャッターの音を響かせながら、眠らずにいるわたしをカメラで撮るところを眺めたものだった。横長のファインダーをのぞく母の目は、どこか得体の知れない、ぼやけた茶色い点に見えた。左側にシャッターボタンがついたエキザクタのカメラも、母のぎざぎざの爪も、わたしと同じ奥まった茶色い目も覚えている。母の寝室の黄金色の明かりの下、目をらんらんとさせて起きていたときのことはなにもかも忘れずにいる。

ぱちぱちと写真を撮られているとき、わたしは母との距離を感じた。カメラを顔から離すときも母はわたしを標本みたいに見るだけだった。いびつでうまくはまらないパズルのピースみたいに。母はきれいだった。わたしの母親になるには若すぎた。子供っぽさの残るやわらかい顔には、先のことなど考えていないふわふわとしたお気楽さが感じられた。抱きあげられると、落っことされそうで怖かった。細い腕は骨ばり、抱き方も不慣れで、ぎこちなく左右に身を揺らしては、ときどきわたしをきつく胸に押しつけて、眠たげな潤んだ目でのぞきこんだ。わたしがお腹を空かせるとお乳を飲ませた。でもその目はわたしを素通りして、わたしのいない未来を見ていた。

哀れなアンが赤ん坊を抱えて途方に暮れているのは明らかだった。妊娠は軽率な行為の結果で、わたしの存在はその過ちを絶えず思いださせるものだったはずだ。お酒を二杯半飲み、狭くて寒い大学寮の部屋まで二ブロック歩くあいだに、アンはわたしの父にくどき落とされた。エイベルという青年で、笑顔とえくぼを武器に、何カ月もアンに言い寄っていたのだそうだ。アンがカメラを向けるたびにエイベルは拒んだ。かまわずシャッターを切っても、写真に収められたのは、エイベルの手でさえぎられた顔や目や唇の断片ばかりだった。

ついに根負けした日の翌朝、エイベルはアンにキスをしてまた会おうと言い、それっきり姿を消した。教室からも、街からも。友人たちはエイベルが癖毛で明るい色の瞳をしていたと言った。でもアンが覚えているのはまっすぐでつややかな黒髪と、ダークブラウンのミステリアスな瞳だった。左の頬骨のすぐ上にある小さなほくろと。

わたしが人生に割りこんで、容赦なく未来にブレーキをかけたことを、アンはけっして許さなかった。そのせいで居留地に戻って母親と暮らす羽目になり、ちっとも寝ようとしないわたしを抱いていないといけなくなったのだ。それにエイベルは？　幻のようなわたしの父親はどこに？　身重の身体で帰郷のために荷造りしながら、アンはエイベルの名前を泣き叫んだ。実家に戻ったあとも、家の外をさまよい歩きながら憑《つ》かれたようにその名を呼んだ。そのことは気の毒に思う。

居留地に戻ってきっかり三年が過ぎた日、アンはわたしたちを捨てた。家のなかは静まりかえって、キッチンでゆっくりとコーヒーをかき混ぜる音だけが聞こえていた。祖母は朝の青い光のなかにすわっていて、昇りゆく太陽が白い戸棚に反射していた。祖母はわたしを膝にのせて微笑んだ。ふたりとも、このほうがいいのだとわかっていた。祖母の腕は力強く、頼もしく、もの慣れていて、わたしを落っことしたりしなかった。

それから数年は母と会うこともなく、祖母の寝室の壁にピン留めされた写真で見るだけだった。明るいピンクのセーターを着て雨のなかに立ち、濡れた髪を波打たせた母を写したものだ。にっこり笑って、まっすぐ前を見ている。祖母の寝室に入って写真を見るたびに母と目が合った。左から右、右から左へとすばやく動いてみても、母の目は追ってきた。ときにはただすわって写真に話しかけ、やりとりを想像してみることもあった。

母が出ていったあと、祖母はわたしをまじない師のところへ連れていって祈禱を受けさせた。まじない師の手は分厚く頑丈そうで、でもやわらかかった。家を訪ねると、まじない師は最初にわたしをくるくるとまわらせた。それから煙を焚いて祈りを唱えた。骨笛の音が何時間も頭のなかで響きつづけた。やがて眠気が訪れた。はじめは一時間寝ては起き、そのうち三、四時間続けて眠った。

どんなに祈りや煙や愛を捧げられても、光たちが話しかけてくることに変わりはない、そのことがじきにはっきりした。三歳のわたしにも、それが祖母やまじない師をひどく恐ろしがらせることなのはわかった。ふたりには隠しておかなければならないのだと。

成長するにつれて、わたしは幽霊を視界から遠ざけ、声をシャットアウトするすべを身につけた。ほかの人には思いもよらないような耳の使い方も覚えた。ドアの蝶《ちょうつがい》番のきしみや、やかんの笛吹き音、カカシの形をした壁時計の音、そういったさまざまな物音に耳を集中させて、光たちの声をそこに溶けこませるのだ。祖母の寝室の窓辺に来る鳥のさえずり、家の東を走る666号線の絶え間ないうなり、チャスカ山脈の麓《ふもと》の谷を吹きわたる風のささやき。坂の下の涸《か》れ川を走る野生馬の群れや、谷間で草を食《は》む羊たちの音も聞き分けられるようになった。幽霊たちの姿や音に四六時中わずらわされずにすむなら、どんな音でもよかった。

けれど、どれだけ強くなろうと、この能力——または呪い——がわたしの一部であることは変えられない。血管や心臓や手と同じように切り離すことはできない。異界とつながったこのビジュアル機能つきスピーカーフォンは、わたしの声と目の一部だからだ。オフにはできない。

第三章　ニコンD50 18-55㎜DX　ふたたび

どのくらいたっただろう、気づけば刑事がウィンドウを叩いていた。フロントガラスが結露している。

「大丈夫かい」相手の唇がそう動くのがわかったが、声はよく聞こえない。わたしはウィンドウを下ろした。

「平気です。長い夜だったので」

「誰かに家へ送らせようか。疲れているようだが」

頭がずきずきする。「大丈夫。ちょっと休んでいただけです」現場で眠りこむなんてと驚きながら、わたしはキーをまわした。吐く息が曇っている。朝日を浴びた肌がつっぱり、敏感になっている。職場は十キロと離れていない。提出をすませてから家に帰って毛布にもぐりこむことにした。

アルバカーキ市警鑑識課は日干しレンガの四角い家を巨大にしたような造りをしている。

床から二メートルの高さに並んだ小さな正方形の窓からは、アルバカーキの鉛色の冬には日に二時間ほどしか光が差しこまない。高速25号線とリオ・グランデ川の中間にあり、市のリサイクル施設と排気ガス検査場にはさまれている。朝の早い時間に行くと、角のパン屋から甘いパン生地と熱したイーストの香りがすることがあるが、それも風向き次第だ。

写真映像係の部屋には人影がなく、隅の蛍光灯が一本、いまにも切れそうに点滅していた。複製されたDVDやCDが出しっぱなしのまま、ケースにしまわれるのを待っている。わたしはカメラのカードを抜いてダウンロードを開始した。じきにコンピューターのファンがうなりをあげて回転をはじめ、つられて頭もぐらぐらしはじめた。プログレスバーは遅々として進まない。上司のサミュエルズが出勤してくるまでにどうにか終わってほしいが、午前八時二十六分の時点でまだ三十五パーセント、間に合いそうにない。そこまで考えたところで正面入り口のドアベルが鳴りだした。

「リタ！　いるか？」サミュエルズのどら声が館内に鳴りひびく。

わたしはブース席から立ちあがった。ダウンロードは四十五パーセント。「ここです」

「ゆうべはひどい現場だったらしいな。まだ数時間はいるもんだと思ってたが」

近づいてくるサミュエルズは息をあえがせ、朝の冷気のなかでも額を汗で光らせている。スペアミントガム、ガラスクリーナー、パイプ煙草。この男のにおいは、オールドタウン

・ホテルの駐車場棟を思わせる。そこのガラス張りのエレベーターホールはホームレスのねぐらになっている。先日そこに出動した際には、ホームレスのひとりがエレベータードアの開閉を見つめたまま死亡していた。夜のあいだに多くの旅行客がその前を通り、空《から》のコーヒーカップにはいくらか小銭が投げ入れられていた。警備員が棒でつつくまで誰も死んでいることに気づかなかった。遺体は膝を曲げてすわった姿勢のまま、コンクリートの床と同じくらいかちかちに固まっていた。においを漂わせて近づいてくるサミュエルズを見ながら、その男のことを思いだした。そして口呼吸に切り替えた。

「ちょっと寄っただけです。先にダウンロードをすませて帰ろうと思って。少し眠らないと」

「今日と明日は待機《オンコール》だ。わかってるな」

「オフの日だって働いてますけど。撮影はほかの人じゃだめなんですか。写真を撮れる人間ならここには十人もいるのに」

「なら、いつでもパン屋に雇ってもらえばいい。店員募集中らしいから」サミュエルズが自室のドアを閉じた。わたしは椅子に爪を食いこませた。

毎度のことだ。自動車事故や軽犯罪や窃盗は連日連夜発生する。そういった場合、サミュエルズは鑑識官の誰かを行かせて写真を撮らせ、計測や採取を行わせる。わたしが出動するのは、手順を遵守し、どんな細かな見落としもないことを求められる、ミスが許されない類《たぐ》いの事件だ。現場鑑識専門班《CSS》に所属して五年、わたしは使える人材として重宝されている。レンズを通して、ときには分析官すら見逃すような点にも気づくことができるからだ。それにわたしが超過勤務手当を欲しがっていて、ノーとは言えないこともサミュエルズは知っている。だから酸素や砂糖のようにわたしに依存しているのだ。どろどろの血管を流れるニコチンのように。

サミュエルズの白い顎ひげはドラッグストアのサンタそっくりで、長年の喫煙のせいで見苦しく黄ばんでいる。愛用しているマホガニーのキャラバッシュ・パイプは、裸婦がツタや花とともに絡みついたデザインだ。太い指はパイプの茶色い松ヤニが細かな皺の奥にまでしみついていて、黒ずんだ迷路のような模様にびっしりと覆われている。それでいて、デスクは掃除と整頓が行き届いているから驚きだ。黄色い個別フォルダーにきちんと収納された書類が内容ごとに分類され、アルファベット順に並べられている。撮る写真は鑑識写真のお手本そのもので、ピンぼけなど一切なく、つねに正確に対象をとらえている。

そしてなにかといえば、自分の持つ資格や免許や学位や職歴をわたしにひけらかす。ことあるごとにわたしの能力不足を指摘し、見る目がないとけなし、どれほど鮮明な一枚を撮ってみせても、ピントが甘いとけちをつける。自慢とお説教、どちらが癪《しゃく》にさわるのかはわからないが、いらだたずにはいられなかった。なにより腹立たしいのは、その写真を家に持ち帰って何百倍にも拡大してみると、たしかにピントの甘さが見つかることだった。サミュエルズの目はそれを見抜いてしまうのだ。太い指で眼鏡のブリッジを押しあげるせいで黄ばんだ分厚いレンズごしに。そんなプロ中のプロに、なんの経験もないわたしは拾ってもらった。おかげで好きなことを、写真を撮ることを仕事にできている。贅沢は言えない。

訓練はいきなりはじまった。鑑識課に移る二年前、サミュエルズはわたしを最初の仕事へ連れだした。〝慎重を要するケース〟とのことだった。依頼主は息子が二日間滞在したユースホステルを提訴していた。二日目に息子は〝事故〟に遭い、死体安置所行きになったという。

「現場を調べたおまわりふたりの目が節穴だったらしい」サミュエルズは鼻で笑った。ユースホステルは事件後に閉館し、建物は売却されて改修が行われる予定だった。施設側は寝室全体を撮影した六枚ほどの警察の現場写真を弁護の根拠としていた。被告側の主張に対して、両親は息子の死が事故ではなく激しい殴打によるものであることを証明するため、現場が取り壊されるまえに写真に撮ることを望んでいた。

サミュエルズは、コートの下にカメラを隠して同行するようにとわたしに指示した。わたしが知っているのは教科書や授業で学んだ基礎やテクニックだけだった。サミュエルズは警備員と立ち話をはじめ、その途中で目を見開いてわたしを見た。合図だとわたしは悟り、話をさえぎった。

「すみません、トイレをお借りしても？」

「二階の左側だ」

ふたりの会話を聞きながら、わたしは足早に階段を上がって廊下を進んだ。事件の現場がすぐ右手に現れたので、黄色いテープを静かにくぐってシャッターを切りはじめた。陶白色の壁には直径五十センチほどの血飛沫《ちしぶき》が三カ所に散り、拳大《こぶし》の穴が七、八カ所あいていた。カーペットにも最大で直径十八センチの血のしみがあちこちに残っていた。サイズの比較対象に、皺だらけの一ドル札を床に置いた。映画で見たとおりに。二分のあいだじっくり撮影してから、あやしまれないようにトイレに寄って水を流した。一階に下りるとふたりはまだ話していた。それでは、と告げてわたしたちは外へ出た。

翌日、サミュエルズに正職員として採用された。そして二年間その職場で働いたあと、サミュエルズとともに市警の鑑識課に転職した。

サミュエルズは三十年以上にわたりその種の事件を扱ってきた。私立探偵として、そして証拠収集の専門家として。

アルバカーキ市警鑑識課がサミュエルズを迎えるまで、市警組織は無数の訴訟と連邦当局による調査に直面していた。体制の刷新が急務だった。鑑識課長の職をオファーされたサミュエルズはそのチャンスを逃さず、引退を見すえて商売をたたんだ。任せられたのは鑑識課の改革だった。この五年、サミュエルズは着実に成果をあげている。ただし、警察組織全体がそうであるとは言えないが。

サミュエルズが部屋でまずいコーヒーを淹れる音とにおいで、現実に引きもどされた。自分の姿が真っ暗な画面に映しだされている。黒い髪と、深く濃い隈《くま》に縁取られた黒っぽい目。眉を吊りあげてどうにか瞼をあけている状態だ。ぼんやりした光とともにこめかみの痛みが戻ってきている。

ブース席の隅にある椅子がキィィィ……ときしんでまわった。アーマ・シングルトンが――高速道路でばらばらになった気の毒な女性が――そこにすわって身を揺すっている。脚を組んでいて、爪先には赤いペディキュアが光っている。放たれる熱で肌がひりつくのを感じながら、わたしはその幽霊をただ見つめていた。ほかにできることもない。

「なにがあったの」とアーマがささやいた。

「お気の毒に」

「誰と話してる?」ファイルの山を抱えてやってきたサミュエルズが大声で訊いた。空っぽの椅子が隣でくるりとまわる。

「誰とも」

第四章　紙と箱

　五歳になった年、祖母にカメラの作り方を教わった。同じ年に祖父が初めてわたしの前に現れた。最初のうち、それが祖父だとはわからなかった。祖母は悲しみのあまり亡くなった祖父の写真を一枚も家に置いていなかったから。

　祖母はなんでも一からこしらえることができて、小さな家でのわたしたちの暮らしもそうやって成り立っていた。家には水道も電気も通っていて、居留地ではそれはすごいことだった。その家も祖母がコンクリートや釘やタール紙の屋根材を使って自分の手でこしらえた。すっかり日が傾くまで屋根材を打ちつけたり、暖炉用の石を運んだりするところを、集落に住むナバホ族の女たちがじろじろ見ていたという話をするのが祖母は大好きだった。ある週末、留守のあいだに作業を頼んでおいた金物店の若い作業員たちを祖母が怒鳴りつけたところもしっかり見られていたという。わたしがせがむので、祖母はその出来事を何度も何度も語ってくれた。

「その間抜けたちはね、反対側にガレージを建てちゃったの！」それを聞いてわたしは笑いころげたものだ。「誰がキッチンの窓からガレージなんて見たい？　わたしはごめんよ！」

抗議のしるしに、祖母はガレージにちゃんとした床をこしらえなかった。そこはいまも建てたときと変わらず土の地面のままだ。

「いつかはね、リタ、ガレージを反対側に動かしてやるの。見ててごらん」祖母がそう言ってお腹をくすぐると、わたしはまたはじけるように全身で笑いながら逃げだした。わたしもそのガレージをちゃんとした場所に移したかった。それが祖母の望みだから。でもそんなお金はどこにもないこともわかっていた。

居留地の赤い谷の奥や忘れ去られたような集落には、ぼろぼろのトレーラーハウスや、とっくの昔に打ち捨てられたホーガン（木組みと土でできたナバホ族の伝統住居）の残骸が歯のように建ち並んでいた。風が吹くとあちこちのひび割れや穴から熱砂が吹きこむ。ホーガンはすでに枠組みだけになり、張りめぐらされた薄っぺらな金網と丸太だけで持ちこたえていた。祖母は容赦ない西風をさえぎるのにちょうどいい奥まった場所を選んで家を建てた。その家は時が止まったままの土地のなかにぽつんと輝く、文明の灯火《ともしび》だった。北向きの玄関は山々に面し、裏手には涸れ川が横たわっていた。祖母はトウモロコシやカボチャ、レタス、ラディッシュを好んで育てた。畑のラディッシュを抜いて緑色のホースの水で土を洗い流し、塩入れを持ってきてふたりで夏の日差しの下にすわって食べたものだ。

たまに家の裏手の涸れ川沿いに長い散歩にも出かけて、ナバホティーのひょろりとした薄緑色の茎が砂から突きだしていないかと探した。摘みとるまえに祖母はナバホ語で祈りを唱え、黄色いトウモロコシの花粉を撒いた。恵みにあずかるには、まずは感謝を捧げないといけない。

「全部摘んじゃだめよ。根こそぎにしないように。そんなことをしたら、夏じゅう茂ってくれなくなるからね」と祖母は教えてくれた。手には緑の茎を握り、黄色い花がくねくねした針金みたいに指のあいだからはみだしていた。

わたしは茎をそっと引っぱり、きれいなままの根もとを十五センチほど残した。やがて摘んだ草を束ねて汚れたTシャツのなかに押しこんだ。二時間ほど歩くと深い砂のなかを進んだせいで足が痛みだしたので、引き返すことにした。祖母は暑さしのぎに布でできた小麦粉の空袋を首に巻いていた。ポケットやTシャツをナバホティーでぱんぱんにして最後の坂をのぼるころには、祖母は顔に玉の汗をかいていた。大仕事をしたせいで頬も真っ赤だった。

「年なんか取るもんじゃないよ。わかった?」

「わかったよ、おばあちゃん」

家に帰ると、ふたりでナバホティーを折っていくつもの束にして紐で結んだ。祖母はそれをテーブルの上で二日間乾してから、銅のキャニスターにしまった。ようやく夜に飲ませてもらえるようになり、わたしがそこに角砂糖と缶のコンデンスミルクをたっぷり入れると、祖母は笑って首を振りながらそれを見ていた。そのうち、朝のコーヒーもお許しが出て、黄みがかったミルクと砂糖とコーヒーを混ぜたものを食卓で祖母と半分こした。

五歳の誕生日に、ふたりでトハッチーの集落の向こうにそびえるチャスカ山脈の奥へ車で出かけた。山道をのぼるとコロラドトウヒやポプラの枝がほんの数十センチ頭上でざわめき、そこを進むピックアップトラックはがたがたと揺れた。祖母は車にシャベルと使い古しの麻袋、ぼろぼろの綿のシーツ、そして黒い箱を積んできていた。シーツと麻袋はピニョン松にのぼって実を集めるためだ。焼けば売り物になる。たまに麻袋ひとつを満杯にすれば、祖母にはちょっとした収入になった。わたしはオーブンで焼いた松の実が大好きだった。焼けてから塩を振ると、家のなかには温まった松の樹液の香りがいっぱいに広がった。

川のそばによさそうな場所を見つけて、そこへ向かった。ピニョン松のどっしりとした大木に茶色い実でいっぱいの松かさがいくつもついていたので、わたしは枝にのぼり、全身の力をこめて木を揺すった。祖母はその下に白い綿のシーツを広げてすわり、静かに松葉のなかから実をより分けた。

「ナバホのやり方だとね、おまえがいまやったみたいに枝を揺すっちゃいけないの」わたしは松葉だらけの枝の上で足を突っぱって体重を支えた。「いい頃合いになったら、松かさはひとりでに落ちてくるから。せっかちはだめ」祖母は首を振った。「あんなことをしたらクマが寄ってくるよ。ただし、わたしを倒さないといけないけどね。クマたちだって馬鹿じゃない、おばあちゃんに嚙みつきゃしないだろうよ——肉が硬いから」

わたしは木を下りて祖母の隣にすわった。日が傾くまで松の実を集め、麻袋がぱんぱんに膨らむまで詰めこんだ。

車に戻ると祖母は麻袋を運転席に積みこんでから、ひと息入れた。それから用意した黒い箱を手に取ってペンで小さな穴をあけ、そこを黒い粘着テープでふさいだ。

「なにそれ、おばあちゃん」

「この箱でカメラをこしらえるの」祖母はわたしを見てにっこりした。「久しぶりだから、うまくいくといいけどね」

おとなしく見ていると、祖母は黒い毛布を出してきて自分と箱を覆った。毛布の下からガサゴソと音がした。

「おばあちゃん、なにしてるの」

祖母は髪に松葉の欠片をくっつけて毛布から出てきた。

「カメラに紙を貼っていたの」そう言ってわたしを沈みゆく夕日のなかに立たせた。「写真を撮ってあげる」

「どうやって、おばあちゃん?」

「この箱で。ほら、おとなしく見てて。あそこに立って」祖母が右側を手で示したので、わたしはそのあたりに立った。「そう、そこでいい」

見ていると、祖母は即席のカメラからテープをはがした。

「じっとして」

そのとき、祖母の頭の後ろがぱっと明るくなった。黄色い靄のなかに灰色の男の人の影が立っているのが見えた。細身で整った顔立ち、袖をまくりあげた白いコットンシャツ。見覚えはないのに、どことなく親しみを覚えた。その人は祖母を見て愛《いと》しげに笑い、それからこちらへ歩いてきた。わたしの左側で立ちどまったとき、押し寄せるエネルギーを感じた。目の端がじんと熱くなった。わたしはカメラに目を戻し、十秒のあいだ息を止めてじっとしていた。

「はい、よろしい」祖母が穴をテープでもう一度ふさいで黒い箱を車の運転席に戻した。

ぼんやりした人影もそのあとを追い、やがて夕暮れのなかに飛び去った。

「写真撮れたの？　もう？　いつ見られる？」

「すぐにね、リタ」

帰り道はずっと、こんなものがカメラになるのかと半信半疑で箱を見つめていた。どう見ても、ガレージに捨ててあった段ボール箱にタールを塗っただけのものなのに。

三十分後に家に着いて戦利品の松の実を車から降ろした。祖母は黒い箱を持ってまっすぐクローゼットに入り、黒いビニール袋を手にして出てきた。

「明日これを町へ持っていくよ」そう言って、黒い袋をテーブルの上の《リーダーズ・ダイジェスト》の隣に置いた。「あけちゃだめ、写真がだめになるからね」

わたしは触れてはならないその袋を見つめた。あの男の人もわたしといっしょに写っているんだろうか。そうならいいと思った。片頰にとびきりのえくぼが浮かぶ、すてきな笑顔をしていたから。

翌日、車で三十分のところにあるギャラップの町へ出かけた。朝の白い光が道路脇のヤマヨモギを輝かせていた。未舗装路にはところどころ家畜脱出防止溝《キャトルガード》が敷かれ、牧草地に点在する羊の群れを区切っていた。町の行き帰りにはふたりでいつも丘を数えた。行きは九つ、帰りも九つ。

ルート66からすぐのところにある〈ムラーキー写真店〉の前に車をとめた。町を横切る列車の警笛や、油にまみれた長いレールのきしみが聞こえていた。店舗は線路のすぐ向かいにあって、元は一九〇〇年代初頭に銀行として建てられたものだった。ぱっと見は立派なファサードには、古ぼけたコダックの看板とネオンサインが掲げられていた。店内に入ると古びた教会の鐘みたいな音でドアベルが鳴った。

ミスター・ムラーキーは白人で、明るい色の目とくっきりした笑い皺の持ち主だった。手首にはナバホ族にもまず見かけないほどたくさんのトルコ石のブレスレットを着けていた。

「いらっしゃい、ミセス・トダチーニ。久しぶりだね、店に来てくれたのは」ミスター・ムラーキーは祖母の手を握ったまま言った。早く放せばいいのにと思った。

「こんにちは、トム」祖母は握られた手を引っこめた。「現像してほしいものがあるの。昨日、箱カメラでリタの写真を撮ったから、うまく写っているか見てみたくて。久しぶりに試したものでね」そして黒い袋をカウンターごしに押しやった。

「なら、ちょっと待っていてくれるかい。すぐにすむから」ミスター・ムラーキーはガラスケースのあいだを通って奥へ引っこんだ。あの黒いカーテンの向こうでなにをするんだろうとわたしは思った。ついていこうとしたけれど、祖母に目で止められてあきらめた。

しかたなく、口をぽかんとあけたまま店内を見てまわった。西側の壁は店頭と同じようにディスプレイに使われていた。壁面には小さな直方体の箱がカラーパレットのようにびっしりと並んでいた。中央は緑の箱で、黄、白、赤の順に外へと広がっている。黄色い箱には真っ赤な文字で〝コダック〟と記されていて、店の奥まで何列にも並べて置かれていた。

「おばあちゃん、これなに？」わたしは色とりどりの箱を指差した。

「フィルムよ。それをカメラに入れて写真を撮るの」

四方の壁の高いところには、昔のギャラップの写真が何十枚も飾られていた。鉄道駅に、ベルベットとモカシンブーツのナバホ族たち、羽根冠《ウォーボンネット》やらなにやらの、映画でしか見たことのない装束《しょうぞく》をまとった先住民たち。五〇年代の映画に出てきそうな旧式の車もたくさんあり、そのいくつかにはクルーカットのナバホの男たちが大勢乗りこんでいた。服はスタジアムジャンパーに、裾を大きく折り返したジーンズ。

ガラスのショーケースが虹色の光を放っていた。全部で七ケース、どれもが年代も色もサイズも形もさまざまなカメラでぎっしりだった。どのカメラも上面は銀色に輝き、側面には黒と茶のつややかな革が巻かれ、すぐそばにカラフルな値札が置かれていた。どれもびっくりするほど高い。わたしはガラスケースに顔と手を押しつけ、冷たい光を放つ輪郭のひとつひとつを目に焼きつけた。

　奥の部屋から出てきたミスター・ムラーキーは、濡れてたわんだ正方形の白い紙を両手に持っていた。見せてもらおうと、わたしは祖母のもとへ駆けもどった。

「現像はうまくいったんだが、少し光が入ったようだね」

ミスター・ムラーキーがガラスカウンターにその紙を置いて、丸まらないように隅を押さえた。写っていたのは無表情な顔のわたしと、すぐそばのネズの茂み、少し離れたところにあるピニョン松の木立だった。

　白い紙に完璧な円の形に像が浮かびあがっていた。光が写りこんでいるのはわたしの左肩のすぐ上のところだった。写真を撮る直前に見た男の人のことを祖母に伝えたかったけれど、ミスター・ムラーキーの前ではやめておいた。

「まあ、たまにあるね。横手からなにかの光が入りこんだんだろう。たぶん夕日かな。あれはやっかいだから」

「それでも、ちゃんと写ってよかった。わたしとしては上出来よ、トム。もう何年もやっていなかったから」

「ちょっと待った」ミスター・ムラーキーは奥に引っこんで、黒いビニールの封筒を持って戻った。「印画紙を少し入れておいたよ。またふたりで試してみられるように。写真も一枚入れておいた――ネルソンのね」ネルソンは祖父で、わたしが生まれるずっとまえに亡くなっていた。

祖母とミスター・ムラーキーはしんみりした笑みを浮かべ、それから挨拶を交わした。わたしは表のショーウィンドウをチェックした。〝特価――ポラロイドSX‐70ランドカメラ――撮った写真がすぐに見られます〟。祖母があとから出てきて、わたしのシャツを引っぱった。そして封筒を振ってにっこりした。

「インスタントカメラならあるでしょ」

帰りの静かな車内で、わたしは写真になにが起きたのかを祖母に教えたくてたまらなかった。男の人が現れて、祖母とわたしに笑いかけたこと、そしてその人の放つ熱から愛があふれていたことを。でも、頭でもおかしくなったのかと思われそうで怖かった。黄色い夕日を見ているうちに、黒いカメラを見つめて息を止めていたあの十秒間の温もりが甦《よみがえ》った。やがて眠りこんだ。

目が覚めると、車のなかはわたしひとりだった。紙袋をどっさり抱えた祖母が肘でドアを押さえているのが見えた。わたしも外に出て荷降ろしを手伝った。祖母はあまり重たくない小さな袋だけをわたしに持たせた。三往復すると汗が出てきた。祖母は最後にわたしに封筒を取ってこさせた。

「袋のどれかに桃は入ってないかな」と声がした。

温かい光が目の前に現れはじめた。あの男の人だ。でも身体がない――コヨーテ除《よ》けの柵のそばに顔の一部が見えているだけだ。びっくりしてわたしは家に駆けこんだ。心臓が波打ち、喉は渇いてねばついていた。玄関のドアをばたんと閉めて、ふうっと息をついた。

「どうしたの。顔が真っ赤じゃない。大丈夫？」祖母がわたしをテーブルの前へ連れていって黒い封筒を受けとった。「すわって」それからアップルジュースをグラスに注いでわたしの前に置いた。「飲みなさい」

わたしはそれを一気に飲みほした。息があがり、心臓が苦しい。祖母は小麦粉の布袋を手に取って水に浸し、わたしの首に巻いた。ようやく楽になったかと思うと、鼻から真っ赤なものがふた筋流れだしてテーブルに滴った。

「あらあら」祖母が濡らした布袋でわたしの顔を冷やした。「今日はちょっとはしゃぎすぎちゃったみたいね、わたしの赤ちゃん《シェ・アウェー》」そしてわたしを引き寄せて額に手をあてた。

鼻血とともにのぼせが引いても、顔の火照《ほて》りはまだ消えなかった。祖母は立ちあがって鍋の水にナバホティーをふた束入れて火にかけた。わたしはテーブルの下のバスケットボールを足で転がし、そのうちに香りが部屋に漂いはじめた。

祖母がエプロンで手を拭いてテーブルに戻ってきた。見ていると、黒い封筒からわたしの両手ほどのサイズの写真を一枚取りだした。そして笑みを浮かべて腰を下ろした。

「いい写真ね。おじいちゃんの写真を見るのは久しぶり。トランクは引っぱりだそうにも重たすぎてね」祖母は眼鏡を外して赤くなった鼻筋を揉んだ。肩を震わせるのを見て、わたしはそばに寄って小さな両手をその背中に置いた。それから祖母が両手の親指ではさんだ写真に目を落とした。短い髪、彫りの深いハンサムな顔立ち。ボタンつきのコットンシャツにタックの入ったズボン。腕にかけたアーミーコート。にっこり笑っていて、片頰にえくぼが浮かんでいる。

「おばあちゃん」わたしは写真を指差した。「おばあちゃん、この人が写真に光を入れたの」

「どういうこと?」

「昨日、この人を見た」

時が止まった。強烈で底知れない祖母のまなざしとともに。食い入るようにわたしの目を見てしがみついてきたとき、その手が震えているのがわかった。

その瞬間、祖母の恐れと愛と切なさをいっぺんに感じた。黄色い光がまたあたりを照らし、祖母の後ろにあの人が見えた。祖母の近くにいるときだけ姿が見えるのだ。まだ若く、にこやかに笑っていた。光に照らされている側の祖母の顔も、それまで見たどの写真よりも若々しかった。

「リタ！　嘘はだめ」祖母に揺さぶられてわたしははっとした。「見たっていつ？　おまえの写真を撮ったとき？」

「おばあちゃん、いまも見えてる」

第五章　ソニーサイバーショット DSC－F828Ⅱデジタルカメラ

ダウンタウン・ヴィレッジはアルバカーキ最古のアパートメントのひとつだ。地上五階建てで、四階までは小さな部屋が六室あり、どれもそっくりのドアが並んでいる。下のほうの階は病院の救急外来のようなくすんだ緑色のままだ。変わらずにいる理由のひとつは、一九六〇年代から住んでいる高齢者たちがみんな変化を嫌悪していることだ。めいめい狭い住まいのなかで、部屋の壁が連れ合いよりも長生きするのを眺めながら暮らしている。ダウンタウン・ヴィレッジの古株のご婦人たちは、気がよくて陽気で、耳はほとんど聞こえない。

わたしが住んでいる五階はふた部屋しかない狭いフロアで、建物の塔のような構造をなしている。何年かまえ、隣に住む八十七歳のミセス・サンティヤネスが廊下のソケットに陰気な緑色の電球を取りつけたせいで、訪問者はみんな冴えない顔色に見える。

部屋に入るとランプをつけ、やわらかい明かりのなかで服を脱いだ。わたしは子供時代の幻に囲まれて暮らしている。壁の色はヤマヨモギの花の灰緑色と、祖母の家の周囲にある崖の赤砂色。居間には両目を覆った祖母の特大の写真と、同じく特大の、地元の交易所と祖母の家の前にそびえる美しい山を写した写真を並べてある。四方の壁にはそれぞれ聖なる四つの山の写真。ここなら故郷にいるのも同然だ。

高速道路の現場を去ってから十時間が経過していた。靴を脱ぐ気力もないまま、わたしはろくに整えていないベッドに倒れこんで眠りに落ちた。

午後七時四十九分

四時間眠っただけで目が覚めたとき、コンピューターのスクリーンセーバーにしてある行ったこともない遠くのビーチが目に入り、マウスに手を伸ばした。ベッドでぐずぐずしていると、カメラがこちらを見てファイルをバックアップしろとせっつくのを感じた。しかたなく身を起こした。スロットからメモリーカードを抜いてコンピューターのポートに差しこむ。画面の光が室内全体を照らしだし、写真の取りこみがはじまる。青いプログレスバーが小刻みに進んで残り時間を示す。コーヒーカップの飲み残しを喉に流しこんだとき画像が表示されはじめた。現場の様子を目にして、いつものように胃がざわつく。

最後の一枚が表示された。光を失った片目がフレームをうつろに見つめている。わたしも見つめ返す。アーマの皮膚が鮮明に確認できる。若々しく、引きちぎられた部分が血で黒ずんでいる以外はしみひとつない。わたしは背筋を伸ばしてアーマの顔の断片に見入った。

「なにがあったの」

ぎょっとした。アーマがわたしのソファにすわり、背中を丸めて床を見つめている。スパンコールのついたブラウスとジーンズを身につけているが、肌は冷たく青白く見える。高速道路で見たあの姿でないのはありがたい。

「わからない」わたしは答えた。室内は霜のシーツに包まれたように冷えびえしている。

「自分ではなにも覚えてないのよ。全部消されちゃったみたいに」

「いま捜査しているところ――」

「うちに帰らないと」大声でさえぎられ、心臓が跳ねあがる。「ここはどこ？」

アーマの幽霊はわたしを押しのけ、コンピューターに表示された自分の顔の画像を凝視した。そしてこちらを見て空気を切り裂くような悲鳴をあげた。ぞわりと恐怖が押し寄せる。

「娘がうちにいるの」アーマが室内を歩きまわり、冷気を撒き散らす。「あの子のところへ帰るのに手を貸して。聞いてる？　手伝って」

「わたしは写真を撮るだけだから。できることなんてあるかどうか」

アーマが詰め寄る。「あの子のところへ帰るのを手伝って。さもないと、あんたの人生を生き地獄にしてやる」相手の絶望がわたしの身の内で鳴りひびき、頭が割れそうだ。アーマは自分の恐怖をわたしにも与え、絶望を味わわせようとしている。二度と帰れないと告げるのを、いつまで先延ばしにできるだろう。

第六章　ニコンＦＥ

　キッチンに祖父の幽霊が現れたあと、祖母はわたしをベッドに入れてそばで見守った。けれども、祖父の霊が神の光のように部屋を明るくし、わたしの顔を照らしているのには気づかなかった。おかげで夜どおし眠れなかった。

　それで、祖父の光から祖母の話を聞かせてもらった。若くて元気いっぱいだったころの祖母に初めて会ったときのこと、いまも恋しくてたまらないことを。そして祖父も、祖母がまだ自分を思っていることをその場で知った。ずっと昔に祖父を亡くしてから、祖母はほかの誰とも人生を共にしようとしなかった。心は永遠に祖父のものだった。それなのに祖母には祖父が見えず、声も聞こえなかった。祖母は涙が涸れるまで泣きつづけ、やがて狭いベッドにもぐりこんできて眠りに落ちた。眠れないわたしはおしゃべりを続け、祖父に訊かれるままに母のことや日々の暮らしのことを語って聞かせた。

「それで、おまえの母さんは学校を卒業したのかい」

「まだ行ってる。街で勉強してるの。車で三時間かかるところ」わたしは伝えたいことが山ほどあった。「わたしも字は読めるし、なんだってできるよ。街まで行くとき、何キロ走ったかも数えられるし」

「おばあちゃんが街へ連れていってくれるのかい」祖父はにっこりした。

「くれたよ。二回。でもお金がたくさんかかるから、もう行ってない」祖父の手が見えて、わたしはそれに触れようとした。わたしの手は透けたその皮膚を突き抜けた。「母さんに会いに行かないの？」

「何度も行ってはみたんだが、あの子は気づいてくれないんだ。おまえと違って、こっちが見えないみたいでね。それに、あまり顔を出すのもね」祖父の幽霊は袖をまくった。「こうしてひょっこり現れたせいで、おばあちゃんがどんな思いをしたか。もう悲しませたくはないんだ」その姿が揺らめく。「あとに遺されて長年生きるのは、耐えがたいことだから」

「でも、わたしには会いに来てくれるんでしょ」祖父が消えてしまわないかと急に心配になった。温かい光と離れるのがもう寂しかった。

「悪霊《チィーディー》。そう呼ぶんだ、人が死んだあとに残る邪悪なものをね。関わるとおまえが病気になるかもしれない。じいちゃんだって、おまえを病気にさせてしまうかもしれないんだ」

「いままでだってたくさん見たよ、おじいちゃん。病気になんかなってない」

祖父は思案顔になった。たしかに、自分は霊であってもわたしを傷つけたりしないと思ったようだ。「こちら側に留まったままの霊には邪《よこしま》なやつらもいる。おまえの能力を自分の思惑のために利用しようとするんだ」

「思惑って？」

「おまえを利用して望みをかなえようとするってことさ。おまえになぜこんな力があるのかはわからない。だがとにかく、うまく食い止めるようにするんだ、そのなかに入ってこようとするものを」祖父がわたしの頭を指差した。「明かりのスイッチみたいに、いざというときには切ってしまえるようにな。でないと連中がどんどんやってきて、おまえを奪っていってしまうかもしれないんだ、リタ。悪霊たちがな」祖父がわたしの鼻に目を落としたとたん、唇に血が滴るのを感じた。山の峰に太陽が顔を出し、部屋が明るくなりはじめた。カーテンの隙間から朝日が差しこんで、祖父の光はふっと消えた。

朝食もおあずけのまま、祖母はわたしを診療所へ連れていった。そしてわたしが幻覚を見るのだと若い医者に必死で訴えた。医者はどうにか祖母をなだめて、ナバホ族ばかりの待合室にすわらせた。

診療所では二時間は待たされると決まっている。じきに、そこが自分にとって最悪な場所だと気づいた。大きさも形もまちまちの幽霊の光が廊下をうろちょろしているからだ。ドアをすり抜けたり、待合室で咳きこむ患者たちの横にすわっていたり。遠くにあるテレビでメロドラマが流れていた。お決まりの悲恋の。祖父の幽霊に言われたことを思いだして、わたしは祖母にぎゅっと身を押しつけた。

ふと気づくと隅っこに小さな女の子がいた。ひときわくっきりとした光だ。横並びに固定されたプラスチック椅子の上に立って、黒い服を着た若い女の人の首にしがみついていた。その人は顔に髪がかぶさるほどうなだれて泣いていた。片手にはティッシュ、もう一方の手には空っぽのオレンジ色のボトル。女の子が椅子から椅子へと飛びまわり、女の人の膝に飛び乗っても、その人はぴくりとも動かなかった。わたしは待合室を見まわした。その子の泣き声が聞こえているのはわたしだけだった。

スピーカーの声に名前を呼ばれると、女の人は立ちあがって廊下の奥の開いたドアのなかへ入っていった。女の子はしくしく泣きながら後ろをついて歩き、しきりに手をつなごうとした。ドアが閉じたあとも泣き声は聞こえていた。

非常口のそばの椅子で、みすぼらしい姿のナバホ族の男の人が、股を開いて足首を組んだ格好で眠りこんでいた。皮膚からも、いびきの合間にかすれた息を吐く口からも、お酒のにおいがぷんぷんした。その耳もとで老人がナバホ語でしきりに呼びかけていた。でも聞こえている様子はなく、いびきが返ってくるばかりだった。老人がこちらを見た。ばっちり目が合った。

わたしには姿が見え、声も聞こえていると老人の幽霊は気づいた。光がこちらへ飛んできた。やさしげなその顔が必死でなにかを訴えていることはわかるものの、ナバホ語なので単語がいくつか理解できただけだった。老人の霊は椅子で眠りこんだ男に指を突きつけ、精一杯の大声で叱りつけた。老人が怒れば怒るほど光は熱を帯び、思わずわたしは尻ごみして祖母の腕にしがみついた。そして目をそらそうとした。

ほかにも七つの光が集まってきて、指を突きつけながら、ナバホ語と英語と、それにわたしの知らないほかの言葉で、てんでばらばらに話しかけてきた。わたしの手や腕をつかもうとする霊もいるが、無駄だった。その手はするりとわたしをすり抜けてしまう。でも恐怖は感じなかった。必死な思いが伝わってきた。

熱さが耐えがたくなってきたとき、看護師に名前を呼ばれた。祖母がわたしの頭を胸に抱き寄せた。額はひりつくような熱を帯びてずきずき痛んだ。身体に力が入らず、だるい。診察室に入ると明るさに目がくらんだ。

医者はわたしに針を刺し、細いチューブで赤い血を吸いだした。それから口になにかを突っこんだり、ゴムのハンマーで膝を叩いたりした。あれこれ尋ね、耳のなかをのぞき、身長や体重も調べたものの、なにもわからなかった。病気も感染もなし。わたしは正常だった。

診察室が光に包まれて、やさしい顔の女の人が医者の隣に現れた。母親っぽい感じの気さくな人で、祖母と医者がわたしのX線フィルムを見に行っているあいだに話しかけてきた。

「今日は息子が生まれた日なの。誕生日にはここへ来ていっしょに過ごすのが好きなのよ。あの子にはわたしが見えないのはわかってる、でもあなたは見えるのね。どうして？」

わたしは肩をすくめた。

「ほんと、たいした能力ね」

「でも、頭が痛くなっちゃって」とわたしは答えた。祖母たちが戻ってくると霊は消えた。

「お孫さんに異常は見つかりませんでしたよ」医者が説明した。「たぶん、少し日光にあたりすぎたんでしょう」と、わたしの髪をくしゃっと撫でて笑いかけた。「室内で過ごすようにしてください。水をたくさん飲んで、冷湿布をするといい」

わたしはうなずいてにっこりした。

「お誕生日おめでとう」

医者もにっこりして、わたしの顔を見た。「ありがとう。今日が誕生日だとなぜわかったんだい」

「お母さんが教えてくれたから」


帰りの車内は静かだった。祖母がちらちら見ているのがわかった。何度もわたしの手を握って自分のほうへ引き寄せた。すっかりうろたえて、目尻にうっすら涙を浮かべていた。滝のような雨が降りはじめ、土の地面とアスファルトのあいだにチョコレートミルクの池がいくつもできていた。わたしは冷たいウィンドウに頭をもたせかけて、雨が披露するダンスに見入った。雨粒が押し合いへし合いしながら、ひとつにまとまって流れ落ちていくさまに。熱っぽさが押し寄せるたび、砂袋をのせられたような重たさを感じた。

祖母は砂利をはねあげながらセント・メアリー教会の私道に車を乗り入れた。白い教会にはターコイズブルーの扉と長く急な正面階段がついている。祖母は車をとめてわたしを両開きの扉の奥へ運びこんだ。赤ん坊のように腕に抱えたまま、聖水に指を浸してから会衆席の最前列へと進んだ。一歩進むたびにラッカー塗装の床板がきしみ、たわんだ。

甘く煙たいお香の香りと、灯されたキャンドルの熱気が鼻いっぱいに広がった。祖母は祭壇の前にわたしを横たえて、自分もひざまずき、両手を合わせて目を閉じたまま天を仰いだ。

教会の屋根を打つ雨音が、聖なるダンスを踊る天使たちのステップのように響いていた。雷雨に混じっていくつもの声が聞こえた。教会に居すわった幽霊たちの言葉が。祖母は一心に祈りを捧げた。この子をそっとしておいてほしい、ほかの霊たちにもそう伝えてほしいと祖父に訴えた。この子の子供時代と、まだ見ぬ未来を奪わないでほしいと幽霊たちにも懇願した。

次の日、起きると目の奥がまだ鈍くうずいた。霊はひとりだけ残っていた。祖父だ。キッチンで水を流す音が聞こえるのを待ってから、わたしは口を開いた。

「おじいちゃん。おばあちゃんはわたしの頭が変だって思ってる」

「いや、そうじゃない。おまえが心配なんだ。それだけさ。無理もないだろう」祖父は間を置いた。「昨日言ったことを忘れないようにな。人間の世界に悪人がいるのと同じで、霊の世界にも悪いやつらがいるんだ。そういう連中を近寄せると、つかまってしまうぞ」

「わたしを連れていっちゃうってこと？　死んだ人みたいに」

「たぶんな。でなきゃ、頭をおかしくさせるか」

「でも、霊ってすかすかだよ。おじいちゃんみたいに。わたしに触れないし」わたしは祖父の手をつかもうとした。「ほら、触れない。だからわたしにも触れないでしょ」

「ああ、触れない。でも、じいちゃんよりずっと強い力を持った霊もいるんだ」

「誰と話してるの」祖母が訊いた。いつのまにか水音はやんでいた。あたりを見まわすと、祖父は消えていた。

第七章　ニコンデジタル一眼レフカメラ用　NIK3PROナイトビジョンモジュール

午前三時二十五分、電話が鳴った。わたしは身を起こして四回コールを聞いてから無言で出た。

「リタ。リタ？　起きてるか」ぴりぴりしたサミュエルズの声。「ダウンタウンで凍死体だ」そこで間があった。「リタ。リタ？」

「聞こえてます。どこで？」

「三番通り。きみの家の近所だ。だから電話した。アンジーが現場にいて、手を借りたいらしい」

室内は凍てつく寒さだ。すぐには返事が出てこない。

「これに行ってくれたら、今日はずっと呼び出しなしにする」

「いま出ます」

わたしはよろよろとクローゼットに向かい、きれいな着替えの残りを取りだした。骨のように白いシャツが一枚だけ雑にハンガーにかかっている。袖に腕を通し、ワークブーツとなるべく暖かい服を身につけると部屋を出た。

　階段を下りて狭く埃っぽい廊下を進むと、すぐに階下から言い争う声が聞こえた。ミスター・テイラーがぼろぼろこぼれるドーナツとコーヒーを手に、隣の部屋のカップルの不規則な生活ぶりに小言を言っている。会釈して通りすぎたとき、汗じみたTシャツとかび臭いガウンが目に入った。

「それにあんたもだ、コダクローム。いったいいつ寝るんだ」と声が飛んできた。

　わたしは無言で歩み去った。

　裏通りを歩き、ひびだらけのビルのあいだを通りぬける。現場はわたしのアパートメントからほんの三、四ブロック先で、近くにはホームレスのシェルターや食料配給所が建ち並んでいる。カメラ二台にフラッシュやライトも持ってきたせいで重みが身にこたえる。通りに並ぶ店舗の日干しレンガの壁には、クリスマスのイルミネーションや紙製ランタン《ルミナリア》が飾られ、雪を待っている。

　アルバカーキの寒さは本格的な積雪をともなわない。高地砂漠特有の乾ききった凍てつきが続くだけだ。そこに時速百キロの風と幾度かの短い暴風雨が加わったものが、アルバカーキの冬の厳しさを特徴づけている。雪が降らないその気象は〝スノーホール〟と呼ばれる。

　長袖下着にレギンス、その上に三枚着こんでいても身体が震えている。

　角を曲がって三番通りに入るとパトカーが数台見えた。一台は警光灯をつけたままで、赤い光の筋を濡れた路面に投げかけている。暖かい車内にすわった警官たちが、フロントガラスの曇りを拭った穴から、近づいてくるわたしを眺めている。現場鑑識専門班《CSS》もすでに到着ずみで、バンから機材ケースを降ろしているところだ。

「どうも、リタ」アンジーから声がかかった。シーヴァース部長刑事はＣＳＳの上級鑑識官のひとりで、数カ月後に定年を控えている。子供は三人、双子の娘と十八歳の息子がいて、あと二年もすれば全員が高校を卒業するので、夫婦でカリフォルニアへ移住する予定だそうだ。「寝に帰ったのは知ってる、でも待っていられなくて」

「悪人、休む暇なしってやつみたいで」

「もう、悪事を働く暇だってないでしょうに」笑い声につられて、思わずわたしも笑顔になった。アンジーは姉のように、そして母親のようにも思える女性だ。初対面でわたしをぎゅっと抱きしめ、ランチボックスにはいつも余分のサンドイッチを入れてきて、ミニ冷蔵庫にはカフェイン入りソーダを常備している。わたしが寝ていないとすぐに気づく。わたしがつらいときにも。まさに母親タイプだ。それに指導役でもある。

アンジーは女性部長刑事のさきがけで、理学修士号を持ち、弾道学から法医学まであり
とあらゆる専門知識に精通している。わたしが身につけている現場鑑識の知識はすべてア
ンジーから学んだものだ。別れは寂しい。

「それで、どんな状況です？」さっさと片づけて引きあげたかった。目は焼けつくように
痛み、震えが止まらない。

「カップルが二番通りのビリヤード場のほうから歩いてきたそうよ。それで、この気の毒
な人がベンチの下に倒れているのを発見した。鼻から白い息が出ていなかったから、呼吸
していないと気づいたみたい」ふたりで路上に倒れている遺体に近づいた。「あなたに来
てもらって、見逃したものがないか見てほしくて」

ここ数カ月、アルバカーキでは路上生活者の襲撃事件が多発中で、先住民がとりわけ凶
悪な犯罪の犠牲になることも少なくなかった。もちろん、路上生活は誰にとっても危険で
はあるが、この街の誕生以来続いてきた容赦ない偏見と憎悪が、近年は目に見えて深刻化
している。つい一年前にも、コーネリアスとオットーのツォーシー兄弟の殺害現場に出動
したばかりだ。ふたりは半路上生活者の建設作業員で、大学近くの路地で眠りについた。
ところが朝を迎えることなく、ふたりのティーンエイジャーによってコンクリートブロッ
クで頭を叩き割られた。いまいる場所からほんの三ブロックのところで。この街の憎悪は

脈々と息づいている。

路上で凍死するのが楽だとは言えないが、アルコールを摂取していると苦痛はましになるとも言われている。血液を薄めて死にいたるプロセスを速めるためだ。男性からはアルコールのにおいがまだかすかにしているが、どの程度飲んでいたかは検死医の調べを待つしかない。遺体は胎児のポーズを少し緩めたような体勢をしていて、まるできつく身を丸めていたところを死の手につかまれ、あきらめて力を抜いたかのように見える。海兵隊のジャケットは着古したもので名札がはがされ、その下はTシャツ一枚だ。見たところナバホ族か、どこかほかの先住民らしい。頬は長い引っかき傷や小さな刺し傷といった傷痕だらけで、両手も同様だ。

あたりは不気味なほど静まりかえり、わたしたちの息が空気に触れて結晶化する音と、遠くにいるCSSの無線の音だけが聞こえている。今夜の外気温はマイナス十度だ。

「とりあえず」とアンジーが口を開いた。「検死医と話してみないと。ここで死亡したのか、あるいはここに遺棄されたのかはわからない。たしかめる必要がある」

たしかに。はっきりさせる必要がある。

わたしはバッグからカメラを出して首から下げ、見てまわりはじめた。アンジーがツールボックスから標識板を数枚出して並んで歩きながら、現場見取図を描き、メモを取る。

わたしは五メートルほど離れたところから一枚目の写真を撮った。いま立っているのは、かつては企業のオフィスとして使われ、現在は離婚専門弁護士の事務所と中国系のマッサージ店が入ったビルの前。遺体があるベンチのそばに立つ小さなアベマキの木は、ダウンタウンの再活性化策として市が植えたものだ。

まずは現場の位置関係をとらえるために、角度を変えて十枚の写真を撮った。続いてアンジーが標識板を地面に置くのを待ってシャッターを切っていく。ウォッカの瓶が横倒しになり、凍っていない中身が少し残っている。標識板1番。財布はポケットから落ちたらしく、遺体のすぐ後ろにある。2番。左手の近くには二ドル五十セントほどの小銭。3番。右手は腹のあたりで拳の形になり、なにかをきつく握っているようだ。一・五メートルほど離れたところには紺色のバンダナ。汗じみの輪ができ、端のほうは埃にまみれている。4番。片方のブーツのかかとは傷だらけで、仰向けに引きずられて足が地面にこすれたように見える。周囲は一面コンクリートだ。どこでこすれたのかはわからない。もう片方のブーツは靴下を履いていない裸の足から八十センチ離れたところにある。5番。

右手に握られたくしゃくしゃの紙を引き抜いてみると、それは写真だった。若い男が木の下で白い椅子にすわり、膝に幼い女の子を抱えている。その子の服は袖口に花飾りがついた薄黄色のワンピース。裏には青インクで書かれた〝ミシェル・アティティ、三歳〟の文字。財布には身元がわかるものは見つからなかった。バスのフリーパス二枚に、近所にあるシェルター付属の応急診療所の案内カード、そして三ドル。それだけだ。

続いて遺体の撮影にかかる。がさがさの左手には色褪せたトルコ石の指輪。ハンサムな顔立ちだが、肌は風とアルコールに焼けて赤茶け、しなびている。顔は冬の湿気で凍りつき、唇がゆがんでぞっとするような笑みが浮かんでいる。メモリーカードに保存された画像は七十七枚。遺体周辺の状況と寸法も記録ずみだ。さらにもう一度近づき、遺体の顔にしっかりとピントを合わせた。シャッターが開閉する。

「ハーディシュ・ナツェー・レーイ・シタ？」男の目がじろりとわたしを見た。ナバホ語でわたしがどこの出身か、正確には、わたしの臍《へそ》の緒《お》がどこに埋まっているかと訊いたのだ。わたしが覚えている数少ないナバホ語のフレーズのひとつだ。

「トハッチー出身《ナーシャ》です」

カメラがみぞおちを打ち、革のストラップが首に食いこんだ。わたしは相手を凝視した。

アンジーは吹きすさぶ風のなかに立って検死医と話しながらコーヒーを飲んでいる。

「ねえ、大丈夫？」と声がかかる。

わたしは歩道に横たわった死者に目を戻した。不気味な灰青色の目は凍りついて動かない。わたしの返事は聞こえたのだろうか。

第八章　ポラロイド ランドカメラ 1000SE

幼稚部に通いはじめた年、青い車が祖母の家の私道にやってきて、いとこのグロリアとスーツケースを置いていった。グロリアの髪は結ばなくてもぜんぜんもつれず、いつもさらさらだった。それにすらりと背が高く、笑みを絶やさなかった。祖母の家に置き去りにされたのは、わたしと同じ理由からだった。どちらの母親も子供の面倒を見られなかったからだ。わたしの母はどこかの学校へ通っていたけれど、グロリアの母親のルースは居場所も決まっていなかった。一時間ほど離れた町で、無気力でふてくされた先住民たちと連れ立っていつも通りをうろついていた。お酒が好きで、ときには何カ月も音信不通になり、何日か帰ってきたかと思えば、お金をくすねてまたいなくなった。グロリアは十六歳でうちへやってきた。それはわたしたちに起きた最高の出来事だった。

グロリアが祖母の家に来て二週間が過ぎたある日、わたしは頬を腫らし、引っかき傷だらけで学校から帰った。校庭での喧嘩でプライドはずたずただった。

「誰にやられたの」グロリアはわたしを引き寄せて傷の具合をたしかめた。

「クラスにいる男の子」

「誰がやったか教えて。わかった？」グロリアはわたしの肩に両手を添えてバスルームに連れていった。わたしは痛みで口をきく気にもなれなかった。グロリアは棚のてっぺんから祖母のヨードチンキと真っ白なコットンを取った。茶色い液体が傷口にしみ、痛みが骨に響いた。それからは、むかつく悪ガキの顔を思いうかべただけでヨードチンキのにおいが頭に甦った。

次の日の昼休み、校庭のジャングルジムでコウモリみたいにさかさまにぶらさがっていると、グロリアが探しに来た。

「例のやつは？」グロリアは煙草を吸いながら、派手なピンクのガムも嚙んでいた。

わたしは身を起こしてフェリックスというその悪ガキを指差した。ちょうど仲間といっしょにブランコから小さな子供たちを追いはらっているところだった。七歳のフェリックスはわたしたちよりも年上で、そのことを絶対に忘れさせなかった。

グロリアが近づいていくと仲間たちは散り散りに逃げだし、フェリックスだけがグロリアの影のなかに取り残されて、煙草の煙を上から吹きかけられた。フェリックスは負けじと砂に足をめりこませて踏んばった。有無を言わさずグロリアがその目にパンチをお見舞いした。フェリックスは呆然と砂の上に倒れたまま、頬を手で覆って涙を隠そうとした。

「今度また小さな女の子を殴ろうなんて考えたら、わたしが見逃さないから」

グロリアはそう言って金網フェンスを飛び越え、丘のほうへ走り去った。太っちょの警備員がはあはあ息を切らしてそれを追いかけた。

グロリアはバスを降りるわたしを毎日待っていてくれた。夕日のなかでいっしょにバスケットボールをして遊んだ。グロリアがわたしを抱えてぐるぐるまわすこともあった。しなやかでやわらかい両手に支えられ、地面から足を離してまわっていると、笑いすぎて息もできなくなるほどだった。

ある日の午後、グロリアと友達のバーサがバス停でわたしを待っていた。バーサはグロリアより背が高く、横幅は倍もあった。派手なメイクで腕には悪魔のタトゥーを入れていたけれど、いつもにこやかだった。バスを降りて歩きだしたとき、こちらに向かってぴかっと光が閃《ひらめ》いた。目をこすってよく見ると、カメラの口から紙が吐きだされたのがわかった。バーサがそのシートを手に取って片翼の鳥みたいにひらひらと振った。

「あんたがカメラとかに興味があるっておばあちゃんに聞いたから、バーサのやつを持ってきてもらった」グロリアがカメラのストラップを引っぱった。「見せたげて」

びっくりだった。ほんの数秒前にバーサがわたしを撮ったばかりなのに、もう印画されているなんて。写真のなかのわたしは笑っていて、バスの運転手と、ウィンドウごしに手を振る男の子もぼんやりと写っていた。わたしは写真の端を指でこすって色が移らないかとたしかめた。

「やらせてあげてよ」グロリアが言った。

「わかった、わかった」バーサがカメラをわたしに渡した。「でも、落っことさないで。母さんのだから。わたしが殺されちゃう」

グロリアはバーサの肩に手をかけてにっこりした。

「写真撮ってよ、おちびさん」

ファインダーに片目をあててボタンを押すと、内部で電気装置が作動するのがわかった。出てきたシートの白い表面には白い正方形が見え、そこにさまざまな形と色が浮かびあってきた。あふれんばかりの光と空気とともに。写真のなかのグロリアとバーサははじけるような明るい笑顔で抱きあっていた。

七カ月もすると、年かさの若者たちがグロリアに目をつけて、わたしから奪い去った。グロリアは学校をさぼりがちになり、男の子たちを家に連れてきては、しょっちゅう祖母に小言を言われた。夏のはじめには、わたしは空っぽの家に取り残された。祖母が仕事から帰ってくるまでひとりでテレビばかり見て過ごした。

夜遅く祖母が寝たあとにグロリアが帰ってくる音がするたびに、わたしはしのび足で隣の寝室へ行った。グロリアの部屋は煙草とマリファナのにおいがした。

「どこ行ってたの、グロリア」

「あんたは連れていけないとこ」

わたしの六歳の誕生日、グロリアは家に帰らなかった。二日後にようやく戻ったけれど、祖母が仕事でいないうちに上着とキッチンのクラッカーを少し取りに来ただけだった。

「どこ行くの、グロリア」わたしはキッチンにすわってその様子を眺めていた。

「コヨーテ・キャニオンの友達の家に行ってくるだけ。夜には帰るから」グロリアは冷蔵庫を物色した。

「帰ってこないからおばあちゃんが心配してたよ」

「バーサの家に泊まったの。お母さんの車が故障して、足止めを食ったってわけ」グロリアは出ていこうと玄関ドアをあけた。

「いっしょに連れてって」わたしはせがんだ。おんぼろの赤いピックアップトラックのなかで誰かが待っているのが見えた。きらきらのサイコロ飾り《ファジーダイス》がバックミラーにぶらさがっていた。「あれ、誰?」

「台地の上まで行くの。帰りは遅くなる。だから留守番しててて」出ていくグロリアを追ってわたしも駆けだし、トラックの荷台に飛び乗った。

「いっしょに行く」そう言って荷台に積まれたスペアタイヤにしがみついた。

グロリアは無言でにらんでから、運転席の若者に大声で呼びかけた。「どいて。わたしが運転する」

メサにのぼると、チャスカ団地の公営住宅が大岩のように並んでトハッチーの集落を見下ろしていた。造りはどれも同じで四方の壁と屋根があるだけだ。多くは廃屋で、草ぼうぼうの狭苦しい庭には空っぽの犬小屋しかなかった。

グロリアは人けのない私道に乗り入れて車をとめた。そこは道の突きあたりの家で、裏庭からチャスカ山脈が見渡せた。白い壁はそこらじゅうに落書きされているものの、家そのものはまだ無事で、ドアも窓も壊れていなかった。グロリアと恋人が車のテールゲートにすわって煙草を吸いながら一本の缶を分けあって飲みはじめたので、わたしは家のなかに入って隅々まで見てまわった。壊れたテレビに、ワイヤーハンガー、昔のカレンダー。キッチンには割れた皿といっしょにラジオも見つかった。つまみをまわすとかすれた音が鳴りだした。夕日が家全体を茜色《あかね》に染め、手をかざすとくっきりした影がのびた。

ドアが閉じる音にはっとした。窓に駆け寄ると、いとこが恋人と手をつないで風のなかを歩いていくところが見えた。心臓が早鐘を打ちはじめた。わたしを置き去りにする気だ。白いシンクにポタポタ滴る蛇口の水と、エア・サプライの〈ロスト・イン・ラヴ〉の心搔き乱すメロディだけを残して。わたしは小さな手でドアのノブを握った。外側からロックされている。思わず泣きだした。六歳なのだからしょうがない。祖母が見つけてくれなかったらどうしよう、そう思うと恐怖に身がすくんだ。そのときエンジンがかかる音が聞こえて悲鳴をあげた。グロリアが赤いピックアップに乗って家から去っていったのだ。わたしから。

そして二度と迎えに来なかった。数時間後、車のライトが廃屋のなかを照らしだした。恐怖と絶望の時間を過ごしたせいで、わたしは小さな顔を泣き腫らしていた。乾いた涙の筋が濡れたままの新しい筋と平行に走り、恐怖の手にわしづかみされたような跡を残していた。わたしは首を伸ばして誰が来たのかたしかめようとした。敏感になった目にはライトが強烈すぎて、乾いた地面を近づいてくる人影はよく見えなかった。

ドアのハンドルがガタつく音、そしてノック。わたしは動けなかった。ノックがキックとパンチに変わり、思わず耳をふさいだ。ドアがぱっと開いて室内は鈍い銀色の光に照らされた。祖母がそこに立ってわたしの名前を呼んだ。それでも動けなかった。わたしの居場所がなぜわかったのかは謎のままだ。わたしは尋ねなかったし、祖母も言わなかった。

わたしはそこに五時間ほどいたそうだ。自分では何年にも思えた。二度と外へは出られない、廃屋に閉じこめられたまま一生を終えるのだと、すっかり思いこんでいた。

車で家へ帰るときのことも覚えている。わたしはきつく肩を抱かれていた。祖母の鼓動が聞こえ、ライラックとアイボリーの石鹸の香りと、料理油の煙たいにおいが嗅ぎとれた。祖母はわたしの頭を撫で、泣き腫らした目を濡れた布で拭い、ナバホの歌を口ずさんだ。車はエンジンの調べを奏でながら集落を通りぬけ、わたしは運転席の天井の点々としたしみがはっきり見えてはまたぼやけるさまを、ただ眺めていた。

祖母がスピードを緩めた。パトカーの赤と青のライトがピックアップのへこみだらけのボンネットの上でくるくると踊っていた。わたしは身を乗りだした。警官がふたり、通行車をゆっくりと誘導してガラスの破片とひしゃげた鋼鉄の塊を回避させていた。そのとき、それが見えた——赤いピックアップトラックが。バックミラーにはファジーダイスがぶらさがったままだった。車体は何度か転がったあと、パンクしたタイヤを下にしてとまったらしく、グロリアの恋人がフロントシートにまっすぐすわっていた。

溶けたタールの焦げ臭いにおいのなかで、祖母の車はきしみをあげてとまった。祖母がむせび泣きながらわたしの目をふさごうとしたが、見てしまったあとだった。グロリアは赤い鋼鉄の残骸のなかに閉じこめられたまま、ぴくりともせずすわっていた。あの夜のグロリアの顔は忘れられない。自分が死んだことに驚いているように見えた。見開いた目はわたしたちに向けられていた。祖母は座席の後ろの毛布をつかんで飛んでいき、警官たちが止めるのも聞かずにグロリアの身体と顔を覆った。

ふたりでグロリアのために水色の棺《ひつぎ》を選び、お気に入りの服を着せた。Tシャツとジーンズを。髪の生え際には傷が残ったままだった。

葬儀が終わると、参列者が棺の前へ来てグロリアのなきがらを見下ろした。棺が閉じられるまえに祖母とわたしが最後のお別れをする番が来た。そんな姿は見たくなかった。こんなのグロリアじゃない。初めて涙が出た。

「ちょっと、おちびさん」と声がした。「やめてよ。泣かないで」

わたしは祖母の手を振りほどいてあたりを見まわした。姿はない。でもグロリアの声だとわかった。棺が閉じられるあいだ、わたしはなきがらを見つめていた。凍った湖みたいにかちかちだった。祖母がまたわたしの手を取って陰鬱な鐘の音のなかを歩きだした。わたしの小さな胸が痛んだ。

家に戻ると、参列者たちはテーブルについてひっそりと料理を口に運んだ。ヘンリー神父が祖母の隣にすわっていた。グロリアのことだけは誰も話題にしなかった。わたしはテーブルの下に隠れてぴかぴかの靴が通りすぎるのを眺めた。ナバホの女たちは、足首まで折り曲げたモカシンでやってきては、祖母の隣にすわってナバホ語で話をした。

「おちびさん?」グロリアの幽霊が言った。その姿は美しかった。襟ぐりと袖口に赤い縁がついたTシャツとジーンズ。あの日の記憶のままだ。抱きしめようとしたけれど、その手はすっと突き抜けた。

「グロリア。ねえ、帰ってきたんだね」

「シーッ。人に聞かれちゃうでしょ」

目を上げると、女の人たちがテーブルクロスの下をのぞいていた。グロリアの母親のルースおばさんがわたしを引っぱりだして、じっと見据えた。

「グロリアはもういないのよ、リタ。死んでしまったの」

「違うよ。おばさんと話したくないだけ」わたしは後ずさり、ドアの外へ飛びだした。

そして裏手にある岩の縁に腰を下ろして泣いた。そばにいてとせがんでも、グロリアは来てくれなかった。

キッチンに戻ると誰もがこちらを見ていて、廊下からはひそひそ声が聞こえてきた。みんなわたしの頭がおかしいと思っているのだ。二度とわたしを同じ目では見ないだろうとわかった。

わたしは祖母の部屋に入ってクローゼットに逃げこんだ。暗がりは祖母の服のにおいがして安心した。じきにグロリアが現れた。その光は温かく、でも切れかけた懐中電灯みたいにちらついていた。

「グロリアのことが見えるって、誰も信じてくれない。みんなわたしがいかれてると思ってる」

「それか、魔女だと思ってるかね。ナバホの人間がどんなだか知ってるでしょ」グロリアの返事は回線の悪い電話の声みたいに雑音混じりだった。「次にあんたがなにをやりだすか、みんな待ちかまえてるの、帰って言い触らす気まんまんでね」

「だったら、グロリアは戻ってきちゃだめだよ」わたしは泣きだした。「いなくなってほしくないけど、そうするしかない。じゃなきゃ、おばあちゃんはずっと悲しむよ、おじいちゃんが死んだときみたいに。グロリアに会いたくていつまでも泣いちゃうよ」

「オーケー、おちびさん」その返事とともに光は消えた。

グロリアは去りぎわにほかの霊たちをみんな連れていった。それ以来、祖母の家で光を見ることはなくなった。そこだけは霊が近寄れない場所になった。

第九章　キヤノンＥＯＳ５Ｄ

わたしはアンジーのバンに乗りこんで目を閉じた。寝不足で全身がずきずき痛む。疲労のせいで涙が頬にこぼれたとき、ちょうどアンジーが乗ってきた。「ねえ、いつから寝てないの」と、バッグからウェットティッシュを出してわたしに持たせる。「目を拭いて」瞼を押さえ、涙でひりつく顔を拭くと、ようやく火照りが引きはじめた。「最近はあまり」

「とりあえず、ここは終わった。家まで送ってく」

アンジーはバンのエンジンをかけてシートベルトを締めてから、ファンを最強にした。アイドリング状態の車内に熱気がこもりはじめる。思わずウィンドウを下ろした。コーヒーを手にした警官たちがわたしのほうを見て首を振りながら笑っている。いつものことだ。「あんなの気にしないで」アンジーがわたしの脚をぽんと叩いた。「連中が巡査のままなのには理由があるんだから」

早朝の薄暗い街を走ると、建ち並ぶビルがぼんやりした色の塊になって通りすぎた。たまに四角い光を通りに投げかけているのは、すでに店をあけているパン屋だ。そのほかの街の住人は自宅やホテルや職場のソファや、ビルの入り口の段ボールの寝床でまだ眠っている。

「正直言うとね」アンジーが腕に触れて、わたしの注意を通りから引きもどした。「こんな状況だから、わたしもいまのうちに抜けだすことにしたの。こんなふうに滅茶苦茶なストレスだらけの長時間労働でも、以前はどうにかなったけど、それも昔の話。もう年だから。それに、きつくなる一方だし。わかるでしょ？」

「ええ」いたたまれなかった。アンジーの言葉を聞いて、山奥のあの家で、ひとりぼっちで年老いていく祖母のことを思いだした。後ろめたさで吐き気がこみあげる。

「正気が半分でも残っているうちに、あなたも抜けだしたほうがいい」アンジーの視線を顔に感じた。

「もう少しだけお金が貯まったら……」

「この五年、ずっとそう言ってるじゃないの。十分貯まったんじゃない？　だって、こんなに働きづめでしょ。どこにも出かけないし」

たしかにそうだ。どこにも出かけていない。

「リタ、あなたはいい子だし、写真の腕もいい。それはすごいことよ。死体以外にもなにか撮りに行かなきゃ」

朝日の熱を感じはじめたころ、車はアパートメントの前に着いた。アンジーがわたしの手を取って薬を五錠握らせる。

「一度に全部服《の》んじゃだめ。いまは一錠だけよ、それで眠れるから。残りは寝つけないときのために取っておいて」アンジーが目を鋭くする。「一錠だけね、リタ」

「一錠だけ」わたしは約束した。

アパートメントのエントランスホールは不気味なほど静まりかえり、下層階の酸素ボンベや冷蔵庫のうなりだけがかすかに聞こえていた。わたしの重たい足取りがそこに単調なメロディを響かせる。最上階の暗緑色の電灯がしだいに近づき、その光に包まれたとき、すでに起きていた隣人がドアをあけた。

「お嬢《ミ》さん《ハ》、こっちへ来て。さあ、こっちへ！」ミセス・サンティヤネスが戸口の奥からわたしの両腕を引っぱり、黒っぽいガラス瓶を握らせた。「これを飲んで。残さずに。あなたの魂が必要としていますからね、ミハ」

ひんやりとしてやわらかな皺深い両手で顔を撫でられた。でも返事をする元気もない。くるりと自分の部屋のほうを向き、その勢いでどうにか室内へ入った。ポケットの睡眠薬を一錠口に入れ、ミセス・サンティヤネスの薬草液をチョコレートシロップのように喉に流しこむ。温かい眠気の渦が全身に広がり、わたしはソファのクッションに沈みこんだ。深い眠りのなかでも脳は休もうとしなかった。ギアがひっきりなしに切り替わり、血液と記憶が無数の顔や言葉を蓄えた池へと流れこんでいく。それをさえぎったのはアーマ・シングルトンの悲鳴だった。

夢のなかで、わたしは絶え間ないうなりを聞きながら高速道路に張りだした木の枝にすわっていた。見ていると、跨道橋のたもとの盛土のところに車がとまった。アーマの絶叫が聞こえ、やがて鈍い音とともに声はやんだ。セダンの後部ドアから大柄な男が出てきて暗がりのなかで左右を確認した。男がアーマを後部座席から引きずりだし、ダッフルバッグのように肩に抱える。わたしは枝から飛び降りて、ふたりからほんの数十センチの場所に着地した。いつものように、ふたりにはこちらが見えない。マジックミラーと同じだ。

アーマが意識を取りもどして暴れだした。そんなに激しく抵抗する人間は見たことがない。巨漢を相手に一分ものあいだ拳を叩きつけ、髪を引っぱり、顔を引っかきつづけたが、最後には手すりの上にのせられた。手すりにしがみついたアーマの手首に筋が浮きでているのが見えた。長掌筋というのだと、検死医のドクター・ブレイザーに以前教わった。

男は車の行き交う車道に落ちていくアーマを見ていた。トラックがその脚を轢き、一瞬ブレーキをかけただけで走り去るあいだも、それを眺めながらガムを嚙みつづけていた。
そしてくるりと背を向けてセダンに戻った。わたしはフロントシートにいる人物を見よう
とそこへ駆け寄った。見てとれたのは車内に三人の男がいることくらいだった。三人の大
男が。ただし、ひとりの声だけはどうにか聞きとれた。
「あの女は巻きこむなと言ったはずだ。それがどうだ。あんたの責任だぞ」
暗がりのなかに、警察が到着するまえのひっそりとした犯行現場が見えていた。アーマ
の幽霊が橋の手すりにのぼってきて、まっすぐにわたしを見た。
「ほら、起きて」

第十章　ピンホール

祖母もわたしも日常に戻ろうとしたけれど、何カ月も暗闇を抜けだせなかった。おばさんのルースが住みこみで手伝いに来ようとしたものの、祖母はそばにいられるのを嫌がった。怒っていたから。ルースを見るたび、祖母はグロリアを思いださずにはいられなかった。

わたしが見る光は知らない他人のものばかりになった。郵便局で自分の私書箱をチェックする霊とか、祖母とわたしが町へ車で出かけたときに道端を歩いている霊とか。生きている人々と同じように彼らはどこにでもいた。ただし、うちを除いて。

学校へまた通いだすと、クラスの子たちに怖がられているのがわかった。どんな噂が広まっていたのかは知らない。とにかくわたしはいっそう孤独になった。グロリアが味方してくれなくなったせいで、先生たちの目の届かない校庭でどんな目に遭うかと不安だった。でも誰もかまってこなかった。わたしに怯えていたのだ。学校ではほとんどひとりで過ごした。ジュディスに会うまでは。

トイレの手洗い場でピンクの粉せっけんを泡立てて手を洗っていたとき、鏡のなかにジュディスがいて、ドアのところからわたしを見ているのに初めて気づいた。でも振り返ると誰もいなかった。また鏡を見ると、ジュディスはさっきよりも近くにいて、仔犬みたいに小首をかしげていた。わたしと同じ一年生くらいに見えた。白い襟つきのグレーのワンピースに茶色の靴、青白い顔に真っ黒な髪。三つ編みには蝶結びにした青いリボン。鏡ごしにしばらく見つめあったあと、ジュディスが口を開いた。

「いっしょに遊ぶ？」震えているような、幾重にもこだまするような声だった。

わたしは答えに迷った。

「いいよ」と返事をするやいなや、ジュディスは鏡から飛びだして目の前に立った。

それからはほとんど毎日ふたりで遊ぶようになり、いっしょにブランコに乗ったり、ジャングルジムからさかさにぶらさがったりした。休み時間はいつも笑っておしゃべりをした。あるときわたしは祖母の黒い箱をクラスの発表会に持っていった。そこでジュディスの写真を撮ろうと思いついたのだ。ジュディスは教室の前で小さく笑みを浮かべ、わたしはその向かいに立ってテープをはがした。誰もそれがカメラだとは信じなかった。ジュディス以外は。

そのあと、ほかの子たちにじろじろ見られていることに気づいた。休憩時間にクラスメートのひとりがわたしとジュディスのそばにやってきた。「うちのおばさんが言ってたけど、死んだ人と話すんだって?」その子は口の端に食べかすをこびりつけたままそう言った。「いまも死人と話してる?」

「かもね」

「どんな話をしてるの」

ジュディスが黙ったままわたしを見て、シーッと唇に指を押しあてた。

「べつに」わたしはそう答えて、クラスメートが校庭に戻っていくのを眺めた。

休み時間のあとで先生たちが児童を一列に並ばせて教室に戻らせた。わたしとジュディスを含めて五人の女の子が、廊下の手前にあるトイレに寄ることにした。すぐに用を足して出ていこうとすると、ジュディスに引きもどされた。

「あの子たちを閉じこめちゃおう」

「どういうこと?」

ジュディスが笑いだした。かん高い、取り憑かれたみたいなその笑い声につられて、わたしはトイレの明かりを消した。便器にすわったままの女の子たちはけたたましい悲鳴をあげた。わたしは廊下に飛びだし、個室のドアが開閉して小さな足がばたばたと出入り口のほうへ駆けてくる音を聞いた。ドアがあかないように押さえると、女の子たちはトイレのなかで泣き叫んだ。ジュディスもわたしもばかみたいに笑った。

「いますぐやめなさい、リタ」担任のミセス・スミスが駆けつけてわたしの指をドアのハンドルから引きはがした。ジュディスの笑い声がわたしの声に変わって壁に響きわたった。ドアが開くと三人の子たちは涙に濡れた真っ赤な顔でミセス・スミスの腕に飛びこんだ。わたしはすぐに校長室に送られた。ピンチなのに、ジュディスはそばにいてくれなかった。

校長室に入ってくる祖母を見て胸が痛んだ。その顔は疲れて見え、そばにやってきて校長の立派な木の机の前にわたしと並んですわったとき、疲れがいっそうはっきり感じとれた。ふたりはわたしのことで相談をはじめた。問題行動や、孤立や、独り言を言う癖、それに加えて女子トイレでの騒動についても。わたしはそれをシャットアウトして、ジュディスを呼びだすことにエネルギーを集中した。ほんの数秒願っただけでジュディスは室内に現れた。

部屋の隅の窓辺にひっそりと立ったジュディスは、ぼんやりとした靄に包まれていた。「こんな目に遭ってるのはジュディスのせいだよ」わたしは文句を言った。「いっしょにここにすわってよ。言いだしたのはそっちでしょ」

ジュディスはけたたましく笑った。頭をのけぞらせたせいで、長く伸びた首が骨の鎖みたいに見えた。見た目は女の子でも、その姿には時を超越した邪悪さが感じられた。

「誰と話してるの、リタ」祖母の声でわれに返った。

ジュディスはベネット校長の後ろにまわりこんで、黙っててというように閉じた唇に指を押しあて、怖い目でこちらを見た。

「ご心配をかけてすみませんが、ミセス・トダチーニ、今回のような振る舞いは不適切で、見過ごせないものであることをリタには学んでもらわないといけません。児童の保護者たちからすでに電話も来ていますし。三人には早退してもらいました、ひどく怯えていたので」

「わかった、リタ？」祖母の声がきつくなった。

わたしは床に目を落とした。誰かを傷つけるつもりなんてなかったのに。女の子たちがトイレで味わった恐怖を思うと、心が石のように重たくなった。

「ごめんなさい、おばあちゃん」心から悪いと思った。なによりも祖母を傷つけたことを。これまでもひどくつらい思いをしてきたのに、わたしときたら、もっと苦労をかけるなんて。「あの子と話すのはやめる」

「話すって、誰と？」ベネット校長が口をはさんだ。

「ジュディスです」

「それは空想の友達ということ、リタ?」ベネット校長は祖母に目を向けた。祖母の顔はこわばっていた。そうではないと気づいたのだ。そして怯えた目でわたしを見つめた。それが耐えがたかった。

「空想なんかじゃありません」わたしはゆっくりと校長室の出口に近づいていくジュディスを目で追った。ドアがひとりでに開くのを、祖母もベネット校長も無言で見つめた。わたしは目を閉じて蠟燭《ろうそく》を吹き消すみたいにジュディスのエネルギーを締めだした。ジュディスがばたんとドアを閉じた。祖母もベネット校長も椅子の上で身を震わせ、こちらを見た。

「出ていきました」わたしは言った。

祖母といっしょに家に帰ってから、わたしは前庭で箱カメラをあけ、ジュディスとクラスメートを撮った写真が黒く変色し、四隅が丸まってテープがはがれるまで見ていた。

第十一章　キヤノンＥＯＳ５ＤＭａｒｋⅢ（高感度）

アーマの気配をまだ室内に感じながら、わたしは昨日と同じ服を着て車のところへ下りていった。ヒーターが騒々しい音を立てて作動するのを震えながら待ってから、夜明けの光のなかを25号線へと走りだした。

アーマが突き落とされた跨道橋にふたたび着いたときには、すっかり明るくなっていた。アーマがわたしにつきまとうのにはよほどの理由があるはずだ。

子供のころにはわからなかったことも、いまならわかる。祖父の言ったとおりだった。幽霊のなかには、わたしのこの能力に気づかない者たちもいる。わたしに幽霊が見え、声が聞こえることに気づいていても、こちらに押し入ってくるだけの力がある者はめったにいない。押し入られても、わたしはすぐに追いはらう。それでも、どうにかして居すわる者もいる。そういう霊たちはなにかが起きることを望んでいる。なにかしてほしいことがあるのだ。

その感覚は、胃のなかにボールを呑みこんだような、あるいは崖の下をのぞきこんで鼓動が速くなるときのような感じに似ている。ひりつくような熱っぽさを覚えたり、筋肉が痙攣《けいれん》するほどの寒気に見舞われたりすることもある。幼いころは霊の侵入経路をコントロールできず、相手に入りこまれて鼻血が出たり、頭のなかを強烈に締めつけられたりした。霊たちはわたしがうまく境界線を引けないと知っていて、若さと無知につけこんだのだ。

霊を意識せずにいることだけはできなかった。どうしても。できるのは健康で強靭な身体を保つことくらいだ。こちらが病気だったり弱っていたりすると、すかさず霊たちが声をかけてくる。ちょっとした不眠やインフルエンザでもスイッチが入るきっかけになる。死者たちがわたしの意識のすぐ外に列をなし、ネオンサインをじろじろ見上げながら待ちかまえることになる。

この能力は思いどおりに使えたためしがない。警察で働きはじめたころ、未解決の殺人事件の手がかりを探したことがあった。アルバカーキで起きた迷宮入り事件の被害者の霊がなにかを訴えかけてくるのではと思ったのだ。二〇〇三年、街の西にそびえるメサの上で、十一人の女性の遺体が発見された。わたしは何度もその現場を訪れ、まとめて埋められていた女性の誰かが幽霊になって話しかけてくるのを待った。何年ものあいだ。ひとりの霊も現れなかった。

〝西のメサのコレクター〟とあだ名された殺人犯が警察に逮捕されることはなかった。事件の被疑者は二名。より有力な候補は、被害者たちの発見現場からほんの三、四キロの場所に住んでいた男で、自分がレイプして殺害し、絨毯《じゅうたん》でぐるぐる巻きにした女性の恋人に殺された。もうひとりはセントラル・アベニューで売春婦たちを襲う連続強姦犯として警察にマークされていた男だった。いくつかの罪状で終身刑に処されたが、殺人の罪に問われることはなかった。

この職に就いて人間の邪悪さを知った。日々目にするのは想像を絶するような犯罪ばかりで、犯人のなかにはいまも大手を振って歩いている者もいる。真実を知りながらそれを告げられず、警官たちをまっすぐ殺人犯の家へ送りこめずにいるのはつらい。自分の能力を警察に明かせばクビは確実で、最寄りの精神科病院に押しこめられる恐れすらある。わたしがしてきた仕事はなかったことにされるだろう。わたし自身の存在も。誰であろうと、霊能力者や〝霊感刑事〟を自称したりすれば、いかさまを霊視と偽っていると糾弾され、ただちに警察から排除されるはずだ。

わたしの〝霊視〟は〝過去視〟とは違う。テレビに出てくる霊能力者のように過去を感じとることはできない。わたしには霊の過去はわからない。感じるのは彼らの現在だ。知るべきことがあれば霊が語るのを待つしかない。扉を叩く相手をコントロールすることはできない。

アーマの力は強烈だ。子供時代の頭痛と、記憶に埋もれていたあのまぶしい光を甦らせるくらいに。これまで遭遇したどんな霊よりも巧みにわたしの弱みにつけこんでくる。わんわん鳴る頭で必死にアーマ・シングルトンの最期以外のことを考えようとしているのに、こうしてアーマが絶命した跨道橋の上に立って、数を増していく車の流れを眺めている。アーマの恐怖と不安をじかに感じる。頭を締めつける力が強くなっていく。

跨道橋の騒音が子供の泣き声に呑みこまれた。アーマ・シングルトンが幼い女の子を抱きあげてくるくるまわる姿が脳裏に浮かんだ。隣の部屋で声がする――

「遅れるよ」

「わかってるって、母さん」アーマが答えて娘を隣の部屋に連れていったので、わたしもあとを追う。アーマが母親の頬にキスをする。「ありがと」そう言って革のバッグを肩にかける。「すぐ帰ってくるからね、ベイビー」アーマが娘に投げキスをしてドアを閉じる――ばたんと音がして、わたしはわれに返った。

こんなことは初めてだ。ここまで誰かを近寄らせるのは。まるで自分がアーマの魂に乗りうつったような感じだ。跨道橋の上にいながら、アーマの娘の肌やキッチンで焦げかけているトーストのにおいまで嗅ぎとれた。

わたしはもう一度跨道橋を見渡した。朝日が陰り、顔に風が吹きつける。相変わらずアーマの気配を背中に感じる。燃えたぎる執念も。

「助けて！」巨漢に抵抗するアーマの悲鳴が頭のなかでどんどん大きくなっていく。「助けて」今度は耳もとで声が聞こえた。「助けてよ、いますぐに」

携帯電話が鳴りだして、現実に引きもどされた。「リタです」

「朝から大忙しだ。今日はオンコールだったか」サミュエルズが書類をめくる音が電話の向こうで聞こえる。「くそっ、勤務表が見つからん」

「さあ。今日は何日です？」時計の表示は午前六時四十九分。太陽がようやく街を温めはじめている。アーマのせいで胃はまだボールを呑みこんだようで、頭の調子もおかしい。混乱と同時に異様な覚醒も感じる。

「何者かがあの古いインペリアル・モーテルをハチの巣にした。最初の通報によると、走行中の車から銃撃したらしい。被害者の女性は息があるはずだから、まだ死亡事件じゃない。だが聞いたかぎりじゃ助かる望みは薄いらしい。担当はガルシア刑事だ」

またガルシアか。警察歴三十年のあの男は、情熱や思いやりを欠片も持ちあわせていない。死亡事件で呼びだされるたびにほぼ毎回顔を合わせる相手だが、初対面から馬が合わなかった。挨拶代わりに、唯一知っているナバホ族ネタのジョークをわたしに披露したのだ。

「東海岸の売春婦ふたりがカリフォルニアに移ることにしたんだ。途中、ニューメキシコを車で走っていて、小さな交易所でとまった」そこで早くもにやつきだした。「ふたりのインディアンの女が正面のポーチにすわっていて、四人はぺちゃくちゃしゃべりだした。ほら、女がお得意のやつさ。インディアン女の片方がこう言った――〝あたしはナバホで、この子はアラパホよ〟。それで売春婦のひとりがこう答えたんだ――〝へーえ。それじゃ、あたしはニューヨーク売春婦《ホ》で、この子はシカゴホってことね〟」そう言ってげらげら笑い、わたしがにこりともしないのを見て、ぼそっとつぶやいたのだ。「女ってやつは」

この仕事に就いて数ヵ月のころ、ガルシアが逮捕した男の所持金をくすねるところを見たことがある。自宅の部屋でレイプされ撲殺された女性の遺体を警察が発見したときのことだ。腐敗状況から少なくとも二日間は放置されていたと見られ、そのあいだ殺人犯はそこの居間でテレビを見ていたという。女性の母親が行方不明者届を出したことを受けて警察が出動した際、犯人は遺体の隣にすわってシリアルを食べていた。

犯人のポケットの中身は煙草ひと箱、ライター、ナイフ、そして厚さ二センチ超の札束だった。わたしは室内の写真を撮りながら、ガルシアから目を離さないようにした。遺体が袋に収容されてＯＭＩのバンに運びこまれたあと、ガルシアは札束とナイフを自分のポケットにしまった。そして煙草の箱を振って一本取りだし、男のライターも使った。それから車に乗りこんだ。そのことは絶対に忘れない。

午前七時二十一分、一番通りとセントラル・アベニューの角、インペリアル・モーテル
——走行車両からの銃撃事件

わたしは立入禁止テープに近づきながら、白いシートに覆われた遺体が見あたらないことに安堵した。ガルシアが人工的なきついコロンのにおいを冷気に放ちながらやってきた。前回顔を合わせたのはアーマの轢死体を見下ろす跨道橋の上で、そのときは丸いあばた面《づら》を汗で光らせていた。いまその顔は朝の光のなかで青白く見え、襟もとのきついボタンのせいで息苦しそうだ。

「おや、ボスはどうした？　あんたが来るとは聞いてないが」

「おあいにくさま。朝っぱらからおたくの顔を見るよりましな用事があるってことでしょ」この男と朝を過ごすくらいなら浣腸のほうがまだましだ。

ガルシアが青いゴム手袋を投げてよこす。「なら、なにぐずぐずしてる？　案内でもしろと？」

「ここでなにが？」わたしは嫌味を聞き流した。

若い警官が答えた。「見たところ、ギャングのしわざのようです。どこの誰かは不明ですが、西から東に走行中の車から発砲していて、被害者は標的ではなかったようです。撃たれたのは二十代前半の女性。助かってくれりゃいいですが、かなりの出血でね」

撮影は屋外からはじめた。二時間かけて三百点超の証拠品に番号を振り、写真に収めた。そのうちの百三十点を占める真鍮の薬莢《やっきょう》は、濃い黄色のラインで区切られたモーテル駐車場に散乱していたものだ。黒々としたブレーキ痕が四メートルほど続き、唐突に途切れている。戦場かと思うような騒々しさだったにちがいない。というより、この街は戦場そのものになりつつある。似たような現場を月に一度は撮影している。たいていの場合、犠牲者はギャングの抗争か麻薬取引に関わった若者だが、ときには居合わせた場所とタイミングが悪かっただけの不幸な誰かが巻きこまれることもある。結果はきまって悲惨なものになる。街ではつねにどこかしらで若者の葬儀代を集めるための洗車募金が行われている。そして誰かの家の地下室では復讐計画が練られている。

かなりの出血というのは控えめな表現だった。部屋に入った瞬間、口のなかに血の味を感じた。すでに鑑識官が弾痕や所持品に番号を振り、標識板を置いていっている。わたしはカメラと粘着テープを取りだして撮影をはじめた。ざっと見たところ標識板は五十枚余り、さらに現場の奥へ進むとその数は増えていく。

まずは室内全体を一枚に収め、それから各部に移った。フラッシュが床の七ヵ所に広がった血溜まりを照らしだす。すでに固まり、黒光りする殻のように見える。壁面には被害者の女性が床からナイトテーブルへと這いずった軌跡が残されている。長さ三十センチの引きずったような血痕に定規を添えて撮影する。電話に向かって点々と続く血だらけの指紋、通報時に血が付着した9と1のボタン。ベッドの奥の壁には一対《つい》の翼が見つかった。血まみれの肩甲骨が押しつけられた痕だ。八十八枚目を撮影しながら、生気が失われていくのをただ感じながらそこにすわっていた被害者を想像した。ベッドの上の血痕は外周が二十数センチ、マットレスの側面にも十センチほど垂れている。すわった場所からは近づいてくる警察車両や救急車がガラスの割れた窓ごしに見えたはずだ。九十七枚目から百二枚目までは被害者の視点から撮った。散乱したガラスを踏んで歩く警官たちの姿が朝の青い光を受けてシルエットになっている。被害者が持ちこたえているのはまさに奇跡だ。

　続いて、古びたオレンジ色のカーペットに散乱した被害者の所持品を三十枚以上撮影した。ドアのそばに置かれた大小のスーツケースには銃弾の穴があき、くしゃくしゃになったわずかな中身がそこからのぞいている。それも写真に収める。銃弾の多くは壁面や安物の木のベッドフレームやドレッサーに食いこみ、スーツケースの持ち手にも、空《から》のブリーフケースの隣に置いてある衣服にも血が付着している。ブリーフケースには各種遺留品を意味する〝M〟の文字入りの黄色い標識板が添えられている。百四十五枚目。近づいてみると、ケースの陰に白い粉がわずかに落ちているのが見えた。銃弾の穴から漏れたものらしいが、残りのドラッグは見あたらない。

わたしは写真を撮ってから警官のひとりを呼んだ。「ねえ、これに気づいた？」

ガルシアが携帯電話を耳にあててこちらを向いた。警官が黄色い標識板をそこに置く。N1——麻薬。シャッターを切るとフラッシュが室内を照らした。ガルシアが近づいてくるのがにおいでわかり、息遣いをすぐ後ろに感じた。携帯を耳に押しつけたままガルシアが新たな証拠品に目を落とす。

「流れ弾にあたっただけじゃないのでは、ガルシア刑事？」と声をかけたが無視された。

続いてカメラに収めたのは血まみれの指紋に、百点前後の弾痕、血のついた足跡、剃刀《かみそり》、ケース類、煙草の吸い殻、細かく千切った写真、鏡、ストロー、ビール瓶の欠片、そして識別不能な無数の発見物。四百三十枚を撮り終えてから、わたしは喉にまとわりつく鉄の味を洗い流そうとうらぶれたモーテルの部屋を出た。ひとりの捜査員がコートを引っぱってわたしを止めた。

「ミズ・トダチーニですね」と手が差しだされる。

「ええ、リタです」力強く温かい手だ。

「わたしは内務調査課のデクラン警部補」と相手は名刺を手渡してから、犯行現場を指差した。「ギャング絡みだろうか」

デクランは身長百八十センチ余り、黒髪で真面目そうな顔をしている。スーツは質がよく、かといって上等すぎることもない。趣味よく見せるには十分だが、ナルシストに見えるほどではない。

「内務調査課？　こんなところでなにを？」タイミングを見計らったかのように、わたしの携帯が鳴った。〝鑑識課〟。着信を切る。「すみません、別の現場に行かないと。失礼します」と背を向けたが、肩をつかまれた。

「助かるだろうか。被害者のことだが」デクランがついてくる。

バッグと機材を車に積んだとき、女性の姿が見えた。被害者だ。ほっそりとした身体、当惑した顔、ナイトガウン姿のままだ。それでデクランの問いの答えがわかった。

「われわれは何週間も彼女と接触を図ってきた。昨日の朝、ようやく連絡をもらえたばかりだったんだ」デクランがわたしの視線を追う。

「助からないと思います」と答えた瞬間、気の毒な被害者の霊が助手席にすわっていた。血にまみれて穴だらけになったナイトガウンを呆然とつかんでいる。

「なぜわかる？」デクランが運転席をのぞきこむ。

「なんとなくです」携帯がまた鳴りだした。出ないといけない。

「近くでまた事件だ。来られるか」サミュエルズがガムを嚙む音が聞こえる。

「なにがあったんです？」わたしはデクランのスーツを、相手はこちらの顔を見ている。

「車の転覆による死亡事故だ、警察官が巻きこまれている。高速40号線の東向き車線、インターチェンジ付近だ。いまいる場所から五分で行ける」

「向かいます」わたしは電話を切ってデクランを見た。今度は目を合わせる。「すみません、お役に立てなくて」相手の視線を感じたまま現場から車を出した。

「これって、死んだってこと？　こんなにあっけなく？」女の幽霊が訊いた。

「ええ、残念ですけど」車の流れを縫って道を急ぐ。

「こんなの早すぎる」幽霊は言って、助手席に吸いこまれた。


午後零時四十五分、高速40号線東向き車線、インターチェンジ付近——警察官を巻きこんだ死亡事故

五分ほどして現場に到着すると、わたしは固くなったグラノーラバーをグローブボックスから取りだした。赤いセダンが土埃や干し草や瓦礫《がれき》が溜まった中央分離帯に突っこんで転覆し、車体の上半分が大破していた。すでに警察が運転席側を白いシートで覆っている。

フロントエンドはぺしゃんこで、オイルが漏れたエンジンに鋼板が突き刺さり、熱くなったオイルと不凍液のにおいが立ちこめている。死体に興味津々のドライバーたちが路上に散乱した車の破片を縫ってのろのろと通過するため、後続車の流れはいまにも止まりそうだ。

何人か知った顔を見つけたので握手を交わし、現場の状況を尋ねた。死亡したのはまた女性で、かなりのスピードで走行中によそ見をして車線を外れたらしい。ただし、もう一台の非番の警察官が乗っていた小型車のほうがどのように関与したのかは不明だった。

一枚目は待機中の救急車のバックバンパーに乗って撮ることにした。ごった返した現場のなかで、のぼれそうな場所はそこくらいだ。路面の痕跡から見て、最初にコントロールを失ったあともかなりの距離を走行したようだ。救急車から降りてゆっくりと道路を進みながらタイヤ痕を観察し、さらに現場の全体写真を二、三枚撮った。左車線の路面に黒いくっきりとしたスリップ痕が刻まれ、タイヤのリムがアスファルトを大きくえぐっている。そこも写真に撮る。そこから車は時速百二、三十キロで分離帯に突っこみ、転覆した。女性が助かる望みはなかった。必死で車を制御しようとしながら、衝撃の瞬間に絶命したにちがいない。

小型車のドライバーのほうは軽傷ですんでいた。片目の上が切れているのと、ガラスの破片でできた細かな切り傷や刺し傷があちこちにある程度だ。まだ現場にいたので、その警察官も撮影した。アルバカーキ市警風俗取締班のバーンズ刑事は勤続十五年のベテランで、顔を合わせたのは三、四回といったところだろうか。バーンズは落ち着かなげに写真を撮られながら、赤いセダンのドライバーのことを繰り返し訊いた。

「助かるだろうか」

「すみません、わかりません。わたしは写真を撮るだけなので。後ろを向いてください」

バーンズの両手の拳にはいくつもの傷痕や痣《あざ》があった。腕を出すように促すと、両方の袖口のすぐ内側に治りかけの切り傷が二本平行についていた。バーンズは気まずげに手首を下に向けた。わたしは気づかなかったふりをした。

そして撮影を続けながら訊いた。「拳の傷はどうしたんです？　今日できたものじゃなさそうですが」相手はこちらを見ただけで、答えようとはしなかった。撮影がすむと、バーンズはすぐに救急外来へ搬送された。

刑事の車は後部にかなり大きなへこみがあり、激しく追突されたように見えた。前部はきれいなままだ。左側のサイドミラーが外れ、ドアに赤い塗料が付着している。わたしは粘着テープを少し切りとって赤い汚れを枠で囲んだ。こんな場所についているのは妙だ。追突されたのならとくに。どうしたらこの状態に？　ありえない。

百枚超を撮影したところで赤いセダンのほうへ移動した。十五分前から待っていた検死官はしびれを切らし、路側帯で何本も煙草を吸ったあとだった。車の周囲には新たに白いシートで小さな箱型の覆いが設置されていた。ドアはあいていて、女性の身体が車内からはみだしている。胸は車重で潰れ、両脚はダッシュボードにはさまれている。両腕も折れているのは明らかだ。片方の華奢《きゃしゃ》な手がハンドルを握っている。左に傾いた不自然な姿勢のまま身体はフロントシートに固定されている。撮影をはじめながら、どこかで幼い子供が母親の帰りを待っていないようにと願った。どこかにこの人を愛していた誰かがいるはずだ。なのにこうしてもの言わぬ空の器となったまま、この世に縛りつけられている。

わたしはファインダーをのぞいて遺体をフレームにとらえた。午後の光が反対側のウィンドウから差しこみ、その頭に奇妙な光輪を形作っていた。少量の血の筋がライトブラウンの髪にこびりついて固まり、どす黒く染めている。命の源だったその液体は両目もふさぎ、黒ずんだ永遠の封印を施している。十枚ほど写真を撮ったところで、ボンネットを叩く拳の音に邪魔された。

「あのクソ野郎が割りこんできたのを見た？　そりゃ、街なかでこっちも割りこんだかもしれないけど、わざとじゃない。わかる？　なのに、あいつはここまで追いかけてきて、こっちを煽《あお》って、幅寄せしてきたの」女の幽霊が地面を蹴った。すでに実体を持たないことには気づいていないようだ。そして車に近づき、立ちどまって自分に目を留めた——車内に縛りつけられたままの自分に。それからこっちを見て、わたしの視線に気づいた。

次の瞬間、一陣の熱風のように宙を突っ切って目の前へ飛んできた。あまりに顔が近く、相手の熱と怒りがじかに伝わってくる。死者だろうと生者だろうと、ここまで間近に迫られたのは数カ月ぶりだ。気づかないふりをするつもりが、思わず後ずさりした。圧倒的な迫力だ。アスファルトの縁に足を取られて尻もちをつき、カメラを地面に落とした。

「大丈夫ですか」若い警官が言った。「どうしたんです?」とわたしを引っぱり起こす。

女の霊は興奮のあまり肩で息をしながら、そばに立ってこちらを見つめている。「わたしが見えるんでしょ」

わたしは聞こえないふりをした。

「あの、大丈夫ですか」警官がもう一度訊く。

「ええ、すみません、大丈夫」とごまかした。「ちょっと疲れてて、ふらついちゃって。あそこの縁に気づかなかったみたいで」鑑識官やほかの警官たちだけでなく、レッカー車の運転手までがこちらをじろじろ見ている。

「写真が無事ならいいですが」別の警官がカメラを差しだした。怪訝《けげん》そうな目で見ながら、ぎこちなく笑いかけてくる。わたしは土埃にまみれたストラップをつかんでカメラの背面をチェックした。壊れてはいない。写真も無事なはずだ。

「大丈夫」

熱気がまた押し寄せる。女の霊が顔を近づけて目を合わせようとする。わたしは視線を素通りさせようとした。相手の顔のどまんなかに、はてしない世界への扉がぽっかりと口をあけているかのように。霊が大声で責めたてる。

「わたしが見えてるんでしょ。わかってるんだから。みんなに伝えて。なにがあったかを。ノーと言ってるのに、あいつが引きさがらなかったんだって。わたしたち、たしか五カ月くらい付きあってて、一カ月前にわたしから振ったの。でもあいつは許さなかった。わたしが死ねばいいと思ったのよ」あまりの剣幕に、自分がびくっと身をすくめたのがわかった。周囲にはもちろんなにも聞こえていない。

若い警官に目を戻すと、お次はなにをやらかすかという顔でわたしを見ていた。「撮影はすんだので切りあげます。助かりました、どうも」わたしはコートの襟を立てて現場をあとにした。幽霊がすぐ後ろをついてくる。

「わたしの言ったこと聞いてた？　ねえ、あなた聞こえてるんでしょ。目の前に立ってるのも見えてるんでしょ。なぜ誰にも言わないの。なぜわたしが言ったことを伝えないの？」幽霊は前にまわりこんでしきりに目を合わせようとする。そのまままっすぐ突き抜け、さらにそれを三回繰り返してようやく車にたどりつくと、わたしはドアを閉じて静かな車内に腰を落ち着けた。幽霊がウィンドウの向こうに立っているのが目の端に見えるが、視線は合わせない。相手は身をかがめてわたしをにらみながらウィンドウを叩きはじめた。通りかかった検死官も心配げな顔でこちらを見ている。

「なにを伝えれば？」わたしはエンジンをかけた。「この人の幽霊が、警官に幅寄せされて押しだされたと言ってますって？」

わたしの返事に驚いた顔をしてから、幽霊はまたウィンドウを叩きはじめた。「いいから伝えて。あなたが何者か知らないけど、とにかくわたしが言ったことを話して。ねえ、もう一度返事をしてよ。聞こえてるって言って」

「聞こえてます。報告書と写真を見ればわかるようにしておきますから」わたしは急いで車を出した。ミラーをのぞくと幽霊は消えていた。つきまとわれないように祈るしかない。

シートに置いた携帯電話が鳴った。留守電に切り替わる。路肩に車をとめて写真に目を通した。電話はあとでいい。三十八枚目の写真が女の霊が言ったとおりのことを示していた。刑事の車の左のサイドパネルとドアにこすったような赤い塗料が付着している。刑事が赤い車に幅寄せして押しだしたように見える。

電話がまた鳴った。留守電に切り替わる。聞かないわけにはいかない。

「リタ、まだ現場なのはわかっているが、もう数時間だけがんばって……」

最後までメッセージを聞かずに切ったとき、パトカーが四、五台、警光灯を光らせて追い抜いていった。膝の上で携帯が震える。〝鑑識課〟。いまのパトカーがどこへ向かったにせよ、わたしもそこへ行くことになりそうだ。

第十二章　わたしの箱カメラ

ジュディスはもういないと言っても、祖母は信じなかった。顔にそう書いてあった。帰りの車内ではふたりともずっと無言で、夜もそのままだった。ふだんなら話しかければ祖母は笑顔になってくれる。でもたまに、見るからにそっとしておいたほうがいいとわかるときもあった。わたしはテーブルについて祖母がコンロでグレイビーソースとトウモロコシを料理するのを見ていた。わたしの好物だ。その晩、家のなかは静かだった。ふたりとも押し黙ったまま顔を拭いて歯を磨いた。

翌朝起きだすと、祖母はもうテーブルでコーヒーを飲んでいた。そして微笑んでわたしを引き寄せた。

「リタ」とわたしを抱きしめて言った。「頼みがあるの」

わたしはうなずいた。どんな頼みでも聞くつもりだった。

「出かけないといけなくなったの。理由はまだ言えないんだけど、いつか話すから。わかってくれる？」わたしはうなずいてにっこりした。祖母は骨が折れそうなほどきつくわたしを抱きしめた。

ジュディスのことで祖母の心はついに折れてしまった。どうしていいかわからなくなってしまったのだ。ひとりで悩んで、追いつめられていた。わたしといっしょにいたいけれど、このまま置いてはおけないと悟ったのだ。

「ミスター・ビッツィリーが週末のあいだ面倒を見てくれるからね。できることがあったら、なんでも手伝ってあげて。なにか頼まれたら、言われたとおりにするようにね」祖母はわたしの腕をつかんで放そうとしなかった。「心配ないよ。迎えに行くからね」

「わたしが悪いことをしたから？」喉に塊がこみあげた。ジュディスと話をすることで、祖母を傷つけるつもりなんてなかったのに。寂しかっただけだ。そのせいで週末はずっとまじない師のところで過ごすことになってしまった。

「違うよ、わたしの赤ちゃん《シェ・アウェー》」祖母がまたわたしを抱きしめた。「おまえはよくやってる」そう言って、テーブルに置いてあった箱カメラに触れた。「これを渡しとく。これからはおまえのよ」そして黒いビニールの封筒を箱に入れ、わたしの顔を両手ではさんだ。もう一度抱きしめられたとき、祖母の肩が涙で震えたのがわかった。

真昼の日差しが大地を黄色く焦がすまえに、祖母はわたしと箱カメラと小さなスーツケースを送りとどけた。ミスター・ビッツィリーとわたしは、祖母のピックアップトラックが幹線道路に入って遠ざかっていくのを見送った。ミスター・ビッツィリーがにっこりと笑いかけた。「おいで。ライム味のクールエイドを用意してあるよ」

ミスター・ビッツィリーがなかへ入り、網戸が閉まって木と木がぶつかる音がした。わたしは祖母の車が家々の屋根や木々の枝の向こうにすっかり隠れるまで目で追いつづけた。なかへ入ると、くたびれたソファにミスター・ビッツィリーの孫の男の子がすわっていた。汗で顔をてかてか光らせ、裸の足をクッションの端からだらんと垂らしていた。隣にすわってアニメを見ているうちに、夏の熱気が室内にこもりはじめた。

「その箱、なにが入ってるの」男の子がわたしの膝の上の箱カメラを指差した。

「まだなにも」

手伝うことはたくさんあった。家にいるのは三人だけ、ミスター・ビッツィリーと、もの静かな十歳の孫のトラヴィス、そしてわたしだった。日が傾くまでに、わたしとトラヴィスはミスター・ビッツィリーを手伝ってホーガンの入り口に薪《まき》をどっさり積みあげ、井戸のそばの水のタンクを四つとも満杯にした。それから緑色のクールエイドが入ったプラスチックのマグカップを手に、ふたりでトハッチーの谷に沈む茜色の夕日を眺めた。

その夜遅く、玄関の外で女の人の泣き声が聞こえた。ミスター・ビッツィリーが暗がりのなかをそろそろとドアに近づく足音がして、トラヴィスとわたしは毛布の下から身を起こした。女の人は取り乱していて、息をあえがせながらナバホ語でまくしたてた。ソファの上でじっとしていると、ミスター・ビッツィリーが相手の肩に腕をまわしてホーガンへ案内したのがわかった。

わたしたちはしのび足でドアの前まで行って様子を窺《うかが》った。女の人の名前はローズマリー・ネズというらしい。ローズマリーはおいおい泣いていた。なにを話しているかはわからなくても、ふたりの顔を見ていると、その言葉が悲しみと苦悩に満ちているのはわかった。

「なんて言ってるかわかる？」わたしは小声で訊いた。

トラヴィスは眉をひそめて答えた。「息子がいないんだって」そこでわたしの耳もとに顔を寄せた。「ドラッグとか酒とかをやっていて、何日も帰ってきてないんだってさ」

ローズマリーはミスター・ビッツィリーの両手をつかんで訴えつづけた。

「じいちゃんに、息子のために祈ってほしいんだって。お礼はなにもできないけどって」

「トラヴィス！」ミスター・ビッツィリーに呼ばれてわたしたちはびくっとした。トラヴィスがパジャマのままドアから飛びだしていった。「ふたりで薪を持ってくるんだ」言われたとおりにしてから、火が焚かれるところを眺めた。それからソファに戻って、ミスター・ビッツィリーが夜空に捧げる歌を聞いた。荒涼とした白い月が大地をどこまでも照らしていた。熱気はようやくやわらぎ、静寂のなかに響くのは祈りの声だけだった。

トラヴィスが沈黙を破った。「なんでナバホ語がわからないんだ？」

「教わってないから」

「ばあちゃんはナバホ語で話さないの？」トラヴィスが横目でわたしを見た。

「あんまり。トラヴィスのおじいちゃんみたいには話さない。うらやましいな」遠くの茂みの奥で黒っぽいなにかの影が動くのが見えた。動物じゃない。それは動きを止めて耳をそばだてた。ミスター・ビッツィリーの声が谷間にこだましていた。

「じいちゃんの歌で、あの人の息子が見つかるといいな」

トラヴィスは家のなかに戻った。息子がどんな姿なのかは知らないが、誰かが暗がりのなかに立っているのはたしかだった。わたしは家に飛びこんでドアを閉じた。

「どうかした？」トラヴィスが訊いた。テレビの光がその顔を照らしていた。

「早く戻ってきたかっただけ」わたしはそう答えて、トラヴィスといっしょに居間でちらちらと光る音なしの映像を眺めた。

そのとき、バンと大きな音がして窓ガラスが震え、トラヴィスとわたしはキッチンに駆けこんだ。誰かがドアにレンガでも投げつけたような音だった。

「おまえたち、大丈夫かい」ミスター・ビッツィリーが入ってきた。

わたしたちは口をきくことも動くこともできず、また音がしないかとひたすらドアを見つめた。でも、なにも起きなかった。ミスター・ビッツィリーがドアを大きくあけた。誰もいない。涙で頰を濡らしたローズマリーもいっしょに暗がりを見まわした。わたしたちは寝床代わりのソファへ戻され、まもなく、ミスター・ビッツィリーがローズマリーを車まで送ったあと、ポーチの階段をのぼってくるのが聞こえた。それから足を止めてこちらを見たので、わたしは眠っているふりをした。ミスター・ビッツィリーが寝室に戻ると家のなかは真っ暗になり、わたしも目を閉じて眠りについた。

翌朝、誰よりも早く目を覚ましたとき、わたしはすでにローズマリーの息子が死んだことを知っていた。ひと晩じゅう、その夢を見ていたからだ。息子の車が夢に出てきて、笑い声も聞こえた。事故死だった。デズウッド・ネズは、ふたりの若い娘といっしょにチャスカ湖を見下ろす崖にのぼって、ふらふらになるまでお酒を飲んだ。娘たちが後部座席で酔いつぶれたので、デズウッドは崖っぷちまで行って真っ暗な湖面をのぞきこんだ。そのとき足をすべらせたのだ。身体は岩や木にぶつかりながら崖の底まで転がり落ちた。車と連れのふたりから三十メートルも離れた場所に。翌朝目を覚ましてデズウッドがいないのに気づいたふたりは、歩いて帰ったのだと思いこんだ。ふたりもそうやって帰った。かすかな笑みを浮かべて崖の底に倒れたままのデズウッドを残して。

わたしは外のすがすがしい空気を吸いに出た。まだ高速道路は空っぽで、まばらでわびしい照明灯の下で前夜の様子を報告しあう犬たちの声も聞こえなかった。わたしは家の前の通りを渡り、地面を覆う茂みや草むらを見渡しながら、草の葉の感触を指先でたしかめた。

「リタ」ミスター・ビッツィリーが呼んだ。「そんなところでなにをしているんだい。戻ってきなさい」

急いで戻ると、ミスター・ビッツィリーは片膝をついてわたしの目をのぞきこんだ。

「リタ、あんなふうになにも言わずに出ていってはいけないよ」ぎゅっと手を握られた。

「きみの面倒を見ると、おばあさんに約束したんだから」ふたりで手をつないだまま階段まで戻ってそこに腰を下ろした。

「姿を見た気がしたんです、ミスター・ビッツィリー」わたしは野原を指差した。「ゆうべ、あなたが歌っているときに、影があそこに立ってたんです」

「誰の影が？」わたしの手を握る指が強く脈打つのを感じた。

「ミセス・ネズの息子さんの。死んじゃったんでしょ」

ミスター・ビッツィリーが手を放した。「わからないだろ、リタ」そしてなにもない野原を眺めやった。「そんなことは言っちゃいけない」

「ほんとです。ゆうべ夢に出てきて、どこにいるか教えてくれました」

「リタ」ミスター・ビッツィリーが怒りだした。「そんな嘘はつくもんじゃない。ミセス・ネズは息子さんのことが心配でたまらないんだ。きみのおばあさんがいなくなったらどう思う？　見つけだしたいと思わないかい」

「嘘じゃないんです」わたしは泣きだした。祖母がいなくなると考えただけで不安でいっぱいになった。「落っこちたんです。湖のそばの崖から。いまもそこにいるんです」

ミスター・ビッツィリーが身を震わせたのがわかった。そして立ちあがってもう一度わたしの手を取り、家のなかに戻ってキッチンに入ると受話器を取った。

ミスター・ビッツィリーが電話で警察を呼ぶあいだ、トラヴィスの目はわたしに釘づけだった。それから三人でキッチンにすわり、ときどきコーヒーポットが立てるポンという音を黙って聞きながら待った。パトカーが到着して、警官たちがウィンドウごしにミスター・ビッツィリーと話をした。わたしはやりとりを聞きとろうと耳を澄ました。

「きみの噂、あれってほんとなんだろ？」トラヴィスが訊いた。

わたしは答えなかった。

「幽霊とかそういうのが見えるってやつだよ。ほんとなの？」トラヴィスはあきらめなかった。「ねえ、べつに怖がったりしないよ。なにか特別な能力があるんだろ、じいちゃんみたいに。ものが見通せるんだね」

それでもわたしは黙っていた。祖母と離れてまだ二日なのに、自分がここに捨てられたのではと考えずにはいられなかった。母にもグロリアにも捨てられたみたいに。このままミスター・ビッツィリーとその孫といっしょに一生を過ごすことになるのだろうか。不安でたまらなかった。

ミスター・ビッツィリーが部屋に入ってきて、わたしとトラヴィスのそばにすわった。

「警察が湖にデズウッドを探しに行くことになった。なにかわかったら、ミセス・ネズに知らせたあとに、こちらにも連絡してくれるそうだ」ミスター・ビッツィリーはわたしから目を離さなかった。でもそれは疑いの目ではなかった。気遣われているのだとわかった。

「さっきの話が本当だと誓えるかい、リタ」

頬に涙がこぼれるのを感じた。こらえようがなかった。

「横になりなさい」ミスター・ビッツィリーが立ちあがってわたしをソファへ連れていった。「おばあさんのことが心配かもしれんが、大丈夫だ。明日には迎えに来るから、いいね」

ソファに横になってちらちら光るテレビの画面を眺めていても、心地いい眠りは訪れてくれなかった。祖母を恋しがって泣くしかなかった。誰かを恋しがって泣くのはよくないことだとわかっているのに、洪水のように涙があふれた。

隣でいっしょにテレビを見ているふたりはなにも言わなかった。トラヴィスが眠りに落ちると、ミスター・ビッツィリーはわたしのそばに来て、床に脱いだ自分のブーツの隣にすわりこんだ。

「おばあさんの行き先は聞いているかい」

「いいえ。でももう、わたしの世話が無理になっちゃったのかなって」

答えを聞いて、驚いた顔が返ってきた。「なぜそんなふうに思うんだ、リタ」

「そんな感じがするから」

「まあ、ある意味そうだね。おばあさんは、お母さんがきみと暮らせる場所を用意しに行ったんだ。そろそろお母さんがきみの面倒を見るべきだから」

わたしは絶句した。

「わしらはいつでもここできみを思っているよ、リタ」ミスター・ビッツィリーがわたしの目をのぞきこんだ。「ここはいつでもきみのための場所だ。ここなら安全だよ」そこで間があった。「わしときみには通じるところがある。きみのほうが大きな力があるようだが」

《ザ・トゥナイト・ショー》でジョニー・カーソンが幕の奥から現れるところを、ふたりで黙って眺めた。ミスター・ビッツィリーの言うとおりだ。ものの見え方や、能力の使い方に違いはあっても、より大きな意味でふたりには通じるところがある。同じひとつの目をときに応じて分けあっているみたいに。

祖母が外出先から戻るはずの日、わたしはクローゼットに入って箱カメラのなかに印画紙を貼りつけた。そして写真を撮ってあげるとミスター・ビッツィリーとトラヴィスに言った。でもふたりとも信じなかった。

「その箱で写真を撮るって？」トラヴィスが言った。「ばかばかしい！」ふたりはしぶしぶポーチに出て、トラヴィスが階段の最下段に、祖父の両膝にはさまれるようにしてすわった。わたしは小さな穴をふたりに示した。

「ここを見てて」そう言って、箱の正面のテープをはがした。ふたりはくすくす笑った。「動いちゃだめ。とにかくじっとしてて」ふたりの姿は完璧だった。ミスター・ビッツィリーはぶかぶかのオーバーオールに履き古したモカシンブーツ、トラヴィスのほうは、穴だらけのジーンズからひょろっとした褐色の脚をのぞかせていた。わたしはテープを貼りなおしてクローゼットに駆けもどった。

出てきたとき警察が私道に来ていた。トラヴィスと見ていると若い警官がひとり近づいてきた。わたしがもう知っていることを伝えに。

「こんにちは《ヤーッエー》、ミスター・ビッツィリー」警官は帽子を脱いで眉の汗を拭った。「昨日デズウッド・ネズの遺体が発見されたことをお知らせに来ました。ご協力に感謝します」

「亡くなってしまうとは残念です」ミスター・ビッツィリーは首を振った。「知らせていただいてどうも」警官が車へ戻って走り去るのを三人で見送った。トラヴィスとミスター・ビッツィリーがわたしを見た。言うべきことはなにもなかった。

第十三章　ニコンD200
AF-S DX Zoom-NIKKOR
17-55㎜ f/2・8G IF-ED レンズ

午後四時三十四分、ジュニパーヒルズ一一二七一——無理心中の疑い

到着したときには、現場はすでに封鎖されていた。わたしは黄色い立入禁止テープにボンネットをぴったり寄せて車を降りた。内部の様子を目にするのは気が進まなかった。雑音混じりの無線通信が入る。「機動鑑識班が向かっている。25号線からトラムウェイを東に走行中」バッグを肩にかけてテープをくぐった。

現場は美しい家屋だった。丘の上に建ち、磨きあげられたガラス窓が下界にプリズムを放っている。最初の一枚は家の外観、二枚目は家屋番号、三枚目は目の前に広がる玄関ホールを撮った。高く広々とした天井、薄紫色がアクセントに使われた白い壁。ドアの奥へ入ると、かすかな火薬臭とポプリの香りがした。右側の壁は銀のフレームでびっしりと覆いつくされている。赤ん坊やサッカーの試合、家族の集い、そして並んで立った若い夫婦の写真。夫のほうはすぐに見分けがついた。

ハリソン・ウィンターズ判事の印象は悪いものではなかった。警察の資金集めのイベントや、法廷で証言台に立ったときに、何度か顔を合わせたことがあった。イベントではいつもわたしと同じくらい興味のなさそうな様子に見えた。一カ月ほどまえ、判事は若い娘とともに幹線道路上で酔いつぶれた状態で逮捕された。車内からは大量のコカインと封を切った十八年物のスコッチふた瓶が発見された。少女は十六歳の売春婦で、アリゾナ州で行方不明者届が出されていた。判事は破滅した。

さらに三歩奥へ入ると、ウィンターズ判事の妻が床に倒れているのが見えた。額のまんなかに黒ずんだ穴がぽっかりとあいている。驚愕の表情で目を見開き、はげかけた口紅の下の唇は紫に変色している。銃創の直径は最長五センチ、星形の裂創と焼け焦げが見られるため、拳銃を頭部に押しあてた状態で撃たれたものらしい。一発目の銃弾が見つかり、それを撮影した。濡れたスポンジを貫通し、カウンターに跳ね返り、シンク奥の壁に食いこんでいた。シンク上の窓と天井には楕円形に血飛沫が散っている。遺体の頭部はどす黒く染まり、顔のまわりの血は乾いている。キッチンとダイニングで合わせて六十四枚を撮影した。ミセス・ウィンターズの遺体、その手に握られた血飛沫の飛んだ封筒、卓上の書類に付着した血まみれの手形。飼い犬までがシンクのそばで血にまみれ、惨《むご》たらしく殺されていた。三個の空薬莢も撮影する。パン屑とごわごわした犬の毛玉の隣で鈍く光っている。四五口径。

居間には荒らされた形跡がなく、整然としていた。グラスもコースターもすべて片づけられ、テレビはついたままだが、音声はミュートにされている。マッシー刑事が階段の下にすわって手袋を脱いでいる。まだ若く、警察に入って三、四年といったところだが、すでに刑事に抜擢《ばってき》されているのは、なかなかの快挙だ。

「どうも、マッシー」わたしは手を差しだした。「二階はもう見た?」

「ああ」返事はそれだけだった。上になにがあるにせよ、ひどい状況だということだ。わたしは何度かシャッターを切りながら二階へ上がった。八十七枚目は階段をのぼりきったところに残された血まみれの手形だ。太く頑丈そうな指で、指紋もはっきり確認できる。八十九枚目は赤ん坊の部屋のドアノブに残った手形。なかへ入ると、火のついたような泣き声が聞こえた。赤ん坊が注射されたり、頭をぶつけたりしたときのような泣き方だ。けれども、部屋に赤ん坊はいなかった——少なくとも、命があるものは。ドアのそばにいた警官が振り返ったが、目を合わせようともしない。ますます激しくなる泣き声を聞きながらベビーベッドに近づいた。キリン柄のシーツもそのほかの寝具も、ベッドのまわりに置かれたぬいぐるみも、すべて血にまみれている。銃弾は幼い女の子の首の付け根から入り、ベッドの床板を貫通している。九十枚目から百五十枚目の写真はその部屋の状況を写したものになる。ブランケットや銃創、そしてベッド下の血溜まり。一枚撮るごとに喉に塊がこみあげる。OMIが遺体の回収に来るのを待って、その子の顔も撮影した。銃弾は右頰をかすめ、目のすぐ下に皮膚と血の花を残していた。運び去られる小さなその遺体をわたしたちは無言で見送った。くぐもったすすり泣きがまだ続いていた。

男の子のほうは部屋のクローゼットに隠れ、脳天を撃ち抜かれた状態で見つかった。おもちゃが散らばった床に身を丸めて倒れ、汚れた服に顔をうずめている。すべてをカメラに収めていく。冬用コートに散った血痕も、クローゼットの扉の周囲に貼られたポスターも。年はせいぜい十歳といったところ。キッチンにいる母親と驚くほど瓜二つだ。銃創まで同じだった。おそらく、階下の物音を聞いて隠れ、結局は見つかって撃たれたのだろう。男の子の遺体と室内の撮影には一時間以上かかった。現場見取図の作成係と報告書の記載係、写真撮影係の三人がいるにもかかわらず、その場は静まりかえっていた。

誰かがコートを引っぱった。男の子だ。思わず目を合わせてしまう。

「ここにはいないよ。ぼくたちを撃ったやつは」その子が淡々と言う。「あっちの部屋に行って父さんも撃ったんだ。聞こえたよ。来て。見せてあげる」腕をぐいっと引っぱられたので、ほかのふたりに気づかれたかと思った。信じられないことに、霊の手の感触がはっきりと感じられる。

「リタ、大丈夫？」アンジーだ。振り返ったとき、自分の頬を伝う熱い涙に気づいた。

「ええ、平気です。長い一日だったので。ほんとに長い一日だったんです」

「少し休憩する？」アンジーがしげしげと見る。

腕に圧を感じた――男の子がせっついている。

「いえ、最後までやってしまいます。ちなみに、いま何時です？」

「七時。ここに着いたのは？」アンジーが報告書になにか書きこむ。

「四時半ごろ。あとひと部屋で終わりです」わたしはウィンターズの仕事部屋に向かった。

ドアのところにガルシア刑事とバルガス刑事がいて、わたしとアンジーより先になかへ入った。見取図を確認し、ガルシアが報告書に記入をはじめる。

そして首を振った。「こんな結果になるとは残念だ。ウィンターズ判事が無理心中とはな」机の奥にまわり、判事の頭にあいた銃創を背後からのぞきこむ。

ウィンターズ判事はデスクチェアにすわり、曇った目で天井を見つめていた。こめかみの銃創の周囲にはかすかな斑点と黒変が見られ、太い血の筋が垂れている。射出創は頬にある。背後の壁に掲示された法学博士号などの学位証書に、肉片や毛髪や皮膚が飛び散っている。両手は下に垂れ、四五口径の拳銃が傍《かたわ》らの床に落ちている。銃弾は机の下のカーペットに食いこんだ状態で発見された。二百八十五枚目に部屋全体を、三百十五枚目には未使用の四五口径の銃弾が散らばった判事の机を撮影した。

さらにカメラをかまえたとき、男の子がフレームの左側に現れてドアのほうを指差した。

「あれがここにいたやつだ」

振り返ると、そこには報告書の続きを書いているガルシアと相棒のほかに、鑑識班の半分が立っていた。

背後に怒りの波動を感じて振りむくと、死んだウィンターズ判事が険しい顔でにらんでいた。強烈な憎悪が襲った。顔にボールでもぶつけられたようにオレンジの火花が飛び、痛みが走る。

「ねえ父さん！　見てよ。この人、ぼくたちが見えてるんだ」

わたしは激怒したウィンターズ判事の霊をまじまじと見た。

「わたしの家から出ていけ！」と怒鳴って判事がわたしの身体を突き抜けた。経験したことのない吐き気がこみあげる。死をじかに感じた。

よろめくように仕事部屋を出て階段を下り、一階に着いたところで壁の写真にぶつかって落とした。ガラスの角が砕け、フレームが真っぷたつに割れる。

「リタ！」アンジーが手を差しのべた。「いったいどうしたの、リタ。大丈夫？」

写真はウィンターズ判事を写したもので、隣に市警本部長と市長が、反対隣にガルシア刑事と高級スーツの男が立ち、全員が笑顔で肩を組んでいる。

「助けて」アーマの冷たい息が首にまとわりつき、喉と顎がこわばって肌が粟立《あわだ》ちはじめる。「助けてくれるまでつきまとってやる」

鼻に熱いものを感じ、唇が脈打ったかと思うと、なにかが上唇にこぼれた。血だ。そして真っ暗になった。

第十四章　コダック インスタマチック X-35F

七歳の誕生会のとき、わたしは祖母からもらった長方形の箱をあけるのを最後に取っておいた。きっと腕時計かなにかだろうと思った、シルバーにトルコ石があしらわれたような。テープと包装紙をはがすと、それが現れた。

コダック インスタマチック X-35F。鮮やかな黄色い箱にはインスタマチックフィルム一本のほかに、きらきらした透明のキューブが詰まった細長いケースも入っていた。フラッシュだ。箱をあけると取扱説明書が膝の上に落ちた。わたしは招待客のことも忘れてすぐに読みはじめた。カメラは茶色と黒の直方体をしていて、背面は車のドアみたいに大きく開いた。わたしはフィルムの包装をはがして、新品のプラスチックの強い香りと、むっとする工場のにおいを嗅ぎながらフィルムをセットした。シャッターボタンはカメラ前面のレンズの右側についていた。ファインダーをのぞくと、そこにいるみんな——祖母に母、ルースおばさん、トラヴィス、ミスター・ビッツィリー、そして隣人のミセス・ビッツィーと飼い犬——がこちらを見ていて、ガラスごしの顔はどれもゆがんで見えた。わたしはシャッターを切った。

「リタはお気に入りのカメラマンでね」ミスター・ビッツィリーが言って、みんなが笑った。

ケーキと砂糖衣《ごろも》の味を舌に感じたまま、わたしは家のまわりを歩いてスナップ写真を撮った。夏の終わりの午後のことで、いつもは乾いた砂っぽい居留地の地面も黄色と赤紫色に一面覆われていた。トハッチーではあらゆるものが強烈なコントラストのなかに存在している。明暗も色彩も、時間も雰囲気も。ぴんと伸びたナバホティーの黄色い花穂が庭の柵沿いに揺れていた。わたしは大好きな白い家と揺らめく花穂をフレームに入れてまたシャッターを切った。

それからは、ありとあらゆる物や人を撮るようになった。しまいには週にフィルム一本までと祖母に釘を刺されるほどだった。

「うちが破産しちゃうでしょ」と祖母はたびたび言った。

最初のうち、週に一本のルールをひどいと思ったものの、じきにそれが完璧な一枚を待つための究極の方法だと気づいた。最初に撮ったのは居留地の日常で目にするものばかりだった。いとこたちとのトウモロコシの収穫、ミシンをかける祖母、羊を解体する男たち、熱々にした黒いフライパンで揚げるフライブレッド。そのうち家の裏の崖や谷間にも足をのばすようになった。チャスカ山脈を背景に、ツノトカゲやら、放牧中のビッツィー家の牛やら、五、六〇年代の錆びた車やらを見つけては、何百もの写真を撮った。あるとき幹線道路近くの崖にのぼって下を見渡すと、撮りたいものが十以上も見つかった。ズボンの折り返しにどっさり砂がもぐりこむのもかまわず、わたしは坂を駆けおりた。

そして幹線道路の前で足を止めた。黒猫がいた——死んで数時間とたっていない。まだ腐臭も硬直もなく、そばに寄るまで血も見えなかった。道路の先を見ると車が猫を避けようとしたときのタイヤの痕が黒くうねっていた。わたしは猫の真上から写真を撮った。二十四枚撮りフィルムの一枚目だ。残りは二十三枚。

猫の胴体はがっしりとして大きかった。毛並みはアスファルトよりも、それまで見たどんなものよりも黒々としていた。目はあいていて、まっすぐ前を見ている。わたしは熱いアスファルトに頭を横たえて猫と目を合わせた。その向こうにはどこまでも続く道路。二十三、二十二、二十一。ぺしゃんこになった尻尾、つややかな毛にこびりついた血とぎざぎざの傷口。続けてシャッターを切った。二十、十九、十八。茶色いくたびれたピックアップトラックがそばまで来て速度を落とし、乗っている人たちがわたしをじろじろ見た。その顔もフィルムに収めた。十七、十六。あと十五枚しかない。

降りはじめた小糠《こぬか》雨が砂とアスファルトの熱をやわらげ、大地を夢のような黄金色に染めた。わたしは猫に目を戻した。鋭く白い牙が開いた口からのぞいていた。カシャッ。十四、十三。それから車のいない道路を突っ切り、もう一度ファインダーに猫をとらえた。今度は近づいてくる嵐雲が放つ稲光のなかで。

カシャッ。

祖母が町から現像したフィルムを持ち帰るときはいつも興奮でぞくぞくした。写真がちゃんと撮れたかどうかは、黒いつるつるの封筒を手にして、指を折り返しの下にもぐりこませて糊をはがしてみるまでわからない。

そのときは、車を降りてきた祖母を見て両手に汗がにじんだ。祖母は険しい顔をしていた。音を立ててドアを閉じると、わたしの顔を両手ではさんで目をのぞきこんだ。

「だめでしょ《ドーダ》」祖母は言った。「だめ！」そしてテーブルに写真を投げだしてわたしをにらみつけた。封筒はすでに開封されていた。「まじない師を呼ばないと」

十四枚目の写真が束のいちばん上にのせられていた。猫の死骸の白い牙が見えた。

キッチンで祖母がミスター・ビッツィリーに電話をかけるのが聞こえた。ナバホ語でやりとりしていても、わたしのことを話しているのはわかった。まじない師のところへ行っても無駄だということもわかっていた。ミスター・ビッツィリーのことは好きだけど、歌ってもらったところでなにも変わらない。

その夜、わたしたちはホーガンのなかで土の地面にすわって、夜空に漂うミスター・ビッツィリーのしゃがれた歌声を聞いた。ヤマヨモギを焚いた甘い香りが立ちのぼり、天井の穴から流れだしていた。ミスター・ビッツィリーは熱い息で骨笛を吹き、わたしの髪を撫でつけながら、ひたすらわたしのために祈り、歌いつづけた。じきに祖母も歌に加わった。ふたりがなにを言ってるのか知りたくてたまらないのに、祖母は教えてくれなかった。ナバホ語を覚えても面倒なことになるだけだと言われたこともあった。突然、なんの前触れもなくミスター・ビッツィリーがわたしの額に痛いほどきつく顎をこすりつけた。骨笛が耳の奥でわんわん響き、ミスター・ビッツィリーが骨と毛と血をハンカチに吐きだした。

終日ホーガンで過ごしても、なんの変化も感じなかった。祈りや歌からは愛と気遣いが伝わってきたものの、なにも変えられなかった。ふたりがこちらを見ながら、なぜ死者と交わろうとするのかと訝《いぶか》しんでいるのがわかった。ミスター・ビッツィリーと祖母にとって、その交わりはなにより危険なものなのだ。死がもたらす病をふたりは恐れていた。

ホーガンを出たあとはミスター・ビッツィリーの家に戻り、わたしは食卓で甘ったるいバニラクッキーを食べながら、写真のことでお説教された。

「死と関わってはいけないんだ、リタ。死んだものに触れてはならないし、見てもならない」ミスター・ビッツィリーが横目でにらんだ。「話しかけるのもだめだ」

「死んだものの写真を撮るのもだめ」祖母が付け足した。

「きみはとてもよくやってる」ミスター・ビッツィリーは祖母に目をやって続けた。「だがこれだけは言っておかないといけない、死んだものをむやみに身近に引き寄せると、扉を開いてしまうことになる。どこからもぐりこまれたかもわからんまま、気づいたときには霊が頭のなかにいるんだ。扉があることを悟られちゃいけない。きみが鍵だと悟られちゃいけないんだ」

ふたりは死のあとに残されるもの、つまり霊のこと、魂のことをわたしに話して聞かせた。そして霊のなかに癌《がん》のように巣食う邪悪なものに気をつけなさいと言った。死をもたらすエネルギーがそこに存在しているのだと。何度も繰り返し脅《おど》かされて、しまいにはすっかり怯えてしまった。祖父が言い残したのはこのことだったのだ。

話がすんで居間に逃げこむと、たくさんのフットボールのポスターがひとつきりの電球に照らされていた。祖母も続いてやってきた。ふたりで壁に飾られたポスターや赤と白のフレームに入った写真を眺めていると、ミスター・ビッツィリーが顔を赤らめた。

「アリゾナ・カージナルスのファンなんだ。ちっとも勝ってくれんがね」

帰り道、わたしは車内にぶらさがった祖母のタディディーンバッグ（トウモロコシの花粉を詰めた守り袋）と十字架を眺めていた。祖母は荒れた手で静かにハンドルを握っていた。わたしは祖母が大好きだった。見た目も振る舞いも、自分が知っているどこのおばあさんとも違っているから。友達の家や学校で見かけるよその家のおばあさんは、みんないかにもナバホ族の老婆らしい格好をしていた。ナバホ族について書かれた本でかならず見るように、ベルベットの服を着て、お団子にした髪を毛糸で結んでいた。羊を飼い、住まいはホーガン。でも祖母は違った。

祖母は短く切った髪をカールさせていた。のちにそこに白いものが交じりはじめると、たまにつやつやの真っ黒な色に染めた。手は荒れていても、いつも気をつけて清潔にしていて、爪も短く切って磨いていた。薄いコットン生地をロールで買って服も自分でこしらえた。ワンピースにしゃれたズボンに、銀のピンで留めるブラウスも。裁縫はフェニックスの先住民寄宿学校で習ったそうだ。祖母も祖父も寄宿学校生だった。ある日、キッチンのテーブルでジャガイモの皮むきをしながら、祖母はあれこれ聞かせてくれた。

「フェニックスは車と人だらけでね。なにもかもがひどく忙《せわ》しなくて。でもあそこの寄宿学校で料理も裁縫も子供の世話も教わったの。読み書きもね。白人みたいな振る舞いも身についた。でも学んだのはそれだけじゃない。大工仕事やカメラの使い方も覚えたの。居留地の外がどんなところかもわかった。それは大事なことよ。一度も外へ出ないと、自分の暮らしがどんなにすばらしいかわからないから。ときには、遠くの学校へやられてよかったと思うこともある。でないと、なんにもないところで羊を飼ってホーガンで暮らしていただろうからね。こうしておまえと暮らせてよかったよ」

祖母は話がうまかった。わたしは口をはさんだりせず、おとなしく聞いていた。祖母はたくさんのことを乗り越えてきた。顔の皺一本一本に年月と経験が刻まれていた。そしてとてつもなくたくましかった。

その日、雨のなかをミスター・ビッツィリーの家から帰る途中に祖母は言った。「母さんが亡くなったとき、わたしはまだほんの子供だった。五、六歳だったかね。母さんは何カ月もひどい咳をしていてね。熱が出ると咳に血が混じったっけ。おじいさんは、母さんがもう死ぬとわかっていた。それで、これから外へ死にに行くんだとわたしにナバホ語で言って聞かせたの。そうしたら若者がふたり、灰をかぶって松ヤニを塗りたくってやってきて、青白い顔の母さんをホーガンから運びだしてね。母さんはにっこりしてわたしのお下げの先っぽをつかんで、そして手を放した。わたしは窓の前へ飛んでいって、遠くの焚き火のところへ母さんが連れていかれるのをじっと見ていた。何時間も立ったまんま。小さな足が痛んだけど、かまわなかった。母さんにいなくなってほしくなかったの。悲しくて泣いていたら、父さんに引っぱっていかれて叱られた。誰かの死を悲しんで泣くのはなにより悪いことだって。なぜなら、死者をこの世に引きとめてしまうから。旅立ちを邪魔してしまうから。父さんはこの世のなにより死を恐れていたからね。

でも、死がそんなに悪いものだと言われて、頭が混乱してしまって。死んだら地獄行きだと決まっているみたいでね。母さんにそんなところへ行ってほしくなくて、引きとめようとわんわん泣いたの。夏の夜の月明かりの下で、母さんがこの世から去るところを見ながらね。ときどき雷雲がぴかっと光って谷間を照らして、男たちが母さんを死出の旅に送りだすのが見えた。家族は旅立ちの手伝いはできないの。

母さんが死んだあと、戸口から朝日が差しこんで、男たちがホーガンに入ってきて灰を洗い流したのを覚えてる。母さんの名前は二度と呼んだらいけないと父さんが言った。でも夜遅くになると、父さん、つまりおまえのひいおじいちゃんが眠ったあとで、姉さんといっしょに母さんの話をしたものよ。いまのはみんな、わたしたちがそう信じているってだけの話。死が悪いもので、絶望を運んでくるというのはね……少なくとも、そう信じるように教わったってこと。母さんと同じ病気でほかにもたくさんの人が死んだから、それで死を徹底的に恐れるようになったのかもしれない。なにを信じればいいのやら、いまとなってはわからないけど」祖母は首を振った。

ぬかるんだでこぼこの私道に入り、深い轍《わだち》にタイヤをとられながら家の前にたどりつくころには、夜空にはぽっかり月が出ていた。祖母から聞いた話が気になってたまらなかった。人生はなんて残酷なんだろう、おまけに死はもっと残酷で、もっと恐ろしい経験だなんて。ナバホ族の死に対する考え方がわたしは気に入らなかった。それじゃまるで地獄行きの特等切符だ。子供心にあれこれ考えずにはいられなかった。なにが本当なのか、誰の言葉が真実なのかと。


わたしは祖母の家での暮らしが大好きだった。初夏の風にやさしくそよぐ緑のチェック柄のカーテンも、手縫いの鍋つかみではさんで持つほかほかのトルティーヤも、みんなお気に入りだった。クロックラジオから流れるカントリーソングを聞きながら、ふたりでひたすらおしゃべりをした。祖母との毎日はいつもそんな具合だった。そこはずっといたい場所、文明の圧にさらされずに自分でいられる場所だった。

祖母は別の計画を立てていた。わたしの将来のために、そろそろ母のもとへ戻すことにしたのだ。毎年六月から八月には戻ってくればいいと祖母はわたしを説得した。その季節なら、ナバホティーの穂も長く伸びて花を咲かせているし、道路脇には夜の歌の会への参加を募るスプレー書きの看板が現われるし、ポーチに出てふたりで夕涼みもできるからと。でも、できるだけ母と過ごしたほうがいいと祖母は勧めた。「ここで一生を終えてほしくはないの。ここにはおまえの役に立つものなんかなにもないから」

「でも、おばあちゃんはここにいるでしょ」

「わたしはずっとここにいますとも。でもおまえはだめ。グロリアみたいになってほしくないの」

母がわたしの面倒を見られるとは思えなかった。なにしろわたしを預けて好きに生きることを選んだのだから。めったに訪ねてもこなかった。わたしの存在を思いだせと祖母にせっつかれると、母は自分の間違った選択まで思いだしてしまうようだった。

その夜の夢は身も凍るほど恐ろしいものだった。夢のなかのわたしはソファから身を起こして冷たいリノリウムの床に裸足で立っていた。そして祖母の寝室の前まで行って黒ずんだ木のドアに顔を押しつけ、祖母がちゃんと息をしているかたしかめようとした。その習慣は、鼓動という奇跡を知ってからはじめたものだった。祖母が心臓の構造と身体を動かす仕組みについて書かれた本を読んでくれたのだ。それは奇跡のようにすばらしいものだけれど、ほとんど前触れもなく止まってしまうこともある。祖母がいなくなることは、自分自身の死よりも恐ろしかった。

夢のなかで、祖母の呼吸は聞こえなかった。わたしは部屋のなかへ入った。ベッドに横たわる祖母は息をしていなかった。ぐったりしたその身体にしがみついて、ふたたび血をめぐらせようと必死に揺さぶってみても、手遅れだった。わたしの身体が色褪せはじめ、力が抜け、両腕が宙に消えた。歯が一本、また一本と膝にこぼれ落ち、抜けたところをたしかめようと舌で触れれば触れるほど、ますますぽろぽろと抜けていく。全身が粉々になって消えた瞬間、はっと目が覚めた。祖母が足もとにすわっていて、一部始終を映画館のスクリーンで見ていたような顔でわたしを見つめていた。

そしてわたしの手をつかんで朝の光のなかへ連れだした。薄いコットンのワンピースのポケットからやわらかい小袋を取りだして、黄色いトウモロコシの花粉をわたしと自分のてのひらにのせながら、ナバホ語で小さく祈りを唱えた。わたしのため、母のため、そしてわたしたちの未来のための祈りを。ふたりで黄色い粉を髪に振りかけ、口にも入れ、残りをあたりにばら撒いた。祖母はわたしを見てにっこりすると家のなかへ戻っていった。わたしはそこに残って、宙に漂う祈りが朝日にきらめきながら消えていくところを眺めた。

第十五章　キヤノンEOS 5D——真っぷたつ

病院はアルコール綿と絆創膏《ばんそうこう》のにおいがする。それで自分がどこにいるかわかった。

「ほら、見てください、目が覚めたようです。声も聞こえているみたい」

「どうです、聞こえますか。言っていることがわかりますか」

どこから声がしているかわからず、たしかめたいとも思わなかった。ゴム手袋をした手が左の下瞼を引きさげ、ペンライトが目を射る。わたしは診察台の上に起きあがった。

「だめですよ、お嬢さん。横になって安静にしていないと。これからいくつか検査をします——ここに問題がないかたしかめるために」医者が小さく笑ってわたしの額をつついた。

「だから言ったでしょ、リタ」部屋の隅の椅子にすわったアンジーが言った。「この仕事がきつすぎるのよ」

「いやいや、さっさと仕事に戻りなさいよ！」こちらはアンジーの隣にすわったアーマの幽霊だ。「この扉、一日じゅうあけといたっていいのよ」その背後に鮮やかな光が広がり、いくつもの影がそこから現れてアーマを取りかこんだ。

わたしはアーマとその周囲に漂う白い不気味な靄を手で払おうとした。たくさんの光が明滅しながらアーマとアンジーのまわりをぐるぐる飛びまわっている。物干しにかかった洗いたての白いシーツに押しつけられたように顔の輪郭が現れはじめる。近づいてきてはまた遠ざかり、無数の声でささやきかけてくる。いますぐアーマから、この場所から離れないと。ひとりかふたりの声ならなんとかあしらうこともできる。でもいまは、アーマのせいで霊の声を聞けることがばれて、病院じゅうの亡霊たちに狙われている。ウィンターズ家の現場と同じように霊たちの死がじかに感じられ、さらに生々しさを増している。

「リタ、大丈夫なの？　目がどうかした？」アンジーが言った。

「この人、わたしたちが見えるの？」小さな幽霊がアーマに訊く。「見えるって聞いたけど」

「ええ、見えますとも。声だって聞こえてるのよ」

わたしは女の子を見下ろした。白い光に包まれている。子供の声にはどうしても反応してしまう。

「こっち見た！」その子がわたしの顔を指差す。

「見えるんだ。本当に見えるんだな」工事現場用のオレンジ色の反射ベストを着けた男の幽霊が少女を押しのけた。「助けてくれ。頼むから、助けてくれ」

立ちあがると痛みが走った。ワイヤーやチューブやケーブルがつながったままだ。それを残らず引きずって廊下へ出ようとした。

「リタ、だめよ」止めようとするアンジーを力いっぱい押しのける。いっせいに群がってくる無数の声に掻き消されて、アンジーの声はろくに聞きとれない。

「頼む、娘に伝えてくれ、箱の鍵は机のなかだって」建設作業員の幽霊がまた目の前に現れた。

「ママがどこか知らない？　ずっとママを待ってるの」女の子がわたしの指を引っぱる。

女の霊がスペイン語で訴えかけてくる。「お嬢さん《イハ》、助けて《アユダメ》。お願いだから《ポル・ファボール》」両腕に相手の熱を感じる。「ポル・ファボール」

十代の少女がわたしの髪をつかもうとした。患者衣のままで、両腕に切り傷がたくさんある。「あなた、お医者さん？　だったらもらえない？　ほら、痛みに効くやつを」気だるげなかすれた声で、熱には擦《す》ったばかりのマッチのにおいを感じる。

ものすごい数の霊たちだ。言語もテンポも音量もまちまちの声が、わたしの注意を引こうといっせいに訴えかけてくる。ひとりの男の霊が他を押しのけた。銃弾があたったらしく顔の半分がなくなっていて、左目は眼窩からだらんとぶらさがっている。

「妻に事故だったと伝えてくれ。自殺なんかしてないと。絶対に。手がすべったんだ。銃を持ってて。それが地面に落ちた。頼むよ」その顔から目が離せない。

「リタ、こっちを見て。リタ！」アンジーがわたしの顔を両手でつかんだ。「どうしたっていうの、リタ。なにが起きてるの」

「そこらじゅうにいるんです、アンジー。ここに来ちゃいけなかったのに。ここから出して。いますぐ外に出たいんです」

「どれだけ遠くへ行ったって、どれだけ必死に逃げたって無駄よ、リタ」アーマがアンジーの隣に立つ。「見つけてやるから」

　経験したことがないほどの強さで頭が締めつけられた。鼻血がまた流れだし、生温かいものが唇から顎、首へと滴る。幽霊たちはわたしの生気を嗅ぎとり、それを虫歯みたいに引っこ抜こうとする。パニックが押し寄せ、わたしは腕のワイヤーをむしり取った。

「なんてことを、リタ」アンジーがサイドテーブルのタオルを取って差しだした。「鼻血が出てる。ここにいないとだめ。深刻な問題があるかもしれないでしょ」

「みんなでしがみつけば、ノーとは言えないはずだ」建設作業員がきっぱり言った。「ほら、しがみつけ」霊たちはそうした。骨ばった冷たい指がわたしの顔や背中や髪をいっせいにつかむ。すさまじい力で引っぱられていまにも両腕の関節が外れ、髪という髪が抜けそうだ。痛みとともに鼓動が弱くなっていく。それは死の痛み、朽ちていく苦しみだ。祖母とミスター・ビッツィリーに警告されたのはこの声のことだった、これが霊のなかに巣食う邪悪なものなのだ。アーマのせいだ。これまでは霊に触れられることはなかったのに。

「ここから出して、アンジー」わたしはせがんだ。「アンジー、お願い」

アンジーはベッドの毛布を取ってわたしの肩を包んだ。わたしの両腕をがっちりつかんで力ずくで立ちあがらせ、診察室から連れだした。幽霊たちは廊下で身もだえしながら泣きわめき、必死でわたしに近づいて、血の通わない自分のなかに最後にもう一拍だけでも命の鼓動を感じとろうとしている。わたしには頭を上げている力さえ残っていない。毛布にくるまり、アンジーに身を預けて、力強く規則正しいその鼓動を感じた。浅くおぼつかない自分の心拍は、鼻と腕から流れだす血によってかろうじてたしかめられるだけだ。

「お願い、いっしょにママを探して」女の子に力まかせに引っぱられ、毛布が肩から外れて床に落ちた。その子の光が黒ずみ、顔は邪悪にゆがむ。「ママを探せ、さあ！」

救急外来にいる生きた患者たち——真新しい傷を負った生身の人間たち——がぽかんとわたしたちを見ている。

「ちょっと」医者が駆け寄ってくる。「どうする気ですか」

自動ドアが開いて、アンジーとわたしは吹き寄せる風とちらつく雪のなかへ出た。外にとめた鑑識車両へ急ぐ。なかに乗りこむと、わたしは後部座席に誰もいないかたしかめた。幽霊はいないが、わたしのカメラが置いてある。

それは真っぷたつになっていた。レンズが本体から外れ、溝が刻まれたレンズマウントの縁が欠けている。

「いったいなにが？」わたしはふたつに分かれたカメラを持ったまま訊いた。

「あなたが階段で足を踏みはずして、うつぶせに倒れたときにカメラが下敷きになったの。あのときウィンターズ家の現場にいた全員が見てた」アンジーが横目でわたしを見てから通りに車を出した。「それで、さっきのあれの説明は？　なんでもないなんて言わないでよ。あんなに怯えきったあなた、見たことない。一度もね」

郡立病院があんなに霊だらけだとは思いもしなかった。自分の弱さを思い知らされた。

「どう説明したらいいか、アンジー」孤独と恐れを感じた。これまでは自分をコントロールできているつもりだったのに、いまは溺れかけ、水面を探してもがいている。「わたし、取り憑かれてるんです」

「取り憑かれてるって、どういう意味？」アンジーが信号で車をとめた。「仕事を辞めなさい、リタ。とうとう限界を超えちゃったのよ」

「み、見えるんです……ときどき幽霊が」点滴のチューブを引き抜いた腕がずきずきする。

傷口をコートで押さえた。「ほかに説明のしようがなくて。これまではごまかせていたのに、霊たちに気づかれてしまったんです。アーマのせいで」

アンジーは黙りこんだ。最悪な黙り方だ。わたしも続きが見つからず、沈黙に倣《なら》った。

「辞職するべきだと思う」ようやくアンジーが口を開く。「あるいは、わたしからサミュエルズに事情を説明するか。幻覚まで見えているなら、彼も現場には出さないはずよ」

「幻覚じゃない」大きな声になった。「ずっと昔から霊が話しかけてくるんです。子供のころから」

「警察のカウンセラーに予約を入れたほうがよさそうね」アンジーはわたしのアパートメントの前に車をとめた。「朝にサミュエルズと話してみる。何週間も働きづめだったでしょ。この数日でいくつ現場に出た？　少なくとも一週間は休んで、警察の臨床心理士のカウンセリングを定期的に受けたほうがいい」そこで間がある。「この仕事がたやすいものじゃないことはわかってるでしょ。人間の最悪な部分を目にしないといけない。助けを求めていいの。問題を抱えているって認めていいのよ」

「送ってくれてどうも、アンジー」わたしは壊れたカメラを手にした。説明が億劫《おっくう》で、おまけに簡単に信じてはもらえそうにない。

「リタ？　カウンセリングを受けないとだめよ」アンジーがウィンドウごしに呼びかけた。

「病院でのこと、サミュエルズには黙っておくから、いい？」

サミュエルズにどんな話が伝わろうとかまわなかった。それに、二度と仕事に行かなくてもかまわなかった。そんな気持ちになるのはめったにないことだ。なぜだかすべてを遠く感じた。手には壊れたカメラ、薄汚れたワークコート、血がこびりついた鼻腔。孤独とわびしさを覚えた。なにかを変えなければ。

酔っ払いのようにつまずき、よろめきながらアパートメントの階段を上がると、一段ごとにがらんとした館内に足音がこだました。真っ暗な最上階を見上げたとき、ミセス・サンティヤネスが綿球のようにひっそりと暗がりにすわっているのが見えた。

「こんばんは、ミセス・サンティヤネス。起こしちゃいました？」最後の二段をのぼるころには脚の筋肉が焼けつくように痛んでいた。

「リタ？」ミセス・サンティヤネスが怪我をした犬を見るような目でわたしに言った。

「大丈夫なの？」と、コートを指差す。袖の内側に大きな半円形の血のしみがついている。手を引っぱられてドアの奥へ入った。

ミセス・サンティヤネスの部屋に長居したことはなく、室内をじっくり見るのは初めてだった。真っ先に目に入ったのはたくさんの写真だ。玄関から続く廊下の壁には年代順にフレームが飾られている。ミセス・サンティヤネスと幼い子供たちのカラー写真、とびきりエレガントな女性と子供ひとりのモノクロ写真、そして美しくミステリアスな女性が写った鉄板写真《ティンタイプ》。みんな同じ目をしている。

「ティンタイプのが気に入った？」ミセス・サンティャネスがその写真に目をやった。「わたしの祖母《アブエラ》よ。アトリスコの薬屋で働いていてね、来た人みんなに薬を出してあげたの」とフレームのゆがみを直す。「強い人だった。魔女って呼ばれていてね、知っていてはいけないことまで知っていたから」そしてキッチンへ入り、椅子のひとつの背を叩いた。「すわって」

キッチンを見まわさずにはいられなかった。四隅には小さな棚があり、乾燥させた葉や蔓《つる》の包みといっしょに小さな聖母子像が置かれている。壁や棚、テーブル、カウンターなど、あらゆる平らな面に十字架が飾られていて、小さな黒板の買い物リストの隣にも十字が記されている。小窓の外を見ようと目を移したとき、動かない目に涙を流しつづけるキリストがわたしを見た。

「上着を脱いで」

言われたとおり脱いでみると、皮膚と血がべったりこびりついているのがわかった。今夜のことをなかったことにはできそうにない。

ミセス・サンティャネスがわたしの腕を伸ばした。「まあ、なんてひどい傷。どうしてこんなことに？」と、腕にあいた穴を見つめる。

「病院に行ったんです、ゆうべ……というか、今朝」太陽が地平線から顔を出しはじめている。「でも、飛びだしてきてしまって」

ミセス・サンティヤネスはオキシドールで傷を消毒して、絶縁テープでガーゼを貼りつけた。

「こんなテープで悪いわね。これしかなくて」

「ありがとうございます、ミセス・サンティヤネス」腕の傷のうずきは消えている。

「これは？」と示されたところを見ると、脇腹に血がにじんでいた。

「シャツを上げて。背中を見せてちょうだい」明かりをつけたミセス・サンティヤネスは、わたしのシャツを肋骨のあたりまでたくしあげたとたん、十字を切った。「ちょっと、お《イ》嬢さん《ハ》。どうしたのこの背中は」そして玄関の鏡の前へわたしを連れていき、そこがどんな状態かを見せた。「見て《ミラ》。誰がこんなことを？」大小の傷が少なくとも二、三十カ所と、肘のすぐ上にはふた組の手形が残っている。

「平気です」わたしはシャツを下ろした。また十字が切られる。

ミセス・サンティヤネスが大あわてで戸棚からいくつか瓶を取り、中身を混ぜあわせて別の瓶に入れて攪拌した。それからお茶らしきものを小さなカップ二客に注いでテーブル

んだ。

「これって特別なお茶ですか。よく眠れるような」わたしは温かい湯気を鼻から吸いこに運んできた。

「いいえ、それは普通のリプトンのよ」小さな瓶が四つテーブルに置かれた。「これを部屋の四隅に置きなさい、そうしたら眠れるからね。なにか気になることがあっても無視して」問い返すのはやめておいた。ミセス・サンティヤネスがエプロンから卵を出してわたしの身体にこすりつけた。頭から腕、そして脚にも。それから戸棚の前へ行ってグラスを出し、卓上のガラス容器に入った水を注いだ。卵をそこに割り入れると黄身が底へ沈んでいった。「これも持っていって、ベッドの下に置いて。あなたを狙っている者があきらめるように」

自分の家に入るとまっすぐ寝室に向かい、もらった薬草液を四隅に置いて、それから卵入りのグラスもベッドの下に置いた。古い迷信なのはわかっているが、いまは正気でいられるかどうかの瀬戸際だ。

アーマはすでにそこにいて、ベッドの端にすわってこちらを見ていた。「こっちはもう死んでるんだけど、リタ」

「ちゃんとやるから、アーマ。ちょっとだけ休ませて」

第十六章　街へ――コダック　インスタマチックX-45

家を離れる日、祖母もわたしもそれを忘れたように振る舞った。わたしは犬たちにエサと水をやった。祖母はロッキングチェアに、わたしはそばの床にすわって、いっしょにテレビのメロドラマを見た。ピニョン松の実を袋に詰め、乾燥させたナバホティーの束もプラスチックの容器にしまった。それから服と写真を鞄に詰めた。でもインスタマチックX-35Fは祖母のドレッサーの上に置いてきた。戻ってきたときに使えるように。

祖母にはだめだと言われていたのに、お別れを言うときはふたりとも泣いた。

「誰かが去っていくときには泣いちゃだめ。旅路に悪霊を呼び寄せてしまうから」祖母はそう言いながら涙で頬を濡らした。

晩夏の熱気のなか、濡らした小麦粉袋を首に巻いた姿で家の前に立った祖母の顔は、涙と汗で光っていた。わたしは母のアパートメントに着くまで泣きつづけた。

街での新生活のあれこれに慣れてからも、暑く乾燥したトハッチーの日々がわたしは恋しかった。そのうちアパートメントの近所をぶらつきながら、母のインスタマチックで写真を撮るようになった。ブロックの外れにはいつも癇癪《かんしゃく》持ちの酔っ払いがいて、ある秋の午後、わたしはこっそりと近づいてみた。深い皺が刻まれた老人の瞼は目玉を覆う織物のようだった。光の具合のせいか、その姿は毛布代わりの新聞紙の下で翼を休めるくたびれた熾《し》天使みたいに見えた。カメラのシャッター音に気づいて老人がベンチから飛び起きたので、びっくりしたわたしは通りに尻もちをついた。あたりに高笑いを響かせながらその人はわたしを引っぱり起こして言った。

「モデル代は煙草ひと箱でどうだい」

最初に住んだ場所でいちばん傑作だったのがそれだ。

母とまた暮らせるのはうれしかったけれど、それでも居留地のほうがよかった。祖母が恋しかった。その言葉が、声が。祖母の家には変わらないなにかがあり、それは母との暮らしでは得られないものだった。

母はあまりしゃべらなかった。浮草のような暮らしを好む生粋の芸術家肌なのに、色とりどりのフォルダーを整理したり、黒板に文字を書いたりといったデスクワークを嫌々ながら続けていた。昔と同じ夢見がちな遠い目をしてばかりだった。それでも母と暮らしはじめるまでに、わたしも自分の世話はできるようになっていた。生活のすべてを知っていれば母の子育てが頼りなくても心配ない。

ある日、母の芸術への情熱は、未練がましい恋人への気持ちと同じように冷めた。火曜日のこと、母はキヤノンAE-1とレンズのすべてをわたしにくれた。

「なんでくれるの、母さん?」わたしはすっかり当惑してしまった。写真は母がずっと追ってきた夢で、そのためにわたしを祖母に預けさえしたのに。

「もう卒業することにした。いい大人だし、学校でアートプログラムを受け持つことになったの。使う暇もなくなるだろうから」母はカメラバッグを見下ろしたわたしの目から髪を払った。「リタは腕が上がってきたから、いいカメラがあったほうがいいでしょ」

母がその仕事に就いたあと、わたしたちはアパートメントから一軒目の家に引っ越した。そこは急増する年金世代や大都市からの移住組向けに開発されたサンタフェ郊外の新興住宅地だった。町には自分探しや新たなやりがい探しに来たヒッピーや中年のヤッピーがあふれていた。そこにはほんの数カ月しか住まなかった。

そのあと引っ越したのは母の恋人の住まいで、裏庭にポプラの大木がある家だった。藁《わら》を混ぜた日干しレンガでできた天然素材の壁はどっしりと分厚く、ドアや窓はホビットの小屋みたいな丸い形をしていて、室内の空気はひんやりとさわやかだった。すぐそばにスパニッシュ様式の教会があり、家の裏の路地にはこぢんまりした素朴な祠《ほこら》が点在していた。夜にはその祠のグラスキャンドルが灯って、ちりばめられたルビーのように路地を照らした。

母と恋人は二カ月もしないうちに婚約した。母の得意は写真と詩で、相手は物書きだった。お似合いのふたりに見えた。どちらも几帳面でこだわりの強いところが。ふたりとも服を一辺二十センチの立方体にたたみ、靴下はロール状にして箪笥《たんす》の抽斗《ひきだし》にきちんと並べた。

最初のうちその人は名前を教えてくれず、〝父さん〟と呼ばせたがった。でもわたしは〝母さんの彼氏〟と呼んだ。どうにかわたしを懐《なつ》かせようと、その人はポプラの木のいちばん高い枝から黄色いロープを吊るして頑丈なブランコをこしらえた。無駄な努力だった。

ふたりの結婚後、わたしたちは街なかに引っ越した。家はスイカズラの濃厚な香りとアメリカノウゼンカズラのオレンジ色の花に囲まれていた。門扉《もんぴ》のついた長い私道が裏手の小さな離れに続いていた。たくさんのカップルが入れ替わり立ち替わりそこに滞在していて、駐車スペースにとまったおんぼろ車が変わるのが、新しいお客の来た目じるしだった。

そのころのわたしは斜めになった屋根の上にすわって過ごすことが多かった。そこには隣家の庭から小粒のリンゴの木の枝先が張りだしていた。隣に住む移民一家の様子を眺めることもよくあり、ときには裏庭に面した部屋にいる子供たちに話しかけたりもした。スイカズラの茂みでは絶えず虫の音《ね》が響き、裏庭に居ついた野良猫たちの声も聞こえていた。

継父《ままちち》の名前はウォルトンだった。ウォルトン・ヒューズだ。白人で、身なりはアイロンを完璧にかけたTシャツとジーンズ、分厚いウールの靴下、古い茶色の革ブーツ。それが制服になっていて、ほかを試そうとはしなかった。ポケットには小さな爪切りを入れてあり、外にいるときによく取りだして使った。爪はいつも指先の二、三ミリ内側までしっかりと切りつめてあって痛々しいほどだった。身体からはビタミンと木の根のにおいをさせ、ピーナッツバターと豆腐ケーキしか食べなかった。職業は作家。周囲にはそう言っていた。でも実際は、ヒッピー向けの料理本や自然食品の年鑑や民間療法集などを扱う地元の小さな出版社の編集長だった。どんな作品を書いているのか尋ねてみても、本人にもわからないようだった。

「読ませてもらえる？」一度、そう訊いてみた。

「いや、大人が読む話だからね、大人向けの内容の」とウォルトンはキーボードを打ちながら言った。「読ませてもいいか、お母さんに訊いてみるよ」

「どんなことが書いてあるの？　ヒッピーとか、セックスとか、ドラッグとか？」どれもすっかり知っていた。わたしがなにを質問しても、母はオブラートに包まず答えたから。

「まあ、まだはっきりしないんだ」ウォルトンは入力を続けながら言った。「はっきりしたら教えて」

わたしの存在はうっとうしかったと思う。ほかの男の子供なんて目の上のたんこぶだ。おまけにわたしを見るたびに、自分たちの責任のことを、働かなくてはならないことを思いださずにはいられないのだから。ふたりは芸術家で、芸術家として暮らすことが望みなのだ。母が写真を撮るところはすっかり見なくなっていたけれど。

結婚式の日、祖母はすてきなクリーム色のドレスにぴかぴかの靴でやってきた。髪型も完璧だった。九歳にしてわたしは正式に結婚式のカメラマンを務めた。会心の一枚は、裏庭のベンチにすわって晩春の日差しを浴びた母と祖母を写したものだった。ふたりともとても幸せそうで、思わず祖父の幽霊も来てくれたらと願いそうになった。祖母は母の選んだ人を気に入ったようだった。感じがよくて、にこやかで、おまけに仕事もちゃんとある。だから満足げだった。

パーティーの途中で祖母はわたしを脇に呼んで頰にキスをした。

「お母さんはちゃんと面倒を見てくれてる?」祖母はわたしの手をぎゅっと握った。

「うん、おばあちゃん、見てくれてるよ」わたしは嘘をついた。「でもやっぱりうちに帰りたい」

「いまはここがおまえのうちでしょ、リタ」祖母は顔を上げて母と花婿のほうを見やった。

「でも、もしあの人がお母さんに手を上げたりしたら、言うんだよ」その目が鋭くなった。

「わかった」

母とウォルトンの結婚生活は六年続き、最後の五年はまさに地獄だった。喧嘩が絶えず、暴力を振るいあうこともしょっちゅうだった。ある日の喧嘩の最中、嫉妬で激怒したウォルトンは母のカメラのひとつを壊した。母はお返しにウォルトンのタイプライターを通りに投げ捨てた。

破局が近づいたころ、ふたりはかつてないほど盛大な喧嘩をした。わたしが家に帰ったときには言い合いがすでにはじまっていたので、なにがきっかけかは知らないが、ふたりともすさまじい声で怒鳴りあっていた。〝あの女〟がどうとか言うのが聞こえ、それから戸棚が開く音がした。部屋に入っていったとたん、母がウォルトンの顔めがけてコーヒーマグを次々と投げはじめた。最初の二個が外れたあと、三個目はごつんと鈍い音をさせて額に命中した。ウォルトンは顔を押さえて、てのひらに血がついていないかとたしかめた。真っ赤に染まった指を見ると、棚の皿をつかんで母に投げつけはじめた。皿は母の背中や脇腹にあたって床に落ち、鋭い無数の欠片になって散らばった。そのとき、ふたりがわたしに気づいた。

わたしはバックパックを肩にかけたまま、口をぽかんとあけて突っ立っていた。ウォルトンの注意がそれた隙に母がコンロの大鍋を手に取った。それを頭に思いきり叩きつけると、ウォルトンは呆気にとられた顔のまま新品のラグの上に倒れこんだ。

「ラグの外に動かして。血がついたら嫌だから」母はシャツをめくって痣になりかけた脇腹をたしかめた。両手には切り傷ができ、顔は真っ赤だった。

言われたとおりに腕を持って引きずろうとしたものの、重たくて無理だった。ウォルトンの身体はぐにゃぐにゃで、両足が折れ曲がった胴体の下敷きになっていた。目の上が切れて頭のてっぺんにこぶもできている。破れて汚れたTシャツ、ごわごわの髪。わたしはバックパックからインスタマチックを出してウォルトンの写真を撮った。血まみれでラグの上に倒れた、ありのままの姿を。それからキッチンもカメラに収めた。散乱した皿の破片も、干からびたトマトの種が飛び散った天井も。そんな騒ぎは初めてではなかったけれど、そのときがいちばんひどかった。

ウォルトンは二日後に出ていき、母が離婚届を出した。一度、ショッピングモールのサプリメント店でウォルトンと出くわしたことがある。相変わらずビタミンのにおいをさせていて、わたしに声をかけもしなかった。

第十七章　キヤノンＥＯＳ３５０Ｄ Ｒｅｂｅｌ ＸＴ

枕の下に押しこんだ携帯電話の鈍いうなりで目が覚めた。すぐ脇にジップロックに入った壊れたカメラも置いてある。メモリーカードとレンズを出してもう一台のカメラ、キヤノンＥＯＳ３５０Ｄ Ｒｅｂｅｌ ＸＴに付け替え、画像をスクロールして最後近くに撮った一枚を表示させた。ウィンターズ判事の遺体の銃創を。３５０Ｄを買ったのは、自分の好きなものをもっと撮ろうと思ったからだ。死以外のものを。それがビニールに包まれたままだったことがすべてを物語っている。

携帯がまた鳴った。応答はしない。ベッドに寝転んでがらんとした部屋の静けさを味わう。ずらりと並んだ故郷の写真が部屋じゅうに日の光を反射している。３５０Ｄを目の前にかまえ、その姿を鏡に映す。ようやくひとりになれた。誰もいない。それに腹ぺこだ。

冷蔵庫はいつもどおり空っぽだが、気持ちはずいぶん楽になった。幽霊はいない。昨日はうるさかった声も聞こえない。アーマもいない。ミセス・サンティヤネスが隣にいてくれるのは心強いが、彼らを遠ざけておくには、葉っぱ入りの瓶や卵よりも強力なものが必要なはずだ。前に進むには強さを取りもどさないといけない。祖母に電話しなくては。

コール四回のあと祖母が出た。電話のところまで走ってきたのか、息を切らしている。

「問題なくやってる？」祖母は挨拶抜きに言った。

「どうも、おばあちゃん。わたしからだってなんでわかったの」

「ゆうべ、おまえの夢を見たから。帰ってきて」

「じきにね。こっちで片づけないといけないことがあって」そこで口ごもる。心配はかけたくないが、正直に話さないといけない気がする。でも嘘をついた。「大丈夫だから、おばあちゃん」

「帰ってきなさい、リタ」声に震えを感じる。「今夜」

ずっと昔、ミスター・ビッツィリーに言われたことが頭をよぎる。この世にひとつきりの安全な場所へ、大勢の霊たちを引き連れていくような危険は冒せない。

「おばあちゃん」胃がちくりと痛む。「帰れないよ」

「なら、服を送って。いま着ているものを脱いでこっちに送りなさい。届いたらすぐにミスター・ビッツィリーの家へ持っていくからね」

服を送ってもなんにもならないのはわかっている。いま起きていることを解決するのに、ミスター・ビッツィリーにできることはなにもない。それでも服を脱いでソファの上に丸めて置いた。

「服は送るよ、おばあちゃん」シャツの血のしみに目が留まる。「でも心配しないで。大丈夫」

返事はない。

「おばあちゃん、聞いてる?」わたしは携帯の画面を見た。

「ちゃんと送るのよ。持っていくからね」声に怯えが混じっている。

「もう少ししたら話すね、おばあちゃん。心配しないで」

怖くなった。アーマに対抗するには、ミセス・サンティヤネスや祖母やミスター・ビッツィリーの力では到底足りない。いまは一時的に猶予を与えてもらっているが、早く出てきたいアーマの幽霊がしびれを切らしているのを感じる。生前もさぞかし押しが強かったにちがいない。

クローゼットから箱を出して脱いだ服を詰めた。速達で送らないといけない。トハッチーの小さな郵便局にこの服が届いたら、祖母はミスター・ビッツィリーのところへ飛んでいって祈禱してもらうはずだ。

ミスター・ビッツィリーはわたしの職業に手放しで賛成してはいなかった。「きみのような人間には神に与えられた天職があるかもしれんよ」といつか言われたことがある。「ナバホ族《ディネ》であってもそれは変わらない。わしらにできるのは聖なるものたちに祈ることだけだ、未知なる害悪からきみをお守りくださいとな」

携帯がうなり、はっとわれに返った。警察所属の臨床心理士のドクター・カッスラーから留守電が二件入っている。顔を洗いながらそれを聞いた。

「ミズ・トダチーニ。現場鑑識専門班のシーヴァース部長刑事からのご依頼どおり、カウンセリングの日時を決めたいと思います。今日じゅうに電話をいただけますか。それでは」

携帯がまた鳴った。

「リタです」とくぐもった声で答える。

「ミズ・トダチーニ？　内務調査課のデクラン警部補です。先週、話をした」

「ああ、どうも」相手のスーツを覚えている。臨床心理士でなくて助かった。「なにかご用ですか」

「じつは、会って話せないかと思いましてね。こちらが追っている件に関して、情報をお持ちじゃないかと」

「その、今日は久しぶりの休みで」キッチンの鏡に映った自分に目をやる。ひどい。「どこにも出ないつもりだったんですけど」

「少しだけでも会えないだろうか。話しながら昼食でもどうです。長くはかからない」

キッチンで低くうなる空っぽ同然の冷蔵庫が目に入り、しょぼいマスタードサンドが頭に浮かんだ。

「オーケー。どこに行けば？」


ゴールド通りのカフェは昔からある店だが、ほとんど入ったことはなかった。そこそこ高級で、ゆっくりと昼休みを楽しむ弁護士タイプの客たちでいつも混みあっている。パリっぽさを演出しようと、小さな丸テーブルと黒いアイアンチェアが店先に並べてある。浅黒い顔は従業員ばかりなので、わたしはそこに行くと目立つ。とりわけ弁護士たちの遠慮ない視線を浴びることになる。いつも上から下までじろじろ見るのだ。警察と同じくらい嫌いな連中だ。

今日の店内はがら空きだった。デクランは隅の席でコーヒーのマグを前に携帯電話に目を落としている。わたしに気づいて携帯を脇に置いた。

「デクラン警部補」わたしは手を差しのべた。

「休日に来てもらってどうも。ひどく不規則な勤務形態らしいね」

「へえ、なぜそれを？」警戒心が頭をもたげる。

「以前は刑事でね」デクランがコーヒーをかき混ぜる。「いまもそうかな」

「わたしは刑事じゃありません。写真係です。現場鑑識専門班所属の行政職員です」

「それはそうだ、でも警察の一員ではある。いまの職場にはいつから？」

「五年、じきに六年になります」

ウェイトレスが話に割りこんだ。「なんにします、おしどりカップルのおふたりさん」

デクランの頬がトマトのように真っ赤になる。きまり悪げな顔はなかなかいい感じだ。

「あら？　鳥のエサはなし？」とわたしはふざけてメニューに目を落とした。三日もなにも食べていない。「ハンバーガーと、このスープと、サラダを。あと、コーヒーとアイスティーも。あなたは？」

デクランが笑みを浮かべた。「では、パスタサラダを」ウェイトレスはにっと笑ってウィンクをよこした。おしどりカップルだなんて、見当違いにもほどがある。

「それで、わたしを呼びだした理由は？」空っぽの胃が野良犬みたいにうなった。

「マーティン・ガルシア刑事とは面識が？」デクランが鞄からファイルを取りだす。「先日、同じ現場にいたはずだが」

「ええ、ガルシアなら知ってます。嫌でも――いえ、光栄なことによく顔を合わせるので」完璧に手入れされたデクランの爪に目が留まった。袖口にはカフスボタン。透きとおるように澄んだ淡い褐色の目。日光さえ吸収するわたしの焦茶色の目とは大違いだ。

「二年ほどまえにガルシア刑事が担当したいくつかの事件について調査中なんだが」デクランがぱんぱんのファイルをあさり、手帳も取りだした。「これまで、彼の行動で気づいたことはないだろうか、なにか……」

「不正っぽいことに？」

「ああ、まあ。なにかあやしいことや、ふだんと変わったことに気づいたりは？」

「嫌なやつです。でも、何度か悪党からお金をちょろまかしたり、裁判所のカフェの新聞をくすねたりするくらいで、ほかにはべつに」病院で意識を取りもどすまえの数時間の記憶はあやふやだが、端のほうになにかが引っかかっている。ウィンターズ判事の息子の幽霊が、人で混みあう部屋の出入り口を指差したときのことだ。

「ガルシアとはよく同じ現場に出動を？」デクランが眉をひそめる。

「ええ、残念ながら」サラダはもう来ている。テーブルの向こうに欠片を飛ばさないように気をつけながらそれをかきこんだ。

デクランが二枚の写真を取りだしてテーブルに置いた。粗野で凶暴そうな男がふたり写っている。身なりは高そうなスウェットスーツに刺繍入りのジーンズといった、メキシコの麻薬カルテルから来た売人を思わせるスタイルだ。ひとりは大男で、癖のある黒髪に、ワシの翼指《よくし》のような大きな手をしている。首には耳から耳まで続く大きな傷痕。まえにも見たことがあるような気がする。少なくともそのシルエットを——必死で抵抗するアーマを高速道路に突き落とそうとしているところを。もう一方の男はマリンブルーの瞳をしていて、濃い褐色の肌と黒髪にはちぐはぐに見える。

「ガルシアがこのどちらかといるのを見たことは？」デクランがこちらに目を据える。

「写真をよく見てほしい」

アルバカーキで発生する麻薬犯罪や窃盗事件の多くが麻薬カルテルに起因している。このふたりがなにに関与しているにせよ、ガルシアがそこに絡んでいる可能性はある。頭のなかでピースがつながりはじめるが、デクランにアーマの夢の話をしても意味がない。急いで考えをめぐらせる。

「大男のほうは一度見れば覚えていそうですけど。首の傷痕がすごいので。こんな重傷を負って、よく命を取りとめたものですね」そこで皿に残った最後のクルトンをすくった。

「そういえば、ガルシアとは別の日にも殺人の現場で会いました。ほんとに悲惨な事件で」

「事件とはどの？」デクランが食いついた。

うに。

「アーマ・シングルトンの。深夜に高速の橋から突き落とされて死亡したんです。あるいは飛び降りたか」と言いなおす。「まだ確認中です」これはアーマに聞かれていませんように。

デクランは黙りこみ、眉根に皺を寄せてどう問い返そうかと考えている。

「どういうことか、教えてもらえません？　ガルシアはなにに関わっているんです？」

「はっきりしたことはまだ言えない。目撃者が次々に消えている。知っていることがあれば、ぜひ教えてほしい」

「じつは、このあいだ、車上からの乱射事件の現場であなたに初めて会った日ですけど――ほら、あのモーテルの現場で……」はたして報告するほどのことなのかどうか。「ガルシアの様子が少し変でした。タカみたいな目でこっちを見ていて、わたしがカーペットにこぼれたコカインを見つけると、なんだか不満そうで」

デクランは手帳にメモを取った。「それで？」

「それで？　いえ、それだけです」

料理の残りが来たので飛びついて食べた。身体の要求には逆らえない。

「ほかに気づいたことは？」デクランはがっかりしたようだ。バーガーをがっつくわたしにもげんなりしているにちがいない。

「写真のふたりは誰なんですか」口をいっぱいにしたまま訊いた。

「麻薬と武器を扱う巨大カルテルの元幹部だ。この二、三年、そこの組織は大量の商品をアルバカーキ経由で密輸している」片方の写真がまたテーブルに置かれる。首に大きな傷痕があるほうの男だ。「イグナシオ・マルコスはこの街にネットワークを持っている。いまは依頼を受けて商品をよその州に運んだり、ファーミントンやラスクルーセスやいくつかの居留地にあるほかのネットワークに流したりといった商売をしている」デクランがもう一枚写真を取りだす。「取引相手はこの男だ」

〝エル・マヨ〟・サンバダなら知っている。メキシコのシナロア・カルテルの最高幹部で、エル・チャポの軍団のナンバー・ツー。大物中の大物だ。南西部の取締当局はシナロア・カルテルと管理の緩い国境につねに苦慮している。かつてはノガレスやティフアナが主要な中継地とされたが、カルテルはより人目につかないこの州との境を選んで大量のコカインやメタンフェタミンやヘロインをエル・パソへ送りこむようになっている。

デクランはファイルをあさって写真をもう一枚テーブルに置いた。

「これがセドリック・ロメロ。ここアルバカーキにはマルコス・カルテルの拠点が五ないし七カ所あるんだが、この男がリーダーのひとりだ。身内が車の内装店とメキシコ料理店《タケリア》を四番通りで経営している」デクランはコーヒーを飲みほしてから続けた。「この男とガルシアにはなんらかのつながりがある。どういったものかは未確認だ、接点はまだ見つかっていない。だが金のやりとりがある」

「見覚えはないですね」わたしは写真を返した。

「われわれもよく知らないんだ。目立つ動きをしないものでね」デクランが写真をしまう。「警察はメタンフェタミンの売人を何人かは逮捕したが、大手を振って歩いている連中はまだ大勢いる」

「ガルシアがカルテルに警察の内部情報を流していると?」

「ああ、そう考えている。そしてその秘密を守るためなら、やつはどんな手も使うはずだ」

わたしは写真を手に取り、イグナシオ・マルコスの首の傷痕をしげしげと眺めた。ひどい傷だ。どういう人間なのかもっと知る必要がある。

「思いあたることはないですね」わたしは写真をデクランに返した。「すみません」

「では、もしもガルシアのことでなにか見たり気づいたりしたら、内務調査課のわたしのところに連絡をもらえるかい」名刺が手渡される。

「番号は知ってます」わたしはシャツのパン屑を払ってコーヒーを一気に飲みほした。

「それじゃ、昼食をどうも。お腹がぺこぺこで」

「らしいね」デクランが微笑むと右の頬にくっきりとえくぼが浮かんだ。立ちあがってわたしの椅子を引いてくれる。「あらためて、来てくれたことに感謝するよ」

「どういたしまして。なにか見聞きしたら知らせます。それか、腹ぺこになったら」わたしも笑みを返した。

「よろしく」

第十八章　コダック　インスタマチック77X

街での母との暮らしがはじまった年、夏から秋にさしかかるころには空気が冷たくなり、とりわけ夜は冷えこんで、小雨と大雨が同じくらい頻繁に降った。祖母とトハッチーを恋しがりながらも、わたしは都会の気楽さになじみつつあった。人目を気にせずにすむことに。

転校先は聖母グアダルーペ小学校だった。母も祖母も、ちゃんとしたカトリックの教育を受けることで、わたしの〝幻覚〟（と祖母は呼んでいた）がましになることを期待していた。わたしにはその学校が薄気味悪かった。正面玄関にはいくつもの巨大な十字架が不気味にそびえたっていた。ぴかぴかのリノリウムの床は赤と傷みかけのワカモレみたいな緑のチェック柄だった。

「みなさん、新しいお友達ですよ」担任の先生はわたしと同じくらい落ち着かなげだった。わたしは床に目を落とした。「前に来て名前を教えてもらえるかしら」

しかたなく、しんと静まりかえったクラスメートたちの前に立った。口のなかはからからで、舌はまるでピンクの鉄の棒だった。「名前はリタです」「リタはナバホ族の居留地から来ました。そうね、リタ？」

わたしはうなずいた。

「みなさん、歴史の授業でナバホ族について話したのは覚えていますか」反応なし。「それじゃ、席に戻っていいわ、リタ。ありがとう」

女の子たちがわたしを指差し、手で顔を覆ってくすくす笑っているのが見えた。わたしの言葉にはきついナバホ訛りが刻まれ、しみついていて、居留地っぽい話し方のままだったからだ。

率先してわたしを笑ったセリーナというブロンドの子が、ずばりとそれを指摘した。「野蛮人みたいなしゃべり方ね」と昼休みに大声で言ったのだ。笑いが伝染病のように広がった。どの子の喉にも嫌悪がへばりついていた。どの顔も、変わり種のわたしを目にした興奮で真っ赤だった。白人とヒスパニックばかりの顔ぶれのなかにいきなりやってきた小汚いインディアン。そんなわたしを誰もが憎々しげに見た。居留地の学校にいたどんないじめっ子よりも露骨に。この嘲笑はこの先ずっと頭のなかでこだまするだろうとそのとき思った。それで、教室の後ろに立ってインスタマチック77Xでクラスメートたちの写真を撮った。びっくりしたたくさんの小さな顔がフラッシュで真っ白になった。そうやって意地悪な連中をつかまえてやった。わたしの箱のなかに魂を閉じこめてやったのだ。先生がカメラを取りあげてわたしの腕をぎゅっとつかんだ。

「放課後に返してあげますからね」白い顔と赤い唇はいらだちでこわばっていた。先生もわたしを小汚いインディアンだと思っていたのだろう。

そのとき教室の後ろから、褐色の小さな顔がグレープフルーツの輪切りみたいな満面の笑みで現れた。その子はシャニースといって、わたしと同じ先住民だった。街からほんの三十分のところにあるプエブロ族の集落から通っているという。わたしたちはすぐに意気投合した。ふたりでチームを組めば、むかつくクラスの子たちやシスターたちにも対抗できた。出身の違いは気にしなかった。お互い褐色の肌を持ち、居心地悪さを感じ、周囲になじめず、しかたなくキリストの教えを学んでいた。それに、追いつめられたときに絶妙なパンチを放つ方法も学んだ。しばらくすると、クラスメートやシスターの大半はわたしたちを放っておくようになった。教室の後ろにすわった、粗野で反抗的な、神をも畏《おそ》れぬ野蛮人たちとして。わたしたちは一心同体だった。

シャニースの両親は無責任でめったに帰ってこず、わたしの母は働いていた。だからいつもふたりで街をぶらつき、わたしは写真を撮り、シャニースはそのほとんどに収まった。

そして広場をうろついては、屋台の店主のためにゴミを拾ったりお客を集めたりしてお駄賃をもらった。かわいい先住民の少女ふたりを見て、写真を撮らせてほしいと観光客がお金をくれることもあった。カトリック学校の制服と、乾いてつるつるした頬や波打つ黒髪の組み合わせがもの珍しかったにちがいない。ふたりでにっこりしてお金を受けとった。あちらこちらで一ドル札を。なにか訊いてくる人はいなかった。

身体がそれまでとはまるで違うやっかいなものに成長していくあいだも、ふたりで街の人々やいろんな場所を見て過ごした。幸せだった。邪魔者は誰もいない。わたしはしだいに都会特有の気楽さに抵抗できなくなっていた。映画館やゲームセンターに。空虚で陳腐なその淀みがわたしの住みかになった。

中学時代にはシャニースの母親が家にいることが増えた。そうしないとシャニースを保護すると州から警告を受けたことがおもな理由だった。それでも家に誰かいてくれるのはありがたかった。シャニースのおばあさんはろくに英語が話せず、咳ばかりしていたからだ。長生きなのが意外なほどだった。おばあさんが亡くなると、シャニースの母親は夏の終わりに引っ越すと決めた。わたしは何日も落ちこんだ。せめて夏のあいだはシャニースと毎日過ごし、離れたあとも行き来できるようになるべくお金を稼ぐことにした。

おばあさんが亡くなってひと月が過ぎたある日、わたしたちは段ボール箱だらけのシャニースの部屋で、ラジオを聴きながらくだらない雑誌を眺めたり、週末のあいだに稼いだお金を数えたりしていた。窓辺の椅子にはシャニースのおばあさんが生前と同じようにすわっていて、微笑みながらわたしたちを見守っていた。ただし咳はしていなかった。わたしはそちらを見ずにはいられなかった。

「リタ、なに見てるの？」シャニースは二十五セント玉を机に積んだ。わたしが答えずにいると、おばあさんはこちらに目を向けた。

「わたしが見えるのかい、リタ」おばあさんがにっこりと笑いかけた。わたしは無意識にうなずいたらしい。

「戻ってきて、リタ」シャニースがわたしの顔の前で手を振った。

おばあさんは本棚の前に歩いていって一冊の本を指差した。そして、つられて笑顔になりそうな楽しげな笑い声を響かせながら、開いた窓から日差しのなかへ消えていった。

「ドラッグでもやってる？」シャニースが鼻と鼻がくっつきそうなほど顔を近づけた。わたしは立ちあがって本棚を見上げ、おばあさんの幽霊が指差していた場所をたしかめた。聖書だ。それを棚から取ってシャニースに渡した。

「リタ、なんで聖書なんか？」

シャニースが本を開くと新品の二十ドル札が床に落ちた。それを拾いあげたシャニースは興味と怯えがないまぜになった目でわたしを見つめた。

「シャニース。わたしにはほかの人には見えないものが見えるって言ったらどうする？」

「見えるって？」シャニースはお札を手に持ったまま突っ立っていた。「本棚の本にはさんだお金が？」

「死んだ人が」

「幽霊ってこと？」シャニースが声をはずませた。「聖書をわたしに渡せって幽霊が言ったの？」

おばあさんの霊を見たとは言いたくなかった。「ずっとまえからいろんな霊が見えてた」これでシャニースとの友情も終わりだろうかと思った。

「なんで教えてくれなかったの」シャニースは失望の色を浮かべた。でも一瞬のことだった。「訊きたいことがものすごくいっぱいある！　死んだ人と話せるの？　返事はある？　有名人の幽霊に会ったことは？　ほら、エルヴィスとかそういう人の」

「ううん、エルヴィスには会ってない。それに、話しかけないようにしてる。シャットアウトできるようにしたんだ、スイッチを切るみたいに。でも、ときどきはもぐりこんでくる」

シャニースはまわりを一周しながら、科学者みたいにしげしげとわたしを見た。「こんなすごいことをいままで黙ってたなんて、信じられない！」と、わたしの顔をつかんだ。

「友達だと思ってたのに」

「なんて言ってほしい？　なんか、B級映画の台詞みたい」

「あーあ、それなら毎年のハロウィンがもうちょっと面白くなってたはずなのに」シャニースは興奮してまくしたてた。「ためしに、教会のそばの幽霊屋敷か墓地に行ってみようよ」

「やだよ」


日が沈むころには、かつてミセス・グティエレスが住んでいた幽霊屋敷の前にいた。その家は小学校裏の丘に建っていて、すでに板が打ちつけられ、荒れはてて、門の日干しレンガも崩れかけていた。ハロウィンには子供たちがみんなそこへ行って降霊盤《ウィジャボード》で遊び、互いに怖がらせあったり、騙されやすい子をからかったりしたものだった。夫が町で浮気していることを知って、ミセス・グティエレスは夫とわが子を手にかけたという話が広まっていた。夫のほうはたしかに手製の毒入りパイで殺すつもりだった。ところが気の毒なことに、そのパイを味見した娘まで死んでしまったのだという。嘆き悲しむミセス・グティエレスの声が夜な夜な聞こえると噂されていた。

話を信じてはいないものの、わたしは落ち着かなかった。自分の能力をお遊びに使うのをミスター・ビッツィリーに止められていることが気になっていた。

——どこからもぐりこまれたかもわからんまま、気づいたときには霊が頭のなかにいるんだ。扉があることを悟られちゃいけない。きみが鍵だと悟られちゃいけないんだ。

並木の下で自転車を降りて崩れかけた門に立てかけた。ふたりで家のまわりを一周しながら、窓の奥や枯れかけたポプラの木を懐中電灯で照らしてみた。太陽はすでに沈み、グティエレス屋敷はすっかり闇に包まれていた。

「ねえ、なにか見える？」シャニースが暗がりで身を震わせた。

「ううん。寒くなってきた。行こう」

その夜はミセス・グティエレスもその家族も見ないまま帰った。ほっとした。ミセス・グティエレスがどんな人なのかもわからなかったから。もしかすると永遠に取り憑かれてしまうかもしれない。シャニースもまた行こうとは言わなかった。怖気づいたのかもしれない。

翌日、ふたりで夏休みの行きつけの場所のひとつになっていたプールに向かった。ところが駐輪場に入っていくと、隣の公園がその日は臨時閉園中だった。草むした敷地に黄色い立入禁止テープが張りめぐらされ、夏の日差しのなかで赤と銀の警光灯がまわっていた。

警官たちが公園じゅうに立っていて、言葉を交わしたり、シートで囲んだものの写真を撮ったりしていた。

水泳のレッスンをさっさとすませて、わたしたちはロッカールームに急いだ。黄色いテープの向こうに隠されたものにひたすら興味津々だった。濡れた水着の上からあわてて服を着ると、サッカーグラウンドへ走った。そこならもっとよく見えるはずだ。ひとりがまだ写真撮影の最中で、わたしも自分のインスタマチックを取りだして何枚か撮った。そんな光景を見るのは初めてだった。シートはもう取りはずされていた。二本のポプラの大木の下、熱気のなかに若い男の死体が横たわっていた。靴が片方脱げ、両腕を広げた格好で。おとなしく見ていると、死体は遺体袋に入れられて待機中の車に運びこまれた。警官たちが黄色いテープを撤去しながら少しずつ引きあげていき、あとには足跡だけが残った。

最後のひとりがいなくなると、シャニースとわたしは通りを渡ってポプラのところに近づいた。夏の熱気で血は乾き、干からびた地面に黒ずんだしみをこしらえていた。ポプラの幹のひび割れの奥に白い肉片のようなものがいくつかもぐりこんでいるのが見えた。ふたりで長いあいだその場を見ていた。歩いて引き返すあいだも、木のほうを振り返りながら、亡くなった人の冥福を祈らずにはいられなかった。ひどい気分だった。

「ああもう、怖かったね」とシャニースが言った。「ねえ、リタ」

わたしは立ちどまった。息が止まりそうだった。死んだ人が近づいてきて、当惑した顔でわたしをまっすぐに見たからだ。

「リタ？　どうかした？」

どんなに抵抗しても目をそらすことができなかった。視線を操られているみたいに。

「やつはあそこにいる。ほら、あそこに」男の霊が口を開いた。「ロドリゴだ。あそこに立って、おれが運ばれるのを見てやがった。見えるか？」それほど強烈な憎悪の力を感じるのは初めてだった。霊は黒とオレンジのシャツを着た痩せぎすの男を指差した。わたしが見ているのに気づくと、そのロドリゴは足早に立ち去った。髪が汗で濡れていた。

「行こう、シャニース。帰ろう」わたしたちは自転車を押す足を速めた。

「いま誰かが見えてるんでしょ」シャニースの声は怯えていた。

「いいから行こう」必死に急いだせいで脛《すね》が痙攣をはじめた。

「やつを追いかけて、知ってると伝えろ」幽霊がついてきた。「警察に話すと伝えるんだ。ほら、行け！」声が絶叫に変わった。「行けってんだ、このくそガキ。やつに言ってこい！」

わたしたちはそのまま歩きつづけた。霊がそばにいるせいで胃が痛み、一歩進むごとにひどくなっていく。シャニースはついてくるのに苦労していた。「大丈夫なの、リタ。ほら、その顔。鼻血がすごく出てる。こうやって押さえて、すわらなきゃ」

シャニースがわたしの手を鼻にあてて押さえさせた。振りむいてみると、なにもなかった。怒鳴っていた男は現れたときと同じように突然消えた。鼻をきつくつまんでも血は止まらず、歩道に滴った。

シャニースが売店で水を買ってきて、ボトルのひとつをわたしのうなじにあてた。

「さっき、なにが見えてたの、リタ」

「怖くて言えない。また戻ってくるかも」

黙りこんで水を飲んだ。ようやく鼻血が止まっても、ポプラのほうを振り返らずにはいられなかった。そこで男が別の男の命を奪ったのだ。

「殺された人が、犯人が誰か言ってた。指差したの」

シャニースの顔に恐怖が広がった。「どうする？」

「わからない。なんて言えばいい？ 〝公園で死んだ人になにがあったか知ってます、本人の幽霊に聞いたから〟とか？ 信じてなんかもらえないよ」

「なら、黙ってるつもり？」シャニースの声に圧を感じた。「警察に言わなきゃ。なんで知ってるのかは言わなくても、とにかく知らせるべきだよ。その男があやしい素振りをしてたとか、そんなふうに」

シャニースの言うとおりだ。それならなんの問題が？

二十分ほどのちに警察署に着いた。署内は殺風景で、四脚ずつつながった椅子が四列並んでいた。女の受付係の電話がすむのをしばらく待った。その人はアイシャドウをべったりと塗っていて、脳に酸素を送りこむかのように、くちゃくちゃガムを嚙んでいた。

「なにかご用？」受付係がぶっきらぼうに訊いた。爪は派手なオレンジの地に黒の点々が描かれていて、テントウムシみたいだった。

「北プールの隣の公園で見つかった死体の件で、知っていることがあるんです」シャニースが急に大人っぽい口調になって言った。

「では、すわって待っていて。担当者が話を聞きに来るから」

三十分のあいだ、そこにすわって人の出入りを眺めていた。手錠をかけられた人たちもやってきて、何人かはそこで唾を吐き捨ててから連れられていった。泣いている女性や赤ん坊たちもいた。なかなかの見ものだった。それでも、怒った死者たちが入ってくるまえに帰りたかった。

「なんの用かな」刑事は不機嫌そうで、コーヒーと煙草のにおいをさせていた。

「今日、公園で見つかった死体の件で、伝えたいことがあるんです」

「わたしのオフィスへ行こう」

オフィスというのは、騒がしい大部屋のまんなかにあるデスクのことだった。まわりには汗臭い男の人が大勢いて、電話で話したり、コンピューターに入力したりしていた。刑事はデスクのパン屑を払うと、丸めたサンドイッチの包み紙の下からファイルを引っぱりだした。

「さて、わたしはウォルシュ刑事。事件を担当している。親御さんはどこに？」

「母は仕事です」わたしは答えた。

「うちもです」シャニースが肘で脇腹をつついた。

「なら、きみたちがここにいることを親御さんに知らせないといけないな。だがまずは、知っていることを聞かせてくれるかい」

「ここにいる友達のリタが」とシャニースが答えた。「犯人を知ってるんです」

「ええ、まあ」わたしは言った。「警察の人が写真を撮ったりするのを見てたんですけど、そのとき公園の近くであやしい男を見たんです。黒とオレンジのシャツを着ていて、へんてこな口ひげを生やしてました。すごく痩せっぽちで」

「なぜその男があやしいと？」刑事は疑わしげだった。

シャニースとわたしは目配せを交わした。

「なんとなくです」

「もしもほかの目撃者が現れて、被害者が死ぬ直前、黒いシャツにカットオフのジーンズの少女を見たと言いだしたらどうする？　いまきみが着ているような」

そんなことを言われるとは予想外だった。「今日の午後は水泳のレッスンを受けてました。なんなら、先生に訊いてみてください、ミズ・レスリーに」

「リタの言うとおりです、刑事さん。わたしたちが殺したんなら、わざわざここに話しに来ます？」

刑事はわたしを上から下まで見まわした。「さっきの話以外にもなにか知っているようだな」と言うと、シャニースを指差した。「きみはいっしょに来るんだ。両方の親御さんに電話をする」そしてシャニースの腕をつかんで部屋から連れだした。

母に連絡が行くのはしかたないと思った。なにしろ未成年なのだから。でも、さっきの幽霊にまた怒鳴りちらされるのはごめんだった。二度と。

感じの悪い刑事が戻ってきて、ぎょっとするほど近くにすわった。「いつになったら本当のことを話すつもりだ。被害者を殺した犯人がどうしてわかった？　知り合いなのか？　きみもやつの売人のひとりなのか」

どう答えていいかわからなかった。本当のことなんて話せない。

刑事はいかつい顔をぐっと近づけ、両手でわたしの膝をつかんで脚を開かせた。「さあ、言うんだ。力になるから」

わたしはぱっと身を引いて脚を閉じた。刑事がその動きを真似してにやっと笑った。帰りたくてたまらなかった。

「ロドリゴっていう人です。黒とオレンジのシャツを着てました」

刑事は黙りこんだ。それから立ちあがってわたしを留置場に連れていき、早くも泣いているシャニースの隣の個室に入れた。

「リタのことは信じてるよ。でも、母さんに殺されちゃう」

「来るんじゃなかったね」

やってきたシャニースの母親はかんかんに怒っていた。「今年の夏は、もう一日だってリタとは会わせませんからね。週末にはメシータに引っ越すんだし」

これでお別れだと、そのときわたしたちは悟った。

一時間後、動転した母が警察署に現れて、留置場にいるわたしを見ると泣きだした。

「いったいなにをしたの、リタ」マスカラがにじみ、仕事用のスーツも皺だらけだった。

「なにも。役に立ちたかっただけ」母と目を合わせられなかった。だから向かいにあるベンチに目をそらし、そこに彫られたハートの模様と〝ドニー〟という名前を見つめながら、自分なら刑務所のなかでなにを彫ろうかと考えた。二度とここから出られないだろうと思った。

母が刑事と話をするあいだ、わたしは鉄格子に頭を預けて目を閉じた。階段のほうから騒がしい叫び声があがった。そのすぐあと、隣の個室に別の誰かが入れられ、扉が閉じられた。シャツは替わっていたけれど、あの男だった。汗まみれで、息を切らし、ぜいぜいと胸を鳴らしていた。ロドリゴが。

その日以来、わたしは口をつぐむことを覚えた。

第十九章　ペルコEH16-2MTS防犯カメラ

ドクター・グウェン・カッスラーのオフィスは市庁舎の三階にあった。ロッカー式納骨堂を思わせる四角いコンクリートの殺風景なビルで、アルバカーキ中心部から通りを二本隔てた場所にある。ビル全体が煙草のヤニそっくりの茶色に塗られ、がらんとした長い廊下は分厚いガラスの壁で区切られている。カッスラーのオフィスは、七〇年代風のモチーフがくどいほど強調されていた。フォーマイカのテーブルに合皮の椅子。置いてある読み物は《ハイライツ・フォー・チルドレン》と《アルバカーキ・ジャーナル》のみ。部屋の隅のドアの上には、八〇年代半ばの古い防犯カメラが設置されている。わたしはそのレンズを見上げて椅子の上で身じろぎした。

「ミス・トダ――」秘書がとまどった顔で口ごもった。

「トダチーニです。はい、予約は取ってあります」

「どうぞ、なかへ」

わたしは恐る恐るカウンセリング室をのぞいた。部屋のどまんなかにドクター・カッスラーのデスクがあり、その上に巨大なピンクの脳模型が置いてある。もう一台の防犯カメラが回転して、わたしの椅子のほうを向いて止まった。

ドクター・カッスラーはペーパータオルで手を拭いていた。「リタと呼んでも?」わたしと握手してから、ブラウスにこぼれたパン屑を払う。「ごめんなさい。今日は急いでお昼を食べなきゃならなくて」

「わかります」わたしの椅子がきしんだ。「こんなに早く予約が取れるとは思っていませんでした」

「なにしろあなたはここ最近、相当なストレスにさらされているようですからね」デスクの上のファイルが開かれる。「シーヴァース部長刑事によると、二日前に幻覚を見たそうね。間違いないですか」

「幻覚とは違うと思いますけど」なぜアンジーに話したりしたんだろう。いったいなにを考えていたのか。「あの晩のことは、疲れのせいとしか言いようがないんです」

ドクター・カッスラーが黙ったままこちらを見つめる。気まずい。隅のカメラが低くうなった。

「警察官が職務を果たせる状態にあるかどうか判断するのはわたしの仕事ですよ。現場鑑識班に入って五年ほどですね。間違いないかしら？」

「ええ、そのくらいです」

「出身は？」

「居留地で育ちました。州の西側のナバホ族の居留地です」こういった情報なら目の前のファイルに書いてあるはずだ。なぜわざわざ確認するのだろう。

「研修期間のあと、そこで働いていたの。フォート・ディファイアンスのインディアン・ヘルス・サービスで」ドクター・カッスラーがわたしとの共通点があるのを喜ぶようにちらっと笑みを浮かべる。「それで、こういった職業に就いたのはどういう経緯で？　ナバホの人たちは死を恐れるでしょ？」

「誰だってそうでは？」

ノートにメモが取られる。「この職場を選んだのは？」

「大学卒業後に就職先が必要だったので。これ以外に写真の仕事が見つからなかったんです」

「辞めずにいるのはなぜ？」

「どういう意味です？」妙な質問に思えた。

「ちょっと気になっただけ。楽ではないでしょ、いまの仕事は」と、ドクター・カッスラーがメモ帳から目を上げる。「ナバホの人にとっては、つらい作業でしょうからね」

「言い伝えを鵜呑みにしているわけじゃありません。ただの迷信です」

「神は信じてる？」

「いえ。それも迷信なので」相手は正直な答えを求めている。だから正直に答えるまでだ。

「シーヴァース部長刑事によると、あなたの幻覚には幽霊が出てくるとか。どういったものが見えるのか話していただける？　幽霊なのか、あるいは魂なのか」

数秒のあいだわたしは黙りこんだ。足がもぞもぞして椅子がまたきしむ。

「疲れていただけです。週に五十時間も現場に出ていたので。忙しかったんです」

「では、シーヴァース部長刑事に幽霊が見えるとは言っていない？」

「なにを言ったか覚えていなくて」動きつづけるペンに目を落とす。「朦朧《もうろう》としていたので」

「週五十時間を超える現場勤務は、あなたの職場では普通のことなのかしら」

「毎週ではないと思いたいですけど。でもアルバカーキは大きくなる一方ですし、犯罪がなくなる気配もなさそうなので」

ドクター・カッスラーは少しのあいだ黙ったまま、プラスチックボトルの水を自分のグラスに注いだ。「扱うのはほとんどが殺人事件ですか」

「いつもじゃありません。不審死や、自殺や、自動車事故もあります」なにが言いたいのだろう。

「でも、どれも死体に接することになる。それは間違いないですか」

「ええ」

「たとえば、別の部署への異動に興味は？」ペンはすでに紙に押しつけられている。「鑑識課のなかでも、弾道解析とか、別の係に移る気は？」

「それはわたしがナバホの人間だからですか」

「いいえ、そうじゃない」ドクター・カッスラーが椅子の上で背筋を伸ばす。「ナバホの人がこういった部署に長くいることが少し意外で。それだけですよ」

室内は静まりかえり、エアコンの風音しか聞こえない。

「昔からだと言ったらどう思います？　その、幽霊が見えるのが。どうしますか」

「幻覚が長年続いていると？」しきりにペンが走らされる。「はじまったのはいつ？」

「質問の答えになっていません」いいかげん腹が立ってきた。「幻覚なんかじゃない。でも、わたしがいかれてると思っているんでしょ」

「さて、どうでしょうね、リタ。どんなアドバイスをしてほしい？　いまの状況をどんなふうに感じている？」

ドクター・カッスラーの背後ではアーマがスツールにすわり、ファイルキャビネットに足をのせて首を左右に振っている。

「仕事は支障なくできます、先生。ほかに話すこともありません。それにいまはちょうど、片づけないといけないことがあるので」わたしは立ちあがって出ていこうとした。

「仕事に戻るつもりなら話をしないと。今後も働きつづけられるように、現在の精神状態についていくつか質問に答えてもらいたいの」

　わたしはすわった。「疲れていて少し空腹なだけで、なにも問題ありません」

　アーマが身を乗りだしてドクター・カッスラーに耳打ちする。「早く帰してあげてよ、ドクター。この人、やらなきゃならないことがあるんだから」

「同僚の人たちから……懸念の声が寄せられているの。この数週間、あなたの様子がおかしいと」メモ帳が下に置かれる。「報告する必要のある薬物を摂取してはいませんか」

「ドラッグなんてやってません、ドクター・カッスラー」顔がかっと熱くなる。「いまはちょっと気がかりなことがあるだけです」アーマがじれったそうにスツールに戻る。

　スツールがきしんだ。ドクター・カッスラーが振り返る。

「あたしがここにいるって、この人に言ってやったら？　そしたら納得してくれるよ」アーマがそそのかす。

「どんなことか話してもらえないかしら、リタ。片づけないといけないこととは？」

「急ぎの事件があって、写真を撮るのを待ってもらっているんです。こんなに本格的なカウンセリングになるとは思ってなくて。もう行かないと」

アーマもドクター・カッスラーも無言でわたしを見つめ、やがてアーマが腰を上げてドアのほうへ移った。わたしの目の動きにつられてドクター・カッスラーが振り返る。

「どうも気が散りやすいみたいで」わたしもアーマの幽霊を追って出口に向かった。

「ようやくあたしの死の真相を調べる気になったみたいね」アーマが言った。

第二十章　母のカメラ

高校四年生のとき母が病気になった。悪いのは腎臓で、理由ははっきりしなかった。母は平気なふりをしていたけれど、痛みがあるのは見ればわかった。どんどんものを食べなくなって、人工透析の回数ばかりが増えた。わたしはずっとそばにいて母を見守っていたかった。

ふたりしてずる休みばかりするようになった。母は職場とわたしの学校に病欠の電話をかけた。そういうことはお手のものだった。

「ゆうべから何度も吐いているんです。宿題は取りに行きますので」という具合に。

いっしょにシネコンへ行って朝いちばんの回のチケットを買い、観終わるとこっそり別のスクリーンに移って、いろんな映画を飽きるまで観た。それから外へ出てジャンクフードを買い、くだらない映画をレンタルして家へ帰った。宿題やら時間割やらのことはすっかり忘れて。二週間のあいだ毎日朝から晩まで、わたしと母のふたりきりで過ごした。

大好きなドライブにもいっしょに行き、遺跡や山々や教会、そしてニューメキシコ州北部のコミューンへもはるばる車を走らせた。帰りは茜色の夕日を浴びながら、長年の親友のように映画や本の話をした。その二週間で母のことをたくさん知った。

「大学へ行くんでしょ」ある日母はそう訊いた。地面にすわって眼下に広がる峡谷を小さなスケッチブックに描いていたときのことだ。

「そのつもりだったけど。そうしてほしいんでしょ?」

「あなたはどうしたいの」母はスケッチの手を止めた。

「安定がほしい。あと、おばあちゃんの家のガレージを直したい」

母は笑った。そして向こうを向いて穴だらけの緑のナップサックに手を入れた。出てきたのは四角い布に包まれた、ほぼ新品のハッセルブラッド500C/Mだった。母はそれを両手でかまえて、風の吹きわたる峡谷に向けた。わたしはシャッター音を待った。でも聞こえなかった。崖の下で風がうなっているだけで。

「そういえば、あなたのお父さんの写真もこんなカメラで撮ったんだっけ。まあもちろん、もっと古くて重たいやつだったけど」

「父さん?」わたしは驚いた。「わたしは卵から生まれたんだと思ってた」つかの間、ぎこちない沈黙が流れた。「父さんの話を聞いたの、初めてだね。赤ちゃんのとき以来だよ」

「赤ちゃんのときのことは覚えてないでしょ。そんなの無理よ」

「わたし、いろんなことができるんだよ、話してないだけで」母に言い返すのはそれが初めてだった。気まずかった。「ちゃんと覚えてる。それにごめん。母さんの計画を台無しにしてごめん」わたしは立ちあがってジーンズの埃を払った。「ごめんなさい」

母がわたしにカメラを渡した。

「いまからこれはあなたのよ。わたしのカメラはあげる。全部ね」

わたしはびっくりした。「いつこんなの買ったの、母さん？　新品みたい」

「ちょっとまえにね」母はわたしの手のなかのカメラを見つめた。「またポートレートを撮ろうかと思って。なんてね、またいいカメラをいじりたくなっただけ。先週、おばあちゃんのところへ持っていって、家の前で一枚いい写真を撮ってあげたの。あとで見せるね」

「母さんが持っててよ」わたしはカメラを母の膝に返した。「わたしを写して。いますぐに。ここでわたしのポートレートを撮ってよ！」すっかり興奮して、わたしはくるくるまわりながら絶好の背景を探した。母は数十センチ右へずれた。

「そこよ。じっとしてて」母の髪は風になびいていた。

そして平らな岩の上にカメラを置いてシャッターボタンを押した。谷間を吹きわたる風に混じってシャッターの開閉音が聞こえた。

そのあとカメラの使い方を教わってから、わたしは青と白の広大な空だけをバックに、とびきりすてきな母の姿を写真に収めた。母はとてもきれいだった。

卒業が間近だとしつこく電話が来るようになり、ようやくわたしは学校に戻った。母をひとりで家に残していくのは気がかりだった。ひどく具合が悪いのに。

「平気よ、リタ。いいから学校へ行きなさい」と母は言った。

〝病欠〟明けの日、わたしは進路指導室に呼びだされた。卒業が一カ月後に迫り、二週間も休むには時期がよくなかったようだ。

ミスター・ケファートはシルクのシャツに細いネクタイを締め、厚さ五センチの黒いヘルメットみたいな髪型をしていた。ペパーミントのソフトキャンディが好物で、いつも机の上には特大のキャンディ瓶が置いてあった。

「キャンディはどうだい」ミスター・ケファートが瓶を指差した。

わたしは首を振って断った。

「じきに卒業だ。ちょっとは楽しみじゃないか？」

「ええ、まあ。まだちゃんと考えてなくて」窓の外のハチドリたちに目が行った。

「リタ？　家のほうは問題ないかい。卒業後の予定は変わっていないね」ミスター・ケファートはわたしのファイルをあさった。「いまも写真学科へ進むつもりなんだね、あの……」名前が出てこない。

「サンフランシスコの大学ですか。いいえ、こっちに残ることにしたんです」

「いつ決めたのかな」

「先月」わたしはバックパックを閉じてドアのほうに目をやった。「母がつらそうなので。病気なんです」

「そうか」ミスター・ケファートが身じろぎして心配げに言った。「具合は？」

「今朝、家を出るときには大丈夫でした」

「なにかできることはあるかい」ミスター・ケファートは名刺の裏に電話番号を書きこんだ。「これが自宅の番号だ。放課後になにかあればかけてくるといい」


家に帰ると、レコードプレーヤーからこすれるような音が聞こえた。パチパチ、ブーン、そしてポン。ひたすらその繰り返し。なにか変だと気づいた。ドアの奥に駆けこむと母が床に倒れていた。揺すっても目をあけなかった。わたしは救急車を呼んだ。

病院に搬送される途中で母は三日月形にうっすらと目をあけ、微笑んでわたしの手を取った。腎不全の末期だった。クレアチニンの数値が跳ねあがり、肝機能も低下していた。あまりに急な悪化だった。わたしが夜に電話をすると、明け方には祖母が飛んできた。

ありがたいことに、母の主治医がいるのは病院の新棟だった。古い病院は幽霊が見える者にとっては最悪だからだ。祖母と毎朝早くに病院へ行き、透析器が魔法のように働いているあいだにわたしは学校へ行った。母と祖母はいっしょにメロドラマを見てクロスワードパズルをした。けれども、母は少しもよくならなかった。医者たちは母の腎臓がそれほど弱くなった原因を突きとめられなかった。片方はかろうじて機能している程度で、もう片方は完全にだめになっていた。母はまだ三十代後半なので、その検査結果に医者たちも首をひねるばかりだった。有害化学物質にさらされたことがないか母に尋ね、山ほど検査をしたものの、やはり謎のままだった。やがてドナーを探す話が出た。

「わたしのをあげる」透析器を見ながらわたしは言った。

「もう、やめてよ、リタの腎臓なんてもらえない。あなたになにかあったらどうするの。誰がわたしの世話をしてくれるの？」母はにっと笑ってわたしの肘をつついた。

「もう子供じゃないから自分で決める」母と目を合わせられなかった。

「誕生日おめでとう。ろくな過ごし方じゃなくなっちゃったね。おばあちゃんとなにか食べてきたら？　それと、卒業式はいつ？　三日後ぐらいだった？」

「うん。でも気にしないで。来てもらおうなんて思ってなかったし」涙がこみあげるのがわかった。

「行くにきまってるでしょ。止めたって無駄」母は笑った。

わたしは母の膝に頭をうずめた。一時間後、祖母に起こされた。機械はまだうなっていた。

母に残された時間が短いことを知って、わたしたちは退院を選んだ。わたしは家で母を見守りつづけた。気を失わないか、ぐったりしてはいないかと不安だった。でも母は静かに笑みを浮かべて持ちこたえた。わたしは母を説得して腎臓を提供することにした。ドナーになるための適合検査の日も決まった。

「心配しないで」母はわたしの眉間の皺を指で撫でた。「じきに新しいぴかぴかの腎臓をもらうんだから」

けれども卒業式の二日後、母は目を覚まさなかった。寝室に入っていったとき、安らかに眠っているように見えたけれど、逝《い》ってしまったのだとわかった。

わたしは腰を下ろしてベッドに横たわった母を見つめながら、幽霊が現れるのを十五分のあいだ待った。でも現れなかった。わたしが会いたいただひとりの幽霊は、姿を見せてくれなかった。

祖母も部屋に入ってきてすぐに気づいた。なにも言わず、涙で頰を濡らした。

「見えないよ、おばあちゃん」わたしは泣きだした。「母さんが見えない。なんで見えないの？」

祖母とふたりで一時間近くそこにすわっていてから、ようやく救急車を呼んだ。ドアがノックされると、祖母は脇腹が痛くなるほど強くわたしを抱きしめた。

「お母さんは自分の身体と仲直りできたんだと思うよ。苦しい思いをしていたけど、ようやく苦痛が消えたんだからね」

祖母の言うとおりだ。母を引きとめたがっているのはわたしだった。自分の身体を切り裂いて腎臓を母のなかに押しこみ、わたしの生命力で甦らせたかった。でも母は逝ってしまった。なすすべはなかった。

一カ月かけて祖母と家を片づけた。住宅ローンがかなり残っていたので祖母の家に戻ることにしたからだ。最終的に、わたしの人生は段ボール箱数個と服を詰めたスーツケースふたつにまとまった。母の車は返済がすんでいたものの、街に残しておいて、秋に進学するまで友達の家の私道に置かせてもらうことにした。カメラは全部祖母の家へ持っていくので、ピックアップトラックのフロントシートに積みこんだ。出発のまえに家の前で祖母の写真を撮った。そのとき母のハッセルブラッドにフィルムが三枚しか残っていないことに気づいた。大事に使わないといけない。

車を出したとき家はひどく寂しげに見えた。朝露に濡れた窓の奥は空っぽで、のぞきこむ者の姿をガラスに映すだけだった。家は身体と同じだ。活気や生命力で温かく満たされていなければ、ただの器でしかない。

第二十一章　iPhone

ドクター・カッスラーのカウンセリングの翌日、わたしは朝の時間を過去一週間の仕事の整理に充てた。写真を分類し、書類に記入し、気づいた点を筋立ててまとめようとした。簡単にはいかないが、たいていの場合、写真が説明してくれる。

車の転覆事故と銃撃事件の報告書はじきに提出できそうだ。ウィンターズ判事とアーマの事件の書類も。でも、なにかがまだ引っかかっている。なにかが欠けたままだ。アーマ本人のことが。

アーマの幽霊が爪をいじりながら言った。「あたし、裏切られたの。なにがあったのかはわからない。仕事から帰ろうとしてたら、次の瞬間にはもう落ちるところで、息もできなかった」

「アーマ、わたしもあなたになにがあったのかはわからない。あなたが見せてくれるものしか見えないから」どっと疲れを感じた。「さて、職場のほうをなんとかしてくるから、少し待ってて」わたしはファイルをまとめて鑑識課に向かった。

ドクター・カッスラーからサミュエルズにさっそく報告が行ったらしい。午後にはサミュエルズとアンジーとの面談が組まれていた。悪い予感しかしない。サミュエルズのオフィスに向かおうと廊下を進むと、視線が集まるのを感じた。わたしがいつ辞めるか賭けでもしているのかもしれない。

「昨日はドクター・カッスラーに協力的ではなかったようだな」サミュエルズの声が轟いた。

「すごく協力的だったと思いますけど」

傍らにはアンジー・シーヴァースも仁王立ちしている。「現場や病院でのあなたの振る舞いについてわたしが報告したことを否定したそうね。なにがあったかこの目で見たのよ。なのに嘘つき呼ばわり？　わたしが見るかぎり、あなたは職務を果たせる状態にない」

「きみを停職処分にする、リタ」サミュエルズがわたしの前に書類を置いた。「三カ月後にあらためて判断する」

失職の不安に鼓動が跳ねあがる。「判断って、なんのです？　三カ月もなにをすれば？」

「そのことをもっと早く考えておくべきだったな、これまで関わった事件すべてを滅茶苦茶にするところだったんだぞ」サミュエルズがパイプをつかんで口にくわえた。「幽霊だの幻覚だのと言いだせば、証拠の採取過程が曖昧になる。捜査資料をこしらえるのに降霊会でもやっているんではと言われかねん。きみはうちの課のエースのひとりだろう、それがどうだ、霊感刑事にでもなるつもりか」

「事件を滅茶苦茶になんて、そんなことしません。けっして。アンジー、そうですよね」と訴えたが、アンジーもサミュエルズと同じくらい険しい顔をしている。

わたしについてきたアーマが目の端に入った。壁際に立って話を聞いている。

「いまのところ、この話はここにいるわれわれしか知らない。今後もそのようにしたい」サミュエルズが書類を示した。「ここにサインを。停職期間終了まで、月に一度ドクター・カッスラーのチェックを受けることを約束するものだ」

書類は印刷したばかりのようで、サミュエルズの署名がすでに入っている。

「いま担当中の事件はどうなるんです？　ウィンターズ判事と跨道橋から落ちたアーマ・シングルトンの」

「ミス・シングルトンの事件は自殺と断定された」アンジーが言った。

「自殺？　もう断定されたんですか」

部屋の隅でアーマが大きく口をあけて絶叫した。大声に思わずひるみ、あやうくアンジーから目をそらしそうになる。

「手もとにある記録媒体と写真と現場見取図をすべて渡してちょうだい。いま抱えている事件に関するものはなにもかも」

「自殺？」アーマがわめきつづける。「なにが自殺よ！」

わたしは吐き気を覚えながらアンジーにファイルを渡した。

「これが最善の方法なのよ、リタ」アンジーがわたしの肩に手を置く。「ゆっくり休んで」

「休ませるもんですか、リタ！」アーマがまた怒鳴った。「自殺なんてしてない！」


五年間のキャリアが水の泡になりかけているのに、できることはなにもない。ましな仕事を探したほうがいいのかもしれない。九時から五時までの勤務で、学校の生徒や鳥やなにかの写真を撮る仕事を。

アーマ・シングルトンは途方もなく大きな鉄球になってわたしをぶちこわそうとしている。いまは車の後部座席で黙りこんでいる。さっきの激怒のせいでお互い疲れてしまった。

家に戻ると、やっとのことでソファに倒れこんで目を閉じた。そばに誰がいようとかまわない。とにかく休息が必要だ。

ゆっくりなどできるはずがなかった。ドアがドンドンとノックされた。きつく目をつぶって無視しても、やみそうにない。

「入れて、リタ！」シャニースだ。

「ほら早く！　ドアをあけなよ」こちらはフィリップ。

ふたりきりのわたしの友達。フィリップは同じアパートメントに住んでいて、いつも高級なコロンのにおいをさせ、服はおしゃれそのもの、おまけに話していてとても楽しい。そして女には興味がない。残念なことに。シャニースとわたしは姉妹も同然だ。中学時代の留置場での出来事のせいで何年も離れ離れだったものの、その後どうにか再会できた。フィリップとシャニースもすぐに意気投合して、いまや飲み友達だ。

「いないよ。帰って」わたしは声を張りあげた。

毛布を頭からかぶっても、鍵をあける音が聞こえた。シャニースは予備の鍵の隠し場所を知っている。あちこちを渡り歩く合間に、しょっちゅう泊まりに来るからだ。居留地からやってくる親戚みたいにひょっこり現れ、数日滞在してはふらりと去っていく。

毛布を引きはがされたので、丸めたソックスをフィリップの顔に投げつけた。シャニースはテーブルの上の写真を勝手に手に取り、束や山をごちゃごちゃにしながら、ときどき顔をしかめている。「先週わたしを撮ってくれたやつは？　電話したのに、たしか三度は。

ぜんぜん出ないじゃない」

シャニースはフィリップとわたしより背が高く、おまけに十センチのヒールを履いている。いまはたまに女優業をやっていて、マイナーな映画や街で上演される劇に端役で出演している。しみひとつないなめらかなオリーブ色の肌と、形のいい眉、そして完璧にセットした髪。わりとよくいる、わかりやすい美人だ。

わたしは抽斗から赤いフォルダーを出してテーブルにぽんと置いた。「ほら、悪魔の赤！」

シャニースとフィリップは飢えた獣のように飛びついた。

「うわ、いいね、シャニース！」フィリップが大げさに褒める。

わたしは横になって頭の上から枕をかぶった。

「すごくすてきに撮れてる、リタ。ありがと」シャニースが言った。

フィリップが枕をひっぺがす。「どれもばっちりだよ、リタ。プロになれば？」

「そう？」頭がずきずきするが、どうにか笑ってみせる。

「ぱーっと飲みに行こ！」シャニースがわたしを揺さぶり、その指が肋骨に触れた。「いつから食べてないの」

「シャニース、平気だから」わたしは身をよじった。

フィリップが勝手に冷蔵庫をのぞいて、「マスタードとビールだけだ」と首を振る。

「かんべんしてよ、ふたりとも。こっちは停職処分を食らって帰ってきたところなんだから」

「はぁ?!」シャニースのかん高い声のせいで頭痛がいっこうにおさまらない。

「そう、停職三カ月。それに、復職したけりゃカウンセリングを受けろって」

「嘘でしょ！　いったいなにしたの」

「働きすぎた。それだけ。現場でちょっとハプニングがあっただけなのに、いかれてるって思われちゃって」

「で、どうするの。三カ月もずっと家で寝てるつもり?」

たちまち寝室に引きずっていかれ、皺だらけのワークパンツと薄汚れた黒のシャツを脱がされた。シャニースにシャワー室に押しこまれ、続いて持っているのも知らなかった服を着せられて、ドアの外へせきたてられた。何階か下りたところで見上げると、ミセス・サンティヤネスが最上階の手すりごしにこちらをのぞきこんでいた。

二番通りとゴールド・アベニューの角にオープンしたしゃれたバーまで歩いた。夜の街は、ぎらつく砂漠の日差しにさらされる日中よりも魅力的に見えることがある。暗い街は洞窟のような不思議な雰囲気をたたえ、そこには先祖の魂がひしめきあっている。いつもその存在は感じているが、夜はとくにはっきりわかる。話しかけてはこない。彼らの場合は。でもそこにいるのはわかる。

バーは混んでにぎわっていた。細長い店内の奥にある小ぢんまりしたダンスフロアは熱気にあふれている。

「一杯にする、それとも二杯？」フィリップが訊いた。わたしは答える気力もない。「わかった。二杯だね」フィリップは人いきれと話し声であふれかえる暗がりへ吸いこまれた。

そして飲み物を手に戻ってくると、気難しい顧客の愚痴をこぼし、シャニースは最近の仕事で知りあった男のことをくわしく報告した。俳優だそうで、迷子の仔犬みたいにつきまとってくるという。いつものことだ。

「やれやれ。でも彼、ユタ州の人だから会いに行くのが大変そう。まあ、行くけど」シャニースは耳たぶに手をやって揉みはじめた。真剣なときのサインだ。「ああ、ところで、どっちかの家に何日か泊めてほしいんだけど」そう言って、椅子にもたれて煙草に火をつけた。

「おいおい、こっちにも私生活ってやつがあるんだぜ」フィリップが言う。

「リタにはない」ふたりがこちらを見る。

「いいでしょ、べつに。うちに帰る暇もないんだから」

「一杯奢《おご》らせてくれないかな」騒々しい音楽のなか、テーブルの向こうから声がかかった。

誰も返事をしない。

「リタ？」シャニースがテーブルのそばに立っている男を目で示した。「この人が一杯奢らせてほしいって」奢りたい相手はシャニースか、でなければフィリップだろうと思っていた。ふたりともわたしと同じくらい意外そうな顔だ。

「わたしに？」

「ああ、迷惑じゃなければ」

「もちろん」ぜんぜん迷惑じゃない。なかなか感じがいいし、弁護士みたいな身なりでもない。「いっしょにどう？」テーブルの端の空いた席を示すと、相手はうなずいてすわった。「クリスだ」と、三人それぞれと握手を交わす。「五週間ほどまえに越してきたばかりなんだ。仕事と通学のために」

「仕事はなにを、クリス？」満面の笑みで訊くフィリップの脇腹をシャニースが小突いた。

「測量士をやってる。でもこれから工学を学ぶ予定なんだ。いろいろ忙しくて、今夜やっと出てこられたんだ、誰かと話したくてね」

クリスは長身でがっしりとした体格で、セミロングの髪が目に垂れかかっている。ちらちらわたしのほうを見て、こちらが目を合わせると、ふっと視線をそらす。なんだか……気になってしまう。

「なら、ツイてたな、クリス」フィリップが立ちあがってシャニースの手を引っぱった。

「ここにいる友達のリタの相手をしてくれないか。こっちは踊りに行ってそのまま帰るから。だろ、シャニース？」

「じゃあね、リタ」シャニースはさっそく踊りながら、混雑したダンスフロアへとフィリップに連れだされた。クリスの後ろ頭を指差して、ワーオと口をあけてわたしを見る。

「それで、きみの仕事は？」クリスが笑いかけた。

「写真を撮ってる」そこで午後の出来事を思いだした。「というか、撮ってた」

「もう撮らないのかい」クリスが向かいの席に移った。

「そうじゃない、いまも写真は撮るけど。ただ、今日の午後、いきなり三ヵ月仕事を休むことになっちゃって」

「もう一杯どう？」クリスが手を上げてウェイターを呼んだ。

「一杯なら」

そのまま二時間テーブルにいて、しまいには目の前がちかちかしはじめた。フィリップとシャニースはとっくの昔にくすくす笑いながら店を出ていった。クリスは知的なうえに、なぜだかわたしのことをなにもかも知りたがった。わたしはごく簡単に話した。クリスの趣味は読書と映画だそうだ。わたしも両方好きだが、最近はそんな時間もとれていない。

ふたりでバーを出て冬の夜空の下をふらふら歩きだし、マフラーを引っぱりあって冷気に笑い声を響かせた。ひとりで帰れると言ってもクリスは聞かなかった。七ブロックほど歩いてわたしのアパートメントの前にたどりついた。バーにいるあいだに降った冷たい雨と雪で通りは濡れていた。アルバカーキのダウンタウンにいるのに、たまに通りすぎるタクシーを除けば、あたりにはわたしたちしかいない。かすかなパトカーのサイレンが遠くで聞こえ、濡れそぼった寂しげな犬が一匹とぼとぼと歩いてきて、こちらを見上げ、人けのない通りへと消えていった。

クリスはアパートメントのなかまでついてきて、わたしの部屋がある五階までふらつきながら階段をのぼった。ドアの前に着いたときにはふたりとも息切れしていた。

「送ってくれてありがとう」わたしは笑みを浮かべた。

「どういたしまして」クリスがコートの襟を立てる。「明日から仕事で一週間ちょっと街を離れるんだ。戻ったら映画でもどう？」

「すてき」どぎまぎして言葉が続かない。クリスがすっと近づいてわたしを引き寄せた。熱いものがこみあげ、わたしからキスをした。お互いにそんなつもりはなかったと思う。でもいったんそうなると、部屋に誘わずにはいられなかった。

何時間も身体を重ねているあいだ、ひとことも言葉は交わさなかった。相手はほんの五時間前に会ったばかりで、話に出たこと以外はなにも知らない。そう思うと後ろめたかった。もしかすると殺人鬼やソシオパスやナルシストかもしれない。でもいまはどうでもよかった。クリスにはどこか、故郷や温もりや力強い抱擁を思わせるところがあった。キスをされ、首もとに熱い息を吹きかけられる。触れてほしい場所がわかってしまうみたいで、抗《あらが》いようがなく、抗おうともしなかった。温かな光のようにクリスがわたしを包みこむ。こんなに誰かが近くにいるのは久しぶりなのに、なにもかもが心地よく、やがてわたしはクリスに身を巻きつけ、息遣いを聞きながら身じろぎもせず深い眠りに落ちた。じきに夢を見た。

夢のなかで、わたしはトハッチーのナカイ公園でブランコに乗っていた。古びた遊具がわずかに並んでいるだけの場所だ。隣にはアーマがいて、ふたりの足が地面に平行なくぼみを刻んでいた。雪が降りだしたとたんアーマは深い穴の底へ吸いこまれ、わたしはブランコを漕ぎつづけた。

ブランコがいきなり虚空で動きを止め、同じようにいきなり祖母の家が目の前に現れた。木々の葉も石もみんな雪と霜に覆われていて、わたしはガレージのドアからなかへ飛びこんだ。祖母がキッチンの開いたドアの前に立ち、手にした熱いコーヒーの湯気を網戸ごしに漂わせながら、一面の銀世界を見て泣いていた。こちらを振り返りもせずに。

わたしは玄関のドアをあけてなにもない冬景色のなかへ出た。天と地の境目がおぼろで、地平線を目じるしに進むこともできない。パニックが押し寄せ、来た道を引き返そうとしたものの、降りしきる雪に覆われて自分の足跡さえ消えている。そのとき、遠くに光が見えた。猛スピードで動いている。黄色い輝きがまぶしく、手でさえぎらないといけない。近くまで来ると、それがあの赤いピックアップだとわかった。あの恐ろしい記憶の亡霊が、ああしてまた走っているのだ。車は速度を緩め、ウィンドウが下ろされた。

「乗って」グロリアが呼んだ。

「ほら、もたもたすんな」恋人も言った。

ウィンドウの奥をのぞいて恋人の顔を見ようとしたが、暗くて影しか見えず、声がどこからか聞こえただけだった。これまでもずっと、どんなに記憶をたぐろうとしても男の顔は思いだせなかった。この夢も思いだす助けにはなってくれないようだ。わたしはドアをあけて車に乗りこんだ。

「ここ、どこ、グロリア?」外は真っ暗で対向車のライトだけが見えた。どこかへ向かっているらしい。

「シーッ」グロリアが人差し指を唇にあてた。

「リタ。ねえ、リタ。写真を撮ってよ」アーマがグロリアの口を手でふさいで笑った。

その声は夢と現実のはざまでこだましていた。ねばつき、うずく目をあけると、そこにグロリアがすわっていた。死んだ日と同じように頭には生々しい傷があり、鋭く激しいまなざしでこちらを見ている。においも感じる。甘いトウモロコシと、道路の排気ガスみたいなにおいだ。グロリアはいま、アーマの幽霊とともにわたしの寝室にすわっている。口はきけないようだ。

「リタ？　写真を撮れってば！」アーマが怒りを爆発させた。

今度の声はどすが利いていた。勢いに圧倒されてはっと目が覚めた。横を向くとクリスはまだぐっすり眠っていた。このままベッドに寝てはいられない、どんなにそうしたくても。

「リタ！」アーマが叫んでグロリアを突きとばす。

手をつかもうとアーマが飛びかかってきたが、わたしは身をかわしてバスルームに逃げこみ、ドアを閉めた。リノリウムの床に顔を押しつけてドアの下から向こうをのぞく。なにもない。きっと飲みすぎたせいだ。または寝不足か。幻を見ただけだ。そのとき、アーマがドアを叩いた。猛然と。

「**リタ！**」

ドンドンという音はひたすら続き、そのビートがわたしの鼓動と重なった。ドアが割れてしまいそうだ。鼻血が床に滴り、四滴数えたところで視界が狭まりはじめた。あわてて横になり、そのまま眠りに落ちた。

第二十二章　プラウベル　マキナⅠ　蛇腹折りたたみ式乾板カメラ

祖母はピックアップトラックの助手席にすわり、車の流れに合わせて頭を前後に揺らしていた。車がギャラップに近づくとわたしは帰郷に心が軽くなるのを感じ、おなじみの町並みに微笑みかけた。なにも変わっていなかった。

西日を受けて走るうち、祖母は顎を胸につけていびきをかきはじめた。故郷を離れてから信じられないほどの時が過ぎていた。よそで過ごすうちにこの土地への断ちがたい思いはしだいに薄れ、帰省の代わりに電話ですますこともたびたびだった。

「会いに帰ってきてくれなくていいよ」と祖母はよく言った。「おまえのためになるものなんて、なにもないんだから」それが口癖になっていた。

祖母も都会の便利さを楽しむことはあった。それを否定はしなかった。なにより好きなのは、青々としたレタスや色鮮やかな果物が豊富にそろった食料品店に行くことだった。でも、そういったものを届けようかと言っても、いつも間に合っていると断り、代わりにわたしの家へやってきた。ときにはミスター・ビッツィリーの運転で。「あっちは暑すぎるから」と祖母は説明した。でなければ、「寒すぎるし、道が危ないから」と。わたしを帰らせたくないのだとわかっていた。

　祖母の家でクリスマスを過ごしたのは十二歳のときだけだった。祖母はクリスマスに雪が降ることを知って、雪が大好きなわたしを家に呼んでくれたのだ。クリスマスイヴ、午後六時ごろから降りはじめた雪はいつまでもやまなかった。翌朝目が覚めると、雪はわたしの腰まで積もり、ドアの網戸がすっかりふさがっていた。わたしは祖母のために暖炉の灰掻きシャベルで車までの通り道をこしらえ、ガレージを六、七往復して薪を運び入れた。二日のあいだ家にこもって火を焚きつづけていると、やがて太陽が顔をのぞかせて明るく地上を照らした。

「悪魔が女房を叩いてるね（日差しがあるのに雨や雪が降ること）」と祖母が言って空を見上げた。雪のなかで遊ぼうと外へ飛びだすと、白い靄のなかにグロリアの幽霊がいた。わたしは名前を呼んだ。グロリアはこちらを振りむいて、やがてすっと消えた。もしかすると、見えたと思いたかっただけかもしれない。運悪く呼び声を祖母に聞かれてしまった。そのとき言われたことをまだ覚えている。

「幽霊に話しかけたりしたら、罰があたって、ヘビに咬まれたみたいに痛い目に遭うよ。

わかった？　ヘビに咬まれたみたいにね」祖母は背中を向けて家のなかへ引っこんだ。わたしは日差しと雪に頬をひりつかせながら祖母を追って家へ戻った。いまごろになって、祖母の言うとおりだとわかった。

車道に車を乗り入れたとき、祖母はまだウィンドウに頭をもたせかけ、膝のバッグの上に両手をそろえて置いたまま眠っていた。祖母の飼い犬のゾーイがこちらを向いて小さく吠えた。灰色の毛には居留地の土埃がこびりついていた。わたしが車を降りるとゾーイは飛び起き、相手をしてやるまで足もとで吠えつづけた。

家に帰ってきたのが信じられない気持ちだった。わたしはシートの足もとに置いたバックパックから母のカメラを出して、それを持って歩きだした。踏みしめた地面が重みで沈みこみ、わたしを歓迎してくれた。門のところまで来るとあたりを見まわし、思いきり深呼吸して山裾のさわやかな空気を吸いこんだ。それから家の写真を一枚撮った。玄関へのアプローチと、〝ギャラップ・インディペンデント〟と新聞名が記された白い郵便箱と、そして下の歯をむきだしたゾーイを入れて。

それから車に戻ってまだぐっすり寝ている祖母を起こした。バッグを肩にかけさせ、手を取ってよろめかないよう支えながら玄関までいっしょに歩いた。ドアはすぐにあいた。

「おばあちゃん、出かけるときはドアに鍵をかけてって言ってるでしょ。留守のあいだに誰かが入ったらどうするの」わたしはひやひやしながら家を隅から隅まで調べ、侵入された形跡がないかたしかめた。

「街ならそうだろうけど」祖母は大きなため息をついた。「このあたりの人間は分別があるから、年配のご婦人からものを盗んだりしないの。とくにわたしからはね」そう言ってキッチンに入っていき、鍋に水とナバホティーを入れてコンロの火にかけた。「あの大鍋を下ろして、冷蔵庫から羊肉を出してきて。せっかく帰ってきたんだから、ごちそうを作ろうね」

スープがぐつぐつと煮え、トウモロコシと肉から湯気が渦を巻いて立ちのぼった。ふたりでテーブルについて熱いお茶を飲んだ。すばらしかった子供のころをあらためて思いだした。祖母といっしょにいられて、肩にのしかかる街のストレスも知らなかったころを。この家でずっと暮らしたいと思った。この山の麓で、一生を終えるまで。

「すっかり大人になって。ほら、こんなに」祖母がわたしの腕をつかんだ。

「おばあちゃん、いつも会ってるでしょ」

「ここでは会ってないからね。この家では、おまえは小さな女の子のままなの。だからこうしてまたふたりでキッチンにすわっていると、時が過ぎたんだなと思わずにいられなくてね。それで、今後の予定は？　大学はいつはじまるの？」

「大学はすぐには行かないつもり」祖母と目を合わせるのが怖かった。「半年くらいここにいてから戻ろうかな。ちょっと休みたくて」

気まずい沈黙が流れた。

「ここにいてはだめ、リタ」祖母はお茶に口をつけた。「大学へは予定どおりに行きなさい。カリフォルニアに行くんじゃないの？　写真の勉強は？　それが望みだと思っていたけど」

「奨学金は辞退したの、おばあちゃん。カリフォルニアの大学のほうは」母がもう少し生きていてくれると思ったからだ。亡くなってしまったいま、自分がどうしたいのかまるでわからなかった。「秋にアルバカーキの大学に行こうと思ってる」

「いつ決めたの？」祖母はがっかりした顔をした。

「母さんの具合が急に悪くなったとき。なにかあるといけないから、あんまり遠くへは行きたくなくて。カリフォルニアから戻ってくるのもお金がかかりすぎるしね。でももういいの。終わったこと。それに、おばあちゃんの近くにいられるし。家の近くに」

聞こえるのはコンロでスープが煮える音と、カカシの壁時計が時を刻む音だけだった。黄ばんだトウモロコシの茎にくくりつけられたカカシが壁から見下ろしているのを感じた。十年もいなかったわたしが誰だかわからないように。わたしはテーブルの上の、美しい祖母の手に目をやった。やわらかい肌は加齢のせいで皺としみに覆われていた。でも顎の線はすっきりとシャープなままで、髪のピンカールも完璧だ。両手を組んだ祖母は祈るように目を閉じていた。わたしはそばの椅子に置いたハッセルブラッドを手に取ってテーブルに据え、引き蓋を引いた。そしてシャッターを切り、その瞬間をとらえて記憶を永遠にフィルムに刻んだ。シャッターの音で祖母が目をあけた。

「そのカメラ、すっかり相棒ね」祖母は笑った。「悪いけど、クローゼットへ行ってトランクを出してくれる？　そのときが来たようだから」

「そのときってなんの？」

「おまえに見せるときがね」

祖母のクローゼットは記憶にあるままだった。布巻きハンガーにかかった手製のワンピースに、裁縫用の型紙の箱。わたしの隠れ場所までそのままで、隅っこに置いて椅子代わりにしていた祖母の茶色い革の化粧品バッグも残っていた。古ぼけた箱や履き古した靴をいくつか下ろすと、真鍮の金具と太い革の取っ手がついた緑のトランクが現れた。ありったけの力を振りしぼってトランクをクローゼットから引っぱりだした。中身はずっしりと重かった。思い出の重さかもしれない。

ふたりでベッドに向きあってすわった。祖母がか弱い手でトランクをあけると、埃が大量に舞って窓から差す光にきらめいた。なかには箱やノートやアルバムがしまわれていて、そこからこぼれた写真もたくさんあった。真っ先に目に入ったのはまぶしそうにカメラを見て微笑む祖父の写真で、輝く霊の姿で見たときと同じように片頰にえくぼを浮かべていた。ハンサムな顔立ちに、ぱりっとアイロンのかかった陸軍の制服、ひと筋の乱れもない髪。ぴかぴかの瓶や容器が並んだ大型の棚の隣に立っている。祖母はその写真を取りだして一分近く眺めてから、ナイトテーブルの上に置いた。

トランクの写真は千枚ほどあったと思う。なかには、わたしが生まれるずっとまえに亡くなった昔の親類たちの写真もあった。着ているものは手織りのワンピースや手縫いのシャツとズボン。髪は引っつめられ、太い毛糸でまとめられている。

「これがおまえのひいひいおじいちゃんと、ひいひいおばあちゃん」と祖母が言った。「つまり、わたしのおじいさんとおばあさんよ。ほら、これを見て。いつもいっしょにいて、幸せそうだった。ふたりで羊や山羊の群れをメサの上へ連れていって、何時間もそこで過ごしていたっけ。ルカチュカイに美しい庭を持っていて、トウモロコシや豆やカボチャをたくさん育ててた。どんなときも離れようとしなくてね。おまえのひいひいおじいちゃんは肺の感染症で亡くなったんだけどね、ひいひいおばあちゃんのほうも、あとを追うように三日後に亡くなったの。おじいさんが自分の肺も持っていってくれたらよかったのにって、おばあさんがナバホ語で言っていたのを覚えてる。もうこの世では息をしたくないからって。おじいさんを恋しがって泣いていたっけ」

祖母はトランクの中身を取りだしては、懐かしげに見つめ、わたしの前で子供時代や昔の出来事を振り返った。ほんの少しだけ目を背けたいような気もした。でも一方で、これが謎に満ちた自分の過去を知り、昔の先祖たちのことを学ぶ唯一の機会だとわかってもいた。

「その赤い革表紙の本を取って」祖母がトランクの隅を指差した。「これがすべてのはじまりだった。ここを見て」表紙には〝フェニックス先住民寄宿学校、一九三一年〟と褪せた金文字で記されていた。祖母がそれを開くとページがうれしそうにかさかさと音を立てた。あまりに長いあいだ放っておかれて、人の手の感触を忘れてしまっていたかのように。

「これがわたし。おまえのおばあちゃんよ、ずっと昔の」祖母は少女時代の自分が写った大判写真を示した。八、九歳ごろだろうか、髪は肩のすぐ上でおかっぱに切りそろえられている。だぼっとしたワンピース、ずり落ちた白い靴下、白黒のサドルシューズ。隣には大昔のカメラが写っていた。大きな革の蛇腹がついていて、人や物が近づきすぎると火事になるようなフラッシュとともに使うものだ。初期の人物写真はそんなふうに危険な金属粉で閃光《せんこう》を焚いていた。カメラの反対側にはやつれた感じの男性が立っていて、変形した指がベストのポケットからのぞいていた。

「それがミスター・ウィルソン」祖母が間を置いた。「この人が写真の撮り方を教えてくれたの」沈黙が部屋いっぱいに広がった。「わたしは七歳だったと思う。おまえのひいおばあちゃんが亡くなって一年もたっていないころよ。おまえのひいおじいちゃんの手伝いで羊の毛を刈り終えたところだった。暑くてね。夏の終わりごろで、じきに果樹園の桃の最後の収穫をはじめるころだった。風のない穏やかな日で、空には雲ひとつなかったっけ。そのうち、砂利の私道を通ってうちの敷地に入ってくるエンジンの音が遠くから聞こえてきたの。ひいおじいちゃんと見ていたら、黒い車が土埃と排気ガスをもうもうと巻きあげながらどんどん近づいてきて、うちのホーガンのドアの前にとまってね。ひいおじいちゃんが立ちこめた土埃とガスを手で払いながら出ていったら、真っ白なシャツと黒いネクタイの白人男がふたり家の前へやってきた。書類と革のショルダーバッグを持ってた。ひとりが足を止めて笑いかけたけど、わたしは丘の上へ逃げだした。わたしを連れに来たのがわかっていたから。二カ月前にも友達のエスターのところにやってきて、寄宿学校へ行かせたのを知ってたからね。あの子は二度と帰ってこなかった。夏休みにも。それきり二度と会えなかった」

祖母はベッドの上で身じろぎした。背もたれがないので、わたしは立ちあがって祖母をロッキングチェアにすわらせた。祖母は記憶をたぐり寄せるように黙りこんだ。膝の上で親指同士をくるくるまわしているので、しきりに考えをめぐらせているのがわかった。キッチンではスープがぐつぐつ煮え、壁や窓が水滴に覆われていた。わたしは祖母にお茶のお代わりを運んだ。祖母はひと息つくと、スツールに足をのせて話を再開した。

「父さんが丘の上にのぼってきて隣にすわった。男たちがポプラの木の下に腰を下ろすのが見えた。下でどんな話し合いがあったのかはわからない。でも父さんは、わたしに行けと言いに来たの。〝おまえにはここに縛りつけられたまま一生を終わってほしくない。ここを出て世の中のことを学んでおいで〟ってね。わたしは世の中なんてどうでもよかった。うちでの生活は幸せだったから。泉の水は清らかそのもので、羊もたくさんいて、広い土地もある。離れたくなかった。でも、結局はふたりで丘を下りて、小さな小麦粉袋にわたしの荷物を詰めた。服をいくらかと、母さんの鉄板写真《ティンタイプ》一枚を。ひどく悲しくてね。父さんが泣くから、わたしも泣いたっけ。それからネクタイの男ふたりと黒い車に乗った。シートの床に足がつかなくて、爪先が助手席の後ろにあたるたびに、バターみたいな色の歯をした男が笑顔で振り返って、うんうんうなずくの」祖母はお茶を床に置いてゆっくりと椅子を揺らしはじめた。

「一時間走ってギャラップに着くと、今度は海へ向かう列車に乗せられた。ばかでかくて銀色をした列車でね。わたしは男ふたりにはさまれてそこまで歩いた。逃げると思われたんだろうね。たしかに考えはしたよ。でも、小さな小麦粉袋を担いで列車に乗ってみると、びっくりしたことに同じような子供たちが五十人はいて、座席という座席にすわっていたの。車両の前にすわらされた小さい子たちは泣いてた。身を震わせて、息が詰まるほど激しい泣き方だった。みんな〝帰りたい〟とナバホ語で何度も何度も言っててね。胸が張り裂けるかと思ったよ。気づくとわたしも泣いていて、火照った頰が涙でひりひりしたっけ。後ろの席にすわったら、隣にいる兄弟ふたりは黙ったままずっと窓の外を見ていた。泣き声がやむのは、小さい子たちが眠りこんだときだけで、目を覚ましたら自分がいる場所を思いだして、またまた泣きはじめるの。学校に着いてほっとしたくらいよ、泣き声をもう聞かずにすむから」

訊きたいことは山ほどあったけれど、話に続きがあるのはわかっていた。箱のなかに眠っていた祖母の写真のことも知りたかった。ずっと昔に撮られたものなのに画質は完璧だ。祖母の目に浮かんだ覚悟が見てとれるほどに。

「フェニックスに着いたら、真っ先に写真を撮られた。ひとりずつカメラの前に立たされて、ミスター・ウィルソンというその人が、閃光電球《フラッシュバルブ》をわたしたちの頭の上に掲げて写真を撮ったの。目がくらむほどまぶしい光だった。わたしはそのフラッシュや大きなカメラが気になってたまらなかった。写真というもののことは知ってたよ。街にはカメラというものがあって、人の姿を見たままに写せるんだってね。わたしが興味津々なのを、ミスター・ウィルソンは気づいたみたいだった。あの人の手の指が残らず丸まっていて、ほとんど使いものにならなそうだなと思ったのを覚えてる」祖母は自分の両手に目を落として、それをさすった。ロッキングチェアの揺れが止まった。

「それから、髪をすごく短く切られたの。ツィイェウ、つまりお団子にした髪の根もとをハサミでざくざくとね」祖母は二本の指を動かして錆びたハサミで切るしぐさをした。「残った髪はだらんと垂れて顔のまわりにかぶさった。男の子たちはもっと短くされて、耳の上まで刈りあげられた。女の子たちはハサミで切られたままのおかっぱ頭で学校へも通ったのよ。散髪のあとはまたミスター・ウィルソンのいるカメラの部屋に戻されて、壁の前でもう一度写真を撮られた。わたしたち全員からナバホらしさを残らず切りとり、刈りとったことをたしかめるためにね。そっくり消し去ることが狙いだったの」

祖母は話すのをやめてチェストに目をやった。「あそこにあるふたつの箱を持ってきて、いちばん手前のを」わたしはチェストの端に近づいて重たい箱をふたつ取りだした。最初に現れたのは大昔のプラウベル マキナのカメラだった。ほぼ新品の状態だ。革の蛇腹がついていて、ガラスにもレンズにもボディにも傷ひとつない。一九三〇年代からそのまま持ってきたみたいに。わたしは慎重にそれを手に取った。ファインダーは少しゆがんでいるものの、どうにかそこからのぞいて、ロッキングチェアにいる祖母をフレームに収めた。祖母はにっこりした。

そして笑って言った。「それがわたしのカメラってわけ。どうやらうちはみんなカメラ好きみたいだね」

「なんでいままで教えてくれなかったの、おばあちゃん」わたしはかさばるカメラを膝に抱えた。何キロもありそうだ。若く力強い腕でそのカメラをしっかりとかまえ、息を詰める祖母の姿を思いうかべようとしてみた。

「ミスター・ウィルソンは、自分がしている作業にわたしの目が釘づけなのに気づいたの。なにからなにまで見ていたからね。カメラに乾板をセットするところも、曲がった指でピントを合わせるところも、痛そうにボタンを押すところも。それで、わたしを呼んで、スツールを持ってきて、ファインダーをのぞかせてくれたの。フレームのなかに、いっしょに列車に乗ってきた男の子ふたりが見えた。上下左右が逆だったけど、結んだままの長い髪も、日焼けした肌もしっかり見えた。写真を撮るにはカメラの前についたレバーを押さないといけないの。それがミスター・ウィルソンにはひと苦労だった。一枚撮るごとに痛そうな顔をしていてね。それで、わたしが見ているのに気づいて、レバーの押し方を教えてくれたの。わたしの小さい指なら簡単だった。それからというもの、わたしは助手になったってわけ。

学校に先住民を乗せた列車が到着するたびに、なんの授業中だろうと呼びだされた。しばらくすると、なにからなにまでわたしがするようになってね。乾板を入れるのも、レンズを替えるのも、校内でカメラを移動させるのも。子供だったけど、その大きなカメラを自由自在に操れたから。十二歳のとき、ミスター・ウィルソンが亡くなったの。そのあとはわたしが全部の写真を撮るようになった。でも、だんだんうんざりしてきてね」祖母は美しいナバホ族の少女を写したフレーム入りの写真を二枚手渡した。褐色の肌、後ろで束ねた髪。すてきな手織りのワンピースとモカシンのブーツ。二枚目の写真では、長い髪は肩の上で切られ、きれいなワンピースはかっちりした白と黒のワンピースに替わっていた。ほかのみんなと同じものに。

「毎年のように、子供たちひとりひとりから先住民らしさが奪われていくのを見ているのがやりきれなくてね。なんだか、その子たちの魂を箱に閉じこめているみたいで。成長するにつれて、みんな先住民らしさの欠片もなくなっていった。わたしも同じ。十二年後、ようやく故郷に帰ってみたら、土地は草ぼうぼうで、家畜は散り散りになっていた。父さんは離れているあいだに抜け殻になってしまってね。母さんが死んだとき、父さんもいっしょに死んだんだと思う。でも、この世に残ってわたしを見守ることにした。いつかわたしが帰ってきて務めを果たすだろうとわかっていたから」

「それで写真を撮るのはやめにしたの？」

「そのあとも長いこと撮っていたよ、おまえのおじいちゃんが亡くなるまではね。あの人も写真が好きだったから。でも亡くなってしまって、すっかりやる気が失せてね。そのカメラといっしょに思い出も全部しまいこんで鍵をかけたの、あの人を恋しがって泣かないように。あんなこともできたのに、ああすればよかったのにと考えて悲しくなってしまうからね。写真を見るといつも泣いてしまうから、あの人を自由にしてあげなくちゃと思ったの」

わたしは箱やアルバムや写真を片づけにかかった。クローゼットの奥の、祖母の悲しみのしまい場所に。二度とあけてはみないだろうと思った。チェストをクローゼットのそばに寄せようとしたとき、祖母が止めた。

「箱がひとつ残ってるよ。ベッドの上に」祖母の枕の隣にオレンジ色の箱があった。あけてみると、目に入ったのは――いとこのグロリアだった。長くつややかな髪、思わずつられてしまいそうな笑み。その日のことを思いだした。グロリアはとても楽しげだった。屋根の上にふたりですわり、日が暮れて近所の犬たちが遠吠えをはじめるまでずっとそうしていた。その写真は、日が沈む直前にグロリアの友達のポラロイドで撮ったものだった。グロリアが亡くなる二週間前のことだ。そのトランクにはたくさんの幽霊が、たくさんの思い出が詰まっていた。あふれんばかりの喪失の痛みとともに。わたしはグロリアの写真をポケットにすべりこませて箱を閉じた。祖父の写真もまだナイトテーブルに残ったままだった。その思い出なら祖母も楽しめるかもしれないと思った。祖父が見守ってくれるはずだと。

トランクをあさったせいで祖母はくたびれたようだった。わたしはベッドに入るのを手伝い、長く白い髪を梳《と》かし、祖母が〝魔法のクリーム〟と呼んでいるものでその手をマッサージした。鎮痛クリームのベンゲイの模造品で、ひどいにおいがするが、手の痛みが和らぐならなんでもいいと祖母は言っていた。関節炎の痛みのことを祖母は〝アーサー・ヤジー〟とナバホ風の名前をつけて擬人化していて、毎晩肌をさすって温めながら「憎らしいやつめ」と悪態をついた。

明かりを消すと祖母は十分とたたずに眠りに落ちた。わたしはポーチに出て、雨がしょっちゅう吹きこんでくる西側のドアのそばにすわり、山並みの向こうに沈む太陽を眺めた。

罪悪感がわたしを包んだ。ガタが来た家にひとり暮らしをする祖母を見て、やるせなく寂しい気持ちになった。連れていきたいけれど、でもどこに？　アルバカーキで祖母が安心できるとは思えない。

車を飛ばしたくなった。頭をすっきりさせるために、家のなかですわってテレビを見る以外のことをするために。祖母の鍵束はキッチンの釘にぶらさがっていた。カメラバッグといっしょにキーを持ちだし、車のところへ行った。

母のハッセルブラッドにはフィルムが一枚だけ残っていたので、最後の一枚を撮る場所を今夜見つけられたらと思った。そうやって、ひとつの章に終わりを告げたかった。心の重しを取りはらい、未来への希望と幽霊たちに対処する知恵を与えてくれるなにかを見つけないといけない。

キーをまわすとエンジンがプスプスと音を立てたので、二、三度チョークレバーを引いてどうにか始動させた。家の前の道に出て野良犬の群れや穴ぼこを何度かよけながら車を走らせた。家々は荒れ放題で、部族政府の住宅の多くがトレーラーハウスに、あるいは日干しレンガ風の壁に白い窓枠といった安ピカな家に取って代わられていた。交易所も、グロリアとよくブランコに乗った公園も閉鎖されてしまっていた。集落そのものが過去の記憶になりかけているようだった。祖母の友人たちもひとり、またひとりとこの世を去り、生まれた子供や孫たちはこの土地に住みたがらない。祖母がわたしを出ていかせたがった理由が、この場所の歴史からわたしを遠ざけたがった理由がわかった。

のろのろと集落のなかを走るうちに眠気がやってきたが、家に帰りたくはなかった。ふと、グロリアを思いだした。生きているグロリアを最後に見たメサの上の白い家が目に浮かんだ。あの家はまだあるのだろうか、あそこで起きたことはいまでも壁にしみついたままなのだろうか。なにかに駆りたてられるようにチャスカ団地への坂をのぼった。あの家がまだわたしを嘲笑《あざわら》うかどうか、たしかめに行かなくては。幼いころに撮った写真一枚を燃やせずにいるわたしを。

しぶとく残った家が遠くに見えてきた。外壁は色とりどりの落書きに幾重にも覆われていた。すぐそばまで行って車をとめ、ヘッドライトでドアを照らしたまま外へ出た。バックパックから煙草の箱と、母がカメラバッグに入れていたジッポーのライターを出した。懐中電灯は持っていないので、明かりはそれしかない。

ドアの前へ行って蹴りあけ、ヘッドライトの銀色の光で壁を照らした。自然の力がそこを荒らしていた。むきだしの壁にはところどころピンクの断熱材の欠片が残り、風が音を立ててそこへ吹きつける。ドアの裏には、ずっと昔にわたしが外に出ようと大暴れしたときの傷が残っていた。板を叩きつづけて入った裂け目も見つかった。そのとき、グロリアが見えた。

「リタ、ここでなにしてるの」顔には笑みが浮かんでいた。「いまごろこんなところに来るなんて」長いまっすぐな髪、とびきりきれいなオリーブ色の肌。わたしは足を踏みだし、温かい声のほうへそろそろと近づいた。と、現れたときと同じように、その姿は突然ヘッドライトの光にまぎれて消えた。

わたしは家の外へ出て泣いた。答えは受けとった。あの夜のことにわたしはとらわれたままだ。

ピックアップトラックの後部にまわって、空になりかけのガソリン缶を取りだした。壁や断熱材、シンク、かろうじて残ったものすべてにガソリンを撒いた。ゴミだらけの床にも、部屋のドアにも、裏口にも。そしてなにより玄関のドアに。わたしを閉じこめ、わたしの恐怖の痕跡を残したそのドアに。

それから外へ出た。ジッポーのフリントホイールを親指でこすると、炎が煙草をくわえたわたしの顔を照らした。ふかぶかと吸いこんだ煙が喉をくだって肺まで届く。それから戸口へ戻って煙草を投げ入れた。炎がちらつき、燃えあがる。十五分もすると火は家全体を呑みこみ、砕けた木も血のしみも、すべてを夜空に舞いあげていった。

わたしは母のハッセルブラッドを車から出して運転台に置いた。炎の指先が揺らめき、庇《ひさし》の下には煙が渦を巻いていた。家は目の前であえぎ、息絶えようとしている。これでもう思い出に残るのはあの写真だけだ。家が死ぬさまを一生覚えておきたかった。その邪悪な魂が地上を離れて永遠に葬られるところを見たかった。そして祈った。呪いから逃れられないのなら、せめてこの清めの炎によって、いくらかの安らぎを得られますように。

火の勢いは落ち着き、炎と煙が白い壁をくすんだ灰色に変えていた。わたしはファインダーごしに家を見つめてシャッターを切った。カシャッ。最後の記憶はようやく死んだ。

第二十三章　夢の写真

バスルームのドアをノックする音で目が覚めた。わたしはクリスのTシャツを着たまま身を起こした。お酒のせいで頭がずきずきし、胸はグロリアへの思いにうずいている。姿を見たのは久しぶりで、しかもゆうべの出会いは複雑だった。いまもそばに気配があるが、アーマに怯えているのも感じる。アーマはとうとうわたしの家族の幽霊にまで手を出した。そして、そうさせているのは自分なのだ。

「どうかした？」ドアの向こうでクリスの声がした。

鏡をのぞくと乾いた鼻血がこびりついていたので、水をかけて流した。「いいえ、大丈夫」ドアをあけるとクリスがシーツを身体に巻きつけていた。

「ぼくのパンツ見てない？」ふたりで笑った。おかげで、わっと泣きだしてすべてをぶちまけずにすんだ。

キッチンに行ってクリスの残りの服を探した。「いちおう言っとくけど、こんなことしたのはこれが初めて」ばつが悪かった。ゆうべクリスに飛びついたことも、バスルームの床で目覚めたことも。

「ぼくもだ。いちおう言っとく」クリスがにっこりしてキッチンカウンターの上のパンツを手に取る。

「これもあなたのだった。ごめんなさい」クリスのTシャツを脱ごうとして、下になにも着けていないことに気づいた。クリスがTシャツをひっぺがしてまたキスをはじめる。そのときドアがノックされた。

「ちょっと待って」わたしはクリスから離れて玄関に走り、ドアスコープをのぞいた。祖母とミスター・ビッツィリーがすぐ外に立っている。

「やだ。おばあちゃんだ」寝室に飛んで戻って服を着た。

「おばあさん？」クリスもそれを上まわる速さで服を着る。

「そう。それにまじない師も」わたしは髪を引っつめにしてドアをあけた。

「お邪魔だった？」祖母がパンツのボタンを留めるクリスをまじまじと見て訊いた。わたしは祖母に抱きついた。

「おばあちゃん、邪魔なわけないでしょ。いったいどうしたの」キッチンを見まわして服の残りが落ちていないかとたしかめる。「ミスター・ビッツィリーもいっしょなんてびっくり。アルバカーキは遠かったでしょ」ミスター・ビッツィリーもクリスに目が釘づけだ。

「こちらは？」と祖母が指差した。クリスはもうコートを着てバックパックを手にしている。

「クリスです」差しだされた手を祖母がおずおずと握る。

「クリス、こちらはわたしの祖母。この人はミスター・ビッツィリー。ふたりとも、ギャラップのそばの居留地に住んでるの」

「これから一週間くらい、幹線道路の測量の仕事であのあたりに行く予定なんです。きれいなところですね」クリスが言って、わたしを見た。

「入って、おばあちゃん。すわってよ。コーヒー淹れるから」

「お会いできてよかったです」クリスが言った。その背中を押して玄関へ連れだす。

「ほんとにごめんなさい。来るなんて聞いてなくて」

「気にしないで。じゃあ、また来週。約束する」クリスが携帯電話を差しだした。「番号を教えてもらっても？」

わたしはにっこりして番号を入力した。ばつの悪さでまだ身体が火照っている。クリスは身をかがめてキスをすると階段を下りていった。

「いまのは誰なの」玄関に出てきた祖母が目を三角にして言った。

「ただの知り合いよ、おばあちゃん」わたしは急いで奥へ入ってコーヒーを淹れにかかった。ふたりに面と向きあわずにすむならなんでもいい。

「ねえ、ちょっと！」玄関のドアが勢いよくあいた。「いま見たの、ゆうべの彼だよね、昨日と同じ服で階段を下りていったけど。リタ、ほんとケダモノなんだから……」廊下を曲がってきたシャニースが、コーヒーを待っている祖母とミスター・ビッツィリーに気づいた。「おっと。こんにちは、おばあさん」と、ソファに飛んでいって祖母にハグをする。

「ふたりとも、ゆうべは夜遊びしたみたいね」祖母がコーヒーテーブルの雑誌の山を整えはじめる。「どっちも酒場のにおいがする」

「ごめんなさい、おばあさん」シャニースがにっと笑う。「リタは言いだしっぺじゃないの」

「ちゃんと聞いといてよ、おばあちゃん。わたしじゃないからね」コーヒーポットから湯気が立ちのぼる。胃がむかついてきた。みんなの視線が集まり、わたしが目を合わせるのを待っているのがわかる。

「みんな、なに見てるの」恥ずかしさで顔が熱くなる。

ミスター・ビッツィリーが立ちあがった。「ここへ来たのは、きみになにか起きているとわかったからだ。きみが言わずにいることがね」

「おまえの服が入った袋を持っていっただけで、この人の顔は雪みたいに真っ白になった のよ」祖母がミスター・ビッツィリーに目をやる。「なにかおかしいとすぐに気づいたの。おまえがのっぴきならないことになってるって」

「すごい」シャニースがコーヒーをがぶりと飲む。「着てた服を見ただけでわかっちゃうなんて」

「おまえが選んだ仕事だから口を出さずにきたけど、さすがにひどすぎますよ」わがままな子供を叱るように祖母が言う。「来てみたら、お酒のにおいをぷんぷんさせて、どこの馬の骨とも知れない男といっしょだなんて。言わんこっちゃない」

「リタ、フィリップのところでシャワー浴びてくる。またあとでね」

わたしはうなずいた。

シャニースが〝ごめん〟と声を出さずに言って、そそくさとドアから出ていった。

いいかげん、白状しないといけない。

「霊につきまとわれてるの」わたしはうなだれた。「自分の事件をわたしが解決するまで、ずっとつきまとってやるって。それで困ってるってわけ。それに、どれだけ祈ってもらっても追いはらうのは無理。わたしが望みをかなえるまでは居すわるはず」

「そんな得体の知れない相手に力を貸そうなんて、理解できんよ。連中はこの世に足止めされているんだ、その苦しみを引きのばすことになる。そんなことはやめなきゃならん。そのうち誰かに殺されてしまうまえにやめなさい」ミスター・ビッツィリーは怒っている。

「その霊が扉を開いたんです。大勢がひっきりなしに出入りしていて、わたしの手には負えなくて。向こうはすごく強力だから。ゆうべ、グロリアまで引っぱりだしてきたんです」

祖母が息を呑んだ。

「扉は閉じられない。もうやってみた。相手の力が強すぎるの」

「仕事を辞めなさい」祖母は震えている。「みんなのために辞めてちょうだい」

「おばあちゃん。辞めたって変わらない。どこまでもついてくるから。そういう相手なの」ちらっと目をやると、アーマはこちらを見て肩をすくめた。「どのみち昨日、停職になったけど。三カ月は仕事に復帰できない」

「よかった」祖母がソファから腰を上げた。「なら帰ってきて。なにもかも放って」

ミスター・ビッツィリーがコートから包みを出して、まじない歌で部屋を清めはじめた。祖母が力いっぱいわたしを抱きしめる。笛をくわえて近づいてきたミスター・ビッツィリーが、聞いたこともないほどの大声でわたしの身体に祈りを吹きこみ、声がしゃがれて張りを失うまで歌いつづけた。

それがすむと、帰ると言った。「まだなにかの気配がする」祖母もうなずいた。「ふたりだけで車で帰るなんてだめ」わたしは小さな鞄に荷物を詰めようとした。「トハッチーまで送ってく。明日、列車で帰ってくるから」

「来るときも三時間運転したんだ。三時間かけてちゃんと帰るさ。きみが見ている幽霊たちはこの世に執着している。わかっているかい。思い出や持ち物に強い未練があって、あちらへ行くのを拒んでいる。危険だ。ここにいる……ものたちは。邪悪な存在なんだ」長い沈黙が流れた。わたしも言葉が見つからない。「きみが助けるというその……連中は赤の他人だろ。すでに生を終えた者を助けるために、なぜ自分の命をあやうくする必要が？きみがこの世を去ったら、おばあさんはどうしたらいいんだ。誰が見守ってあげられる？」

「たぶん、わたしが」

ミスター・ビッツィリーがため息をついた。まだわたしに腹を立てているのだ。見た感じでわかる。祖母が最後にまたぎゅっとわたしを抱きしめ、玄関へ向かった。ミスター・ビッツィリーもそれに続く。胸が痛んだ。

アーマの重みが戻ってきた。なにごともなかったかのように、あっさりと。わたしが仕事に取りかかるのを待ちかまえている。わたしはコンロに火をつけて袋からナバホティーを出した。アーマがソファに腰を下ろす。

「あたしたち、待ってたのよ、リタ」

「あたしたち？」わたしは沸きだしたお湯を見下ろしたまま言った。お茶の包みが鍋の縁をくるくるまわっている。

「ぼくも来ていいって、アーマが」ソファから少年の声がした。振り返るとウィンターズ判事の息子が、にやにや笑うアーマの隣でクッションに乗ってジャンプしていた。わたしの脈拍が跳ねあがる。

「ちょっとぐらい、やる気が出るかと思ってね」アーマが部屋を走りまわる男の子を見ながら言った。

「アーマ。こんなのよくない」わたしもそちらに目をやる。にこやかな顔は青黒く変色し、傷口はまだ生々しい。「子供には酷《むご》すぎる」

「あら、本人が来たがったのよ。父親のほうがよかった？」

「なぜこんな真似を？」腹が立ってきた。「指をパチンとやれば完了ってわけにはいかない、わかるでしょ。そんなに簡単じゃないの、アーマ。いまは仕事にだって行けないし。いったいどうしろと？」

「あたしたちをこんな目に遭わせたやつに与えてやるのよ、おのれの罪にふさわしい悲惨な死を」アーマは物語でも読んで聞かせるように言う。

「アーマ、あなたになにがあったか、まだはっきりしてないでしょ。あなた自身知らないんだから」

「調べるのはそっちの仕事でしょ？　警察の発表がどうだろうと関係ない。自殺なんてしてない」

「それはわかってる。でも、なぜ気にするのかがわからない。もう死んでるのに」

アーマが少年を膝に抱えあげる。

「死んだとき、すべてをこの世に残してきてしまった。幼い娘はあたしが仕事から帰るのをまだ待ってるかもしれない」アーマが熱を放ちはじめ、少年を下ろした。「やつらはあの子からあたしを奪った。それに自殺したことにされたら、あの子にはなにも遺せない」

「どういうこと？」

「あたしはちゃんとした仕事に就いてて、ちゃんと稼いでた。保険にも入ってた。全部、あの子に遺すはずだったの。自殺ってことになったら、あの子はなにも受けとれない。それに、連中が来るはず。マティアスが刑務所に入ったあと、やつらがやってきて、隠し場所を教えろと言った。なんのことかわからなかった。なにを探してるにせよ、それを見つけるまで何度でもやってくるはず」アーマの声に苦悩が混じる。「いまだってうちを荒らしに来てるかもしれない」

「手を貸すって約束するから、アーマ」わたしは熱いお茶をカップに注いだ。「でも、扉は閉じて。こんなことをしても無駄だから」

アーマの影が黒く変わる。「あたしをこんな目に遭わせたやつを突きとめなさい、でなきゃ生き地獄を味わわせてやる」

男の子も跳ねまわるのをやめた。わたしは熱いお茶のカップをアーマの顔めがけて投げつけた。その向こうの壁にカップがぶつかり、音を立てて砕け散る。アーマと少年は消えた。

第二十四章　ハッセルブラッド

翌朝目が覚めたとき、白い家が脳裏に残っていた。あの家がようやく消え去ったことがひと筋の光明に思えた。長年つきまとっていた記憶を祓《はら》い清めたようで、気分がすっきりした。

キッチンに入っていくと祖母ももう起きていて、脚に毛布をかけてすわり、新聞を広げて読んでいるところだった。コーヒーが火にかかり、褐色の液体がパーコレーターの蓋のガラスの覗き窓へ噴きあがっていた。

「おはよう、おばあちゃん」わたしはコンロに近づいた。

「おはよう、わたしの赤ちゃん《シェ・アウェー》。眠れた？」

「うん。こんなにぐっすり寝たのは久しぶり。家はいいね」わたしはコーヒーを注いで、

「お代わりは？」とポットを持ちあげた。

「やめとく。診療所のお医者たちがコーヒーの飲みすぎはだめだって。胃に悪いから」

わたしがテーブルにつくと、昔と同じように祖母が新聞の漫画面を渡してくれた。内心ではわたしの成長を認めたくないのかなと思った。わたしも同じだったと思う。ふたりで黙ったままめいめいの紙面を読んだ。見覚えのない新しい漫画もいくつかあった。それほど長いあいだ来ていなかったのだ。でもそのほかはすべて記憶にあるままだった。小麦粉と砂糖とコーヒーの入ったターコイズブルーの銅製キャニスター。おそろいのパンケースはわたしの落書きだらけのまま。コーヒーのパーコレーターに、埃をかぶった壁時計。キッチンのなかで変わったのはわたしと祖母だけだった。わたしは背が伸び、祖母は弱々しくなった。

「おばあちゃん。ミスター・ムラーキーはまだ元気？」

「いいえ。ずいぶんまえに亡くなったよ。心臓発作だったかね。たしかそんな話だったよ。お気の毒に」

「写真店はどうなったの？　お店もなくなっちゃった？」

「いえ、写真店はまだあるよ。いまは画材店もできてね。でも店主はよその人になったよ。外国人に。どこの国の人かは忘れたけど」祖母は思いだそうとするように天井を仰いだ。

「お店へ行って、この写真を現像できるか訊いてみたいの」ハッセルブラッドの１２０フィルムはすでに取りだしてあった。自分では残っていた四、五枚しか撮っていないので、そのほかのフィルムになにが写っているか気になっていた。亡くなるまえに母がたくさんの写真を撮っていたと考えるだけで胸が躍った。母の目に留まったのはどんなものだったのか。わたしの知らない、どんな母が見られるのだろう？

「おばあちゃん、町へ行こう。〈アールズ〉でお昼を奢るから」

「〈アールズ〉はすっかり高くなったよ。お金なんてなぜ持ってるの」

「貯めたんだよ、おばあちゃん。何年もいろんなアルバイトをして、一セント残らず取っといたの」そこで思いだして言葉を切った。「それに、学校でAを取るたびに、母さんが十ドルくれたし」

祖母がにっこりした。「なら、さぞかし貯まったろうね」

祖母のピックアップをわたしが運転して、朝日のなかを出発した。緑豊かだった土地はすっかり痩せて干からびていた。道路から丘の斜面にかけて、小さなトレーラーハウスやホーガンが点々と散らばっていた。ときどき道路沿いにはぐれた羊の群れを見かけた。食べるものといえば、まばらな灌木《かんぼく》の茂みやヤマヨモギの枝くらいしかない。

ギャラップに入ると新しい店がたくさん目についた。建物も人通りもレストランも二倍に増えていた。中華料理店にイタリアンレストラン。ずらりと並んだ消費者金融や中古車販売店。見覚えのない何百人ものナバホ族が穴ぼこだらけの通りを徒歩や車で行き交っていた。道端にはやつれた姿の先住民が何十人も立ち、家まで乗せてもらおうと、ドル札を掲げて車をとめようとしていた。

月の初日だったので、誰も彼もが自分の祖母の社会保障年金を使おうと町へ出てきているようだった。わたしの祖母もお金をもらっているのは知っていたけれど、十セント玉ひとつ使わせたくなかった。わたしが面倒を見てあげたかった。いつまでもいっしょにいて、町で目にする屈辱的な経験を祖母にはなにひとつさせずにおきたかった。赤信号で車をとめたとき、わたしはウィンドウにもたれて眠る祖母に目をやった。やわらかいつやつやの顔、安らかな寝息。いつものように膝の上で組んだ両手。ムラーキーの店の前に車をとめてエンジンを切ると、祖母が目を覚まして髪を撫でつけ、ウィンドウの外を見た。

そして、「もう着いたのね」とさっそくドアをあけた。

そろそろと地面に足を下ろそうとするので、助手席側にまわって手を貸した。「平気よ」つかまってもらおうと腕を差しだすと祖母はそれを押しのけた。頼るのが大の苦手なのだ。

店内は記憶にあるのとほぼ同じだったが、新しい店主はそこにコーナーを設けて、画用紙や鉛筆、絵の具、キャンバスなどを置いていた。壁のフィルムスペースは縮小されたものの、ショーケースには高くて買えそうにないぴかぴかの新品カメラがまだずらりと並んでいた。ナバホ族の写真もみんなそのままだった。

「なにかお探しですか」インド人の青年がカウンター奥のカーテンの向こうから現れた。肩幅の狭い華奢な身体、くぼんだ目。ペーパータオルとアルミホイルに雑に包んだサンドイッチを手にしていた。

「ええ、このフィルムを現像してもらえないかと思って」わたしはハンカチに包んだフィルムを手渡した。

「へえ！　120フィルムか。ロサンゼルスに住んでいたころに見たのが最後だな。家はこのあたり？」

「ええ。祖母と居留地に住んでます」振り返ると、祖母は壁の写真を見上げ、よく見ようと眼鏡をかけなおしていた。

「カメラはハッセルブラッド？　見せてもらっても？」

「家に置いてきちゃって」どっちにしろ見せる気はなかった。

「さて、こいつは一時間かそこらかかりそうだな」店主がサンドイッチにかぶりついた。

「わかりました。くれぐれも注意して扱ってください。大事なものなので——なにかあったらすごく困るんです」

「ご心配なく」店主がレジの上の吊り看板を指差した――〝あなたの思い出を大切にします〟。

「よかった。ほんとによろしく」


ふたりで〈アールズ〉へ行って、隅っこにあるボックス席にすわった。人を観察できるので祖母のお気に入りの席だ。店内は西側の壁が拡張されたものの、あまり変わっていなかった。昔と同じようにナバホ族たちがテーブルをまわって、どの客にもアクセサリーや陶芸品を勧めていた。祖母はいつでも残らず買おうとした。その日も同じだった。最初にやってきた老女は、ベルベット張りのトレイに銀とトルコ石のダングルイヤリングを並べていた。笑顔が美しく、酷使して節くれだった手をしていた。

「このひとつ目のをいただこうかね」祖母は銀の枠に楕円形のトルコ石がはまったイヤリングを指差した。

「十五ドル」

祖母は二十ドル札を渡して、お釣りはいらないと言った。老女は満面の笑みを浮かべて祖母の手を握った。その人がいなくなると祖母は首を振って言った。「十五ドルなんて安すぎる。長い時間をかけてこしらえたんだろうから。ほら、着けてみて」耳のピアス穴に銀のフックを通すと首もとでイヤリングが揺れた。「とってもすてき」

ふたりとも、ローストビーフのホットサンドにマッシュポテトとグレイビーソース、そしてコーヒーを注文した。

「なんだか年寄りくさいね」祖母が肩を震わせて笑った。

「おいしいものがわかってるってことだよ、おばあちゃん」と答えたところで、ウェイトレスが湯気のあがるカップをテーブルに運んできた。わたしはクリーム四個とスプーン山盛り二杯の砂糖を入れた。

「やっぱり昔のまんまね。背が伸びただけ」祖母がそう言って、ふたりで噴きだした。祖母がいかにも楽しげに白い歯を見せて笑うのを見て、ひどくうれしかった。

現像されたフィルムへの期待は膨らみに膨らんでいた。昼食がすむと、祖母は《リーダーズ・ダイジェスト》を読みながら車で待つと言った。わたしはムラーキーの店へ入ってまっすぐカウンターに向かった。

「やあ、お帰り」奥から店主が大声で言った。「ちょうど現像がすんだところだ。いま行くよ」

わたしは隅っこのショーケースの前へ行って埃をかぶったポラロイドを眺めた。銀色のつまみとシャッターボタン、前面の虹のステッカー。グロリアが家に持ち帰ったものとそっくりだ。グロリアの気配が重くのしかかり、振りはらえずにいた。髪と上着にかすかな煙草のにおいを感じるほどだった。まだそばにいるのがわかった。

「お待ちどおさま。二十四枚撮りだったね。見事な出来だ。どれも撮ったのはきみ？」店主がにこやかに訊いた。

「いいえ。ほとんどは母が。わたしのは最後の四、五枚だけです。よく覚えてないけど」

「へえ、最後の一枚がとびきりよかったよ。気に入った。ほら、どうぞ」

店主が黒いビニール封筒に入った写真の束を差しだした。妙に重たく感じてそれを両手で受けとった。喉にこみあげた塊を呑みくだす。手は汗で湿り、口はからからで震えていた。

「大丈夫かい」店主がわたしの目をのぞきこんだ。

「ええ、平気です。ちょっと緊張しちゃって」顔が青かったにちがいない。全身の血が足まで下がっているのがわかった。「いくらですか」

「四十ドル。悪いが、少し追加料金をもらうよ、ほら、急ぎだったのと、特別な注意が必要だったから。軸が片方割れていたけど、ほかは問題もなく、写真は無事だったよ」

「わかりました」わたしは代金を渡した。

「それで、あけてみるかい」店主がにっこりした。「ぼくならここで破りあけるね。でもまあ、こっちはもう見たわけだし。部外者だしね」

「持っていって祖母といっしょに見ます。車で待ってるので」

「それじゃ、そのうちハッセルブラッドを持って町へ来たら、ぜひ寄ってほしいな」店主が肩をすくめた。「悪いね、実物を見たことがないもんだから、ほら、手に持ってみたくてね」

「オーケー」

車のドアをあけると、祖母はもう笑みを浮かべていた。「どう？　あけてみて」

わたしは運転席に飛び乗ってビニール封筒を開いた。写真の束の底を持ったとたん、貼りついたように指が動かなくなった。一枚目は母の写真だった。きっとカメラを買って最初に写したセルフポートレートだ。リモートコードを手に持って、指でシャッターボタンを押している。笑みはなく、考えをめぐらせるような表情を浮かべている。感光乳剤に像が焼きつくところを想像しているみたいな。なんだか、封筒をあけるわたしたちを母が見ているような気がした。三世代の記憶がその写真の束に凝縮されていた。

頬を熱い涙が流れるのを感じた。母がとても美しかったから。気づくと祖母も泣いていた。ふたりで顔を見あわせて笑いあった。

「おばあちゃん、残りは家に帰ってからにしたほうがいいかも」

「そうかもしれないね」

わたしは写真の束を封筒に戻した。


冬だというのに日差しが驚くほど暖かく、帰り道は長く暑かった。助手席の祖母は黒い封筒を膝に置いてまた居眠りをはじめた。

気を紛らすものがないせいで、わたしは残りの写真のことばかり考えていた。亡くなったのはわかっていても、一枚目の写真を見て、母がもうここにはいないことをはっきりと思い知らされた気がした。母の霊を見られないのが悔しかった。母に会えなくなってしまうなら、自己流の除霊の儀式なんて二度とするまいと思った。

家に帰りつくと、わたしは写真をキッチンのテーブルに置いて、祖母をバスルームへ連れていった。それからお茶を淹れ、封筒に目を落とした。ささやくような笑い声がそこから聞こえた。封筒を手に取って胸に押しつけてから、写真を一枚ずつテーブルに並べはじめた。

一枚目は昼間に封筒から出して見たもので、二、三、四枚目は母がうっかりリモートコードのシャッターボタンを押してしまったものらしかった。

五、六枚目はトハッチーの集落を俯瞰したものだった。母がそれをどこから撮ったかすぐにわかった。チャスカ台地《メサ》の西側から祖母の家を見下ろしたものだ。六枚目はごく広範囲な、トハッチーの家々と雪の残るチャスカ山脈を写したものだった。山並みの上にはマシュマロみたいにふわふわでなめらかな雲が広がっている。

続く五枚は祖母のポートレートだった。そこに写った祖母は見たこともないほど美しく、ナバホの血がその目の奥できらめいていた。十、十一枚目は祖母と母がいっしょに写ったもので、母の服装は黒いTシャツにグレーのベストにチノパン、そしてブーツ。十枚目のほうはたまたま撮れたものなのか、母がレンズを指差して、祖母がこちらをのぞきこんでいる。でも十一枚目はすばらしかった。祖母が母の首に腕をまわして、ふたりとも大笑いしている。見ているだけでわたしも笑顔になった。

十二枚目は、青いハンカチで髪を覆ったナバホ族の女性の写真だった。よく見るとそれは祖母の隣人のミセス・ビッツィーだとわかった。シャベルを手に庭の門の前に立っている姿だ。隣には飼い犬のジョージ・ブッシュ。十三枚目では、ジョージ・ブッシュがニカッと口をあけ、ぼさぼさの尻尾を振っていた。

十四枚目にはジャスパーという、ラグーナ・プエブロ族の男性が写っていた。日曜日の午後になるとトハッチーとギャラップの中間あたりにパンを売りに来る人だ。もう何年も会っていなかった。

十五枚目は〝ギャラップへようこそ〟と書かれた看板と、左手に皺くちゃの一ドル札、右手に杖を持ってヒッチハイクでどこかへ行こうとしている老人を写したものだった。十六枚目は、その老人が母の車から降りるところ。背景には丘の上に建つインディアン病院の黄と青の四角い建物が写っていた。

次の写真はわたしが自分の部屋の机で眠っているところだった。宿題の上に突っ伏して両手を投げだした格好で。どうやってわたしを起こさずに撮れたのかは謎だが、真上からカメラをかまえて、ランプの電球が投げかける完璧な形の光の輪と、わたしの頭のてっぺんからうねるように広がる髪をうまくとらえていた。

十八枚目を見た瞬間、大きな塊が喉にこみあげた。母とずる休みをした日に峡谷で撮ったものだ。次の一枚は、わたしが青空と白い雲だけを背景に撮った母の写真。その次はふたりで写ったもので、フレームはゆがみ、背景は片寄っているものの、笑顔がそれを補っていた。初めて母のなかに自分と似ているところが見つかった。笑い方と顔の形がそっくりだ。

二十一枚目は、母が亡くなった家の前で祖母とわたしを撮ったものだった。ふたりとも顔が憔悴《しょうすい》していて、ぽっかり空いた余白が母の名を呼んでいるみたいだ。リモートコードを持つわたしの腕も写りこんでいる。二十二枚目は祖母の家に着いてすぐ撮影したもので、きれいに手入れされた柵と郵便箱が写っていた。

二十三枚目はテーブルにいる祖母を撮ったものだった。揺らめくカーテンと、湯気をあげるコーヒーのマグと、目を閉じた祖母の顔とピンカール、そして時を刻むカカシの壁時計。

二十四枚を手に取って、長いあいだ見つめていた。わたしに何年ものあいだ悪夢を見せてきた白い家が火に包まれている。立ちのぼる炎が星空を赤く染め、家の目と口から火が噴きだして、まわりに煙が渦巻いていた。

背後でバスルームのドアが閉じて、やってきた祖母がわたしの腰の後ろに手を置き、テーブルに順に並んだ写真を見て息を呑んだ。そして小さなハンカチで口を押さえて、母とわたしが撮った写真を見ながら泣き笑いした。最後の一枚を目にしたとき、祖母は息ができなくなるほど強くわたしを抱きしめた。その夜は写真をテーブルに残したまま、ふたりとも無言でベッドに入った。

第二十五章　OMAX 40X－1600X 双眼生物顕微鏡

これから数カ月〝休暇〟だというのに、アーマは休ませてくれそうにない。

どうすれば事件の報告書の内容を覆《くつがえ》せるのか、見当もつかなかった。いまは手も足も出ない状況なのでなおさらだ。問題は、高速道路上のアーマの身に起きたことを誰も気にしていないことだ。ガルシアになにか訊いても無駄だろう。アーマの遺体回収がすんでもいないうちに調べを打ち切ったのだから。ガルシアとアーマのつながりは自力で突きとめるしかない。

アーマの死亡現場に来ていた検死医はどうだろう。ドクター・ブレイザーは法病理学者で、長年にわたりアルバカーキ市警の依頼で検死を担ってきた。年は六十代、白衣の下にグレイトフル・デッドのTシャツを好んで着ている。解剖中にはいつも犯罪小説でも読みあげるように所見を述べ、立ち会う羽目になった人間をなごませようとする。現場やラボで顔を合わせる機会があるたびに、わたしはなにかしら新しいことを学び、ドクターのほうも熱心に教えてくれる。率直な意見を聞かせてくれる人がいるとすれば、ドクター・ブレイザーだ。

電話をかけてみたが、すぐに留守電に切り替わった。ラボを訪ねるしかない。この仕事をしていると定期的にＯＭＩに出向くことになる。苦手な場所だ。

異音をあげて抵抗するエンジンをどうにかスタートさせ、警察無線を聞きながら、ガレージのなかで車が温まるのを待った。

「喉が渇いた」助手席で子供の幽霊の声がした。

「やだっ！」心臓が跳ねあがった。いつもこうやって不意を突かれる。

「喉が渇いたってば」

「慣れるしかないよ、ぼうや。死んでるんだから」アーマの声はいつになく弱々しい。周波数がふた目盛りずれた無線通信みたいに。

「アーマ」わたしはバックミラーで後部座席を見た。「いまやってるでしょ」

「それじゃ足りない」アーマが身を乗りだしてわたしの肩に腕を預ける。「もっとがんばってもらわないと。娘の身になにも起きないか、ちゃんとたしかめたいの」

わたしはギアを入れて日差しの下を走りだした。あちこちに解けかけた雪が溜まっている。男の子がウィンドウの外をじっと見ている。

「仕事をしてたと言ったでしょ、アーマ。どんな仕事？」

「セントラル・アベニューにある〈アポセカリー〉っていうバーの店長。高速からすぐのところにオープンしたばかりのね。共同経営者になるはずだったの、マティアスといっしょに。なにもかも変わるはずだったのに」

「マティアスって？」

「夫よ──まあ、内縁のね。ほら、同棲してたってこと。ずっとじゃないけど」

「つまり、くっついたり、離れたり？」

「関係ないでしょ」アーマの声にいつものとげとげしさが戻った。

「ねえ、助けてほしいの、ほしくないの？　知ってることを教えてくれたって害はないでしょ。もう死んだんだから。なにを気にしてるの。恋人のこと？」

「マティアスは死んだ」アーマの声がかすれた。

そこでOMIの前に着いた。高速道路沿いにあり、青と銀とオレンジの色をした四階建てのビルは戦艦を思わせる佇《たたず》まいだ。まだ新しく、ガラス張りの壁が朝日をまぶしく反射している。何度も来ているので、運よく警備に止められずにすんなり通れた。停職処分の話がまだ鑑識課の外には広まっていないようで助かった。

ドクター・ブレイザーはラボにいて、実験台の上の立派な顕微鏡でなにかを調べていた。

周囲には解剖試料の入ったガラス容器が積みあがっている。指先、耳介、内臓、すべてが秋の瓶詰めシーズン中であるかのように保存され、ラベル貼りされている。

「なあ、そうやって入り口で不審者みたいに突っ立っているつもりかい、それともなにか訊きたいことでも?」ドクター・ブレイザーが作業の手を止めて顔を上げた。「リタ! しばらくだね。ラボに来るのは嫌いだと思っていたが」

「OMI嫌いの鑑識官なんて」わたしはにっと笑った。「ひねくれ者でしょ」

「わたしもだ」ドクターが顕微鏡に向きなおる。「ちょうどOMAX 40Xにカメラを取りつけたところなんだが、写真が撮れないんだ。接続はばっちりなんだが、このボタンを押してもなにも起こらない」

「それはリセットボタンです」わたしは顕微鏡の隣のスクリーンをたしかめ、裏側に手を伸ばして電源スイッチを入れた。

「単純な話なんだな、こういうのは。ところで、用件は?」ドクター・ブレイザーは白衣からサンドイッチを取りだした。

「先日会ったときのことですけど、高速の跨道橋で——アーマ・シングルトン事件の夜に」

「ああ、あのときか」ドクターがサンドイッチにかぶりつく。「跨道橋のね」

「どういう結論になったかご存じですか」サンドイッチに目が行かないようにしながら訊いた。「自殺と聞いたんですが」

「断定は難しくてね。自殺でないことを示す証拠はなかった」ドクターが部屋の隅へ行き、キャビネットからいくつかファイルを出してページを繰った。「死因の種類、不明。死亡診断書にはそう書いたよ。死体の損傷が激しく、判断材料は皆無に等しかった。索条痕も争った形跡も確認できずだ。遺族は自殺などするはずがないと主張している。待ち合わせに出かけたきり戻らなかったと」

「自殺と結論づけられた理由はご存じですか」

「担当刑事の判断だろうね」ドクターが死亡診断書を手渡す。最終ページにガルシアの名前が走り書きされているが、検死官事務所の印はまだ捺《お》されていない。最終決定には検死官の署名が必要だが、いまのところ空欄のままだ。

「この女性が妊娠中だったことは断言できる」二名の救急隊員が隣の解剖室にストレッチャーを運び入れると、ドクター・ブレイザーは隣接する小部屋に入り、解剖衣とシューズカバー、フェイスプロテクターを着けた。「遺体の一部から六、七週目の胎児が見つかったんだ」

「わかっていないことがまだありそうな気がして」わたしは診断書を閉じた。「ほかの可能性にもあたるべきだと思うんです。本人はお腹の子のことは知っていたんでしょうか」

「どうだろうな。一日目からわかるという女性もいるからね」

「飛び降り自殺じゃないはずです、ドクター・ブレイザー。ガルシアは怠慢刑事だし」

「自分の直感に従うといい、リタ。きみの直感はたいてい当たるからね」ドクターが笑いかける。「それに、わたしも同感だ。ガルシアは怠慢刑事だな」

「どうも、ドクター」

「正直に言うよ、リタ。二日前にウィンターズ判事の検死をしたんだが、あれは無理心中じゃない。うちの現場調査員も同意見だ」

「つまり、誰かが一家全員を殺害したと？」病院でのことがあったせいで、あの現場のことは考えないようにしていた。

「射入角度から見て自殺はほぼありえない。自分で撃った場合によく見られる星形の裂創も銃口の痕もなかった。射入口の周囲に煤暈《ばいうん》が見られるから、近射創といったところかな」ドクター・ブレイザーは解剖室の外で手を洗いはじめる。「射出創は頬にあるから、何者かが判事の横に立って発砲したんだろう。明らかに」

「なにか重大なことが起きているようだと思いませんか」相手の立ち位置を知っておきたい。

「ウィンターズ判事が自分で引き金を引いていないことはたしかだ。だがガルシアが現場の担当刑事として無理心中だと断定した——言えるのはそれだけだ」

「ガルシアが事件に関与していると思います？」

ドクターが身じろぎする。「わからんよ、リタ。アルメンタに訊いてみたらどうだい。知っている者がいるとすればあの男だろう。ガルシアとアルメンタは二十年以上のあいだ相棒だった。女房より長く顔を合わせていたはずだ」そこでまたにこやかな笑顔に戻る。「力になれることがあれば言ってくれ」そして背を向けて解剖室へ入ろうとした。

わたしは呼びとめた。「アルメンタはいまどうしているんですか。まだアルバカーキに？」

「どうしているかは誰も知らないんだ。退職パーティーも用意したんだが、現れなくてね。だが、いいやつだよ」ドクター・ブレイザーは腰で解剖室のドアをあけた。「用心しろよ、リタ」

第二十六章　ニコンF5

祖母とふたりで母のハッセルブラッドの写真を現像しに行った翌朝、目を覚ますと家には誰もいなかった。祖母はもう起きだして朝日に祈りを捧げているところだった。コーヒーのパーコレーターがコンロでポコポコと音を立てていた。火を止めたとき、祖母が柵をつかんで身体を支えながら家へ戻ってくるのが見えた。そばにはゾーイもいて、膝の高さまで伸びたトウモロコシとカボチャの畝《うね》のあいだをゆっくりと歩いてきていた。わたしも外へ迎えに出た。

車が二台、長い私道を入ってきた。一台はパトカーを再利用したらしきおんぼろのシボレー、もう片方はミセス・ビッツィーの青いピックアップトラックだ。二台がとまってわたしたちを待った。祖母はまぶしげに目を細め、片眉の汗を拭ってから眼鏡をかけなおした。

「ああ、まさか」

若者が車から降りてきた。「祖母が亡くなったんです」

「なにがあったの？」祖母は涙を浮かべた。ミセス・ビッツィーは祖母の親友だった。これまでずっと、おしゃべりをして、コーヒーを飲んで、野菜をおすそ分けしあってきたのに。わたしも喉に塊がこみあげた。

「脳卒中だそうです」若者も涙を拭った。「これからすぐ町へ行って葬儀屋との打ち合わせなんです。葬儀は近所のセント・メアリー教会でやります。それをお知らせしておきたくて。あなたは数少ない友人のひとりだから」

「ありがとう、本当に」

わたしは祖母を支えて家に入った。悲しみが家じゅうに広がり、わたしたちをやるせない沈黙で包んだ。わたしは祖母に濃いコーヒーを出した。

「おばあちゃん、お腹空いてない？」自分は空いていなくても、祖母には食べさせないといけない。悲しみで身体は飢えてしまうから。

「いいえ」そう言ったとたん、祖母のお腹が大きく鳴った。ふたりで顔を見あわせて笑った。

「サンドイッチを作るね」

祖母はテーブルについて、わたしがタマネギとピクルスと茹で卵を刻むところを見ていた。小麦のパンにツナサラダをのせたのが祖母のお気に入りだ。窓から外を見ると、ミセス・ビッツィーの飼い犬のジョージ・ブッシュが庭の門の前に立ち、主《あるじ》の宝物を変わらず野良犬の群れから守っていた。

サンドイッチをテーブルに置くと、祖母はビッツィー家のほうをぼんやり眺めていた。車が集まってきていた。錆びついたピックアップや十年落ちのポンコツ車ばかりだ。ジョージ・ブッシュはさかんに吠えたてながらも門の前の定位置から動こうとはしなかった。誰も庭に入りはしないのに。

「おばあちゃん、お向かいに会いに行きたかった？」

「いいえ。行けばもっと別れがつらくなるからね」祖母は椅子の上で身じろぎした。「わたしたち年寄りは、ひとりひとり欠けていくもんなの」

「そんなこと言わないで。おばあちゃんは元気だし、いなくなったりしない」うろたえた声になった。

「死んだって、毎日おまえとおしゃべりしに来るかもしれないよ。いまもあれをやってるの？　死んだ人間と話してる？」祖母がちらっとこちらを見た。

「ううん、おばあちゃん、もうずっとやってない」わたしは嘘をついた。

「おまえの母さんとも？　ほんとに一度も会ってないの？」

「うん、会ってない」

祖母は通りの向こうばかり見て、わたしが置いた皿を脇へ押しやった。わたしも食べる気になれなかった。祖母がこの世を去ったらどうしよう、その不安が頭から離れなかった。わたしにはもう祖母しかいない。たったひとりの家族なのだ。なのにこうして食べ物に手もつけず、訪れる死や不幸に動揺して怯えている。祖母が傷つかないよう守ってあげたい、ガタが来たこの家を直してあげたい、痛いほどそう思った。けれども、そばにいることくらいしかできなかった。

夕方に祖母が眠りこんだあとわたしは家の東側へ出て、渦を巻いてうねる雲と、遠くアルバカーキのあたりで閃く稲光を眺めた。日の入りのころには雷雲は真上に来ていて、濡れたヤマヨモギとぬかるんだ土のにおいが肺と鼻を満たした。

「お願いがあるんだけど」どこからともなく声がして、暗がりのなかでほの白い光が瞬《また》いた。怖くはなかった。すぐに誰だかわかったから。

「ええ、ミセス・ビッツィー。なんでもどうぞ」相手が見えないかとわたしは目を凝らした。顔でもシルエットでも、なんでもいいから。ほんのかすかな光しか見えなかった。

「うちの子たちが言い争ってるの」ミセス・ビッツィーは怒っていた。「生きているうちはわたしのことなんてほったらかしで、顔も見せに来なかった。それが死んだとたん、いっせいにやってきてわたしの遺産を山分けしたり、家に住みつこうとしたりしてるのよ」

なんと答えていいかわからなかった。そもそも霊と話してはいけないのだ、とくに祖母の家では。

「うちへ行ってほしいの。遺言書のことを誰にも言ってなかったから。全部きちんと決めてあったのよ、自分の望みを。クローゼットの天井裏に置いた青い鍵つきの箱にしまってあるの。孫たちに伝えてちょうだい、遺産はみんなおまえたちのものだって。母親は何年もまえに子供たちをここへ預けて、会いに来やしなかった。あの子たちがわたしのすべてなの」

「いま行ってきたほうがいいですか」とわたしは訊いた。でも霊は消えていた。声も光も。また自分だけに戻っていた。ひとりきりに。暗がりのなかで。

家に戻って祖母の様子をたしかめると、まだ眠っていて、ついたままのラジオからKTNN局のナバホ語の収録番組が低く流れていた。どうすべきか相談したかったけれど、わたしがミセス・ビッツィーの頼みを聞くのを祖母は望まない気がした。わたしにかかった呪いのことを人に知られたくないはずだ。これまでずっと、そうならないようにわたしを守ってきたのだから。それでも、ミセス・ビッツィーを落胆させたくはなかった。

まだぬかるんだ土に足を取られながら私道を通ってミセス・ビッツィーの家へ向かうと、

周囲に見慣れない車がずらりと並んでいた。ジョージ・ブッシュが見張り場を離れて尻尾を振りながら挨拶にやってきた。この子もミセス・ビッツィーの幽霊が見えるんだろうかと思った。家のなかからは言い争う声が早くも聞こえてきていた。子供が五、六人、木の棒や、とても揚がりそうにないぼろぼろの凧《カイト》で遊んでいた。揚がったとしても暗闇に紛れてしまうか、岩だらけのメサの斜面に放置された送電塔に引っかかってしまうはずだ。

玄関前の木の階段をきしませながら上がり、ドアの前に立ってノックした。すぐには誰も気づかなかった。それで、拳が痛くなるほど強くノックを繰り返した。今度は怒った顔の女の人がドアをあけた。わたしは笑みを浮かべようとしたものの、室内の重苦しさのせいで緩めた口もとは細い一本線に戻った。それから全員と握手をした。孫がふたり、孫のガールフレンドがひとり、それからカウボーイハットに太い首の中年男性がふたり。太鼓腹をきついウェスタンシャツに押しこんでいて、どちらもナバホの男がよくやるように、ひょろひょろしたまばらな口ひげを十数本ばかり生やしていた。ミセス・ビッツィーの息子たちだ。そしてもうひとりは、アクセサリーをじゃらじゃら着けて厚化粧をした、見たこともないほどきつい目つきの女性だった。ミセス・ビッツィーの娘のロージーで、二十年のあいだ自由奔放な暮らしを続けたあと、モルモン教に改宗したはずだ。全員がかんかんに怒っていた——ミセス・ビッツィーの幽霊も含めて。

わたしはお悔やみを言った。「祖母が仲良くしてもらっていました。寂しくなると言ってます」誰もがいつ帰るのかという目でこちらを見た。早く言い争いの続きをしたいのに、と。「お葬式は教会の集会所でと聞きました。できることがあれば、なんでもしますとお伝えしたくて」わたしは孫たちのほうを向いて笑いかけた。にこやかな会釈が返ってきた。

ロージーはさっさとドアをあけてわたしを追いだそうとした。「わざわざどうも」と、とげとげしく言われたので、わたしは戸口へ向かいながら、ミセス・ビッツィーからの言《こと》伝《づて》をどうしたら伝えられるかと思案した。

しかたなく嘘をつくことにした。「すみません、誰かうちまで来て手を貸してもらえません？　トラックの荷台に積んだ箱を雨に濡らしたくなくて」

孫のひとりがすぐに腰を上げた。「ぼくが行く」ふたりで外へ出た。並んだ車のあいだを抜けて家から離れたところで、わたしは手を差しだした。

「名前はなんだっけ？　ごめんなさい、物覚えが悪くて」

相手はわたしの手を握った。「アーヴィスだ。ぼくが兄で、なかにいたのは恋人だよ」

「おばあさんとはすごく仲がよかったのね」

「ああ、とてもね。ロージーよりよっぽど母親らしかったよ」アーヴィスが地面に目を落とした。

うちの私道の手前でわたしは足を止めた。「あのね、わけは訊かないでほしいんだけど、おばあさんのクローゼットに入って、天井裏を調べてみて。そこにおばあさんの書類が全部入った青い鍵つきの箱があるはず。財産はあなたたち兄弟に遺すって」

アーヴィスは幽霊でも見たような顔でわたしを見つめた。皮肉にも。

「ばあちゃんの霊を見たのかい」

「なんでそんなことを？」答えは知っていたけれど、相手の口から聞きたかった。

「噂で聞いたからさ、きみが小さいころ、霊とかそういうものをよく見ていたって。いまでも見えるのかと思ったんだ」アーヴィスは怖さと好奇心がないまぜになった顔で、ポケットに手を突っこんで立っていた。

「みんな噂好きだから」

「ああ、だよな」アーヴィスが肩をすくめた。

「なにかできることがあれば言って。ね？」わたしは家のほうへ歩きだした。アーヴィスはそこに立ってわたしが玄関のすぐ前まで引き返すのを見届けてから、背を向けて帰っていった。遠くでジョージ・ブッシュの鳴き声がした。

家のなかへ入ると、祖母が明かりの消えたキッチンにすわっていた。煮詰まったコーヒーのにおいがして、居間のテレビの音が聞こえた。

「どこをほっつき歩いてたの」祖母が訊いた。最初からずっと見ていたんだろうと思った。

「ミセス・ビッツィーの家に行ってきただけ、できることがあれば手伝いますって伝えに」

「そんなこと、おまえはしないでしょ」祖母はごまかされない。

「ミセス・ビッツィーに頼まれたの」

「やっぱり。昼間に言ったこと忘れたの？」祖母は立ちあがった。暗がりのなかでも怒っているのがわかった。

「わかってるよ、おばあちゃん。断ればよかった？　がっかりさせればよかったの？」

祖母は黙りこんだ。椅子がきしんで、また腰を下ろしたのがわかった。

「なにを頼まれたの」

「書類をしまってある場所をみんなに伝えてほしいって。遺言書とか遺産とかがあるから、孫たちにどこにあるか教えてやってと言われたの」

「まったく、なぜそんな頼みごとをしたんだろうね。おまえが見るもののことをわたしがどう思っているか、知ってるくせに。誰にも知られたくないことも」祖母は身を乗りだして卓上のランプをつけた。「誰かがなにか言いだすよ。間違いなく」

ミセス・ビッツィーの葬儀にはトハッチーの住民のほとんどが参列した。祖母の友人たちがみんな白髪頭で、ちりめん皺と日焼けしたしみだらけの顔になっているのを見てショックだった。その人たちは一カ所に集まってナバホ語で話しこみ、ときどき首を振りながら、身体の不調や痛みがある部分を指差したり、子や孫の愚痴をこぼしたりしていた。祖母の世代の人たちが少しずつ亡くなり、知識もともに失われていくのが悲しく思えた。若い世代は互いに支えあい、地域の一員として暮らすことに深い思い入れを持っていない。でも、わたしにどうこう言う資格はない。自分だってじきにこの土地を離れようとしているのだから。新学期が一カ月後に迫っていた。

葬儀のあいだロージーと兄弟たちにじろじろ見られていたので、じきに誰かが文句でも言いに来るだろうと思っていた。集会所での会食の場でロージーがわたしを見つけてつかつかとやってきて、「ねえ、霊が見えるそうね」と目の前に顔を近づけて言った。「あんた魔女ね。そうにきまってる」

そのときには全員の視線がわたしに注がれていた。老人たちが眉をひそめているのがわかった。わたしに、祖母に、そしてミセス・ビッツィーの魂に。

「魔女なんかじゃない」わたしは小声で言った。「それに、ミセス・ビッツィーがあんたを信用しなかったのはわたしのせいじゃない」そして出ていって家へ帰った。祖母の言うとおりだった。わたしを悩ませているこの力を、誰も理解してはくれないのだ。

それでも、ミセス・ビッツィーを安心させてあげられたのはよかった。空にはまた晴れ間が広がり、雨と日差しをいっぺんに連れてきた。それがミセス・ビッツィーの感謝のしるしだったのかもしれない。大粒の雨がわたしの肌を濡らした。


ミセス・ビッツィーの葬儀のあと、残りの夏はわたしをひと目見ようと家の前を徐行する車をポーチで眺めて過ごした。わたしが家族に魔法をかけるとか、車を宙に浮かせるとか、そんなことを期待していたにちがいない。でもじきに飽きたようだった。それでもわたしは抗議のようなものをこめてそこにすわりつづけた。

祖母といっしょにトウモロコシやカボチャをどっさり、それにラディッシュやタマネギやベビーキャロットもいくらか植えた。小さな食品庫には祖母が好きなシロップ漬けの桃や西洋梨の缶詰をはじめ、いつものコンビーフやツナやハムペーストの缶も詰めこんだ。祖母をひとりで置いていくことを考えると不安でたまらなかった。いつのまにか祖母の動作はゆっくりで弱々しくなっていた。ガソリンスタンドや、ときには集会所までは脚や心臓を鍛えるために歩いていくものの、それより遠くは無理だった。毎日の郵便局への行き帰りには運転を任せたけれど、祖母が駐車場に車を乗り入れて、ほかの車にぶつかる直前にようやくブレーキを踏むたびに、シートに爪を食いこませずにはいられなかった。

「いっしょにアルバカーキに来ない？」と何度もわたしは誘った。

「それでどこに住むの。おまえと同じ学生寮に？　それとも老人ホームとか？　そんなのごめんよ」

「助けが必要になったらどうするの、おばあちゃん。誰が面倒を見てくれる？」

「自分で見るよ、自分の面倒はね。おまえも自分の人生を生きて、いろんな経験をして、ここには戻ってきちゃだめ。約束して」

「約束するよ、おばあちゃん。でもお金が貯まったら、すぐにこの家を直してあげる。そうさせてくれるって約束して、そしたらわたしも約束する」

「わかった、約束するよ」

「そしたらふたりとも、安心なわが家ができるでしょ。わたしもわが家がないと困る」

「ここはいつだっておまえの家だよ。でも外に出て、広い世界を見てきてほしいの。わたしは本でしか見たことがないからね。おまえにはそんなふうに言わせたくない。自分の目で見てほしいの。においを嗅いでほしい。写真を見せながら、世界じゅうのことを話して聞かせてほしいんだよ」

実際はそれほど遠くへ行くわけでもなく、車で二時間半あれば帰れる場所だった。それでもその距離ははてしない隔たりに思えた。寂しい思いをするのはわかっていたけれど、一方でひどく忙しくもなりそうだった。一学期は十八単位を履修登録してあった。少しでも早く大学を出て、現実社会で写真の仕事をしたかった。祖母に土産話をしながら写真を見せるのが待ちどおしかった。

大学に向けて出発する前日、祖母はわたしをミスター・ビッツィリーの家へ連れていった。祈禱を受けるのは祖母だけでなくわたしにとっても大事なことだった。まじないを信じるかどうかはともかく、ミスター・ビッツィリーには会って声を聞きたかったし、夢の話やアリゾナ・カージナルスの話をしてもらいたかった。

ドアをあけたミスター・ビッツィリーはにこやかに祖母の手を取り、家のなかに案内してすぐに椅子を勧めた。三人のひ孫がソファでアニメを見ていて、いちばん幼い子は缶の炭酸飲料を人生最後の一本みたいに大事そうに飲んでいた。祖母とナバホ語で話しながら、ミスター・ビッツィリーがいそいそと熱いナバホティーをカップに注いだ。祖母は街でひとり暮らしをするわたしを心配していて、祈禱によっていくらかでも安心を与えてもらいたがっていた。それが可能ならうれしいけれど、広い世界に出れば、なにごとも起きるときには起きるものだとわたしにはわかっていた。ミスター・ビッツィリーがどれだけ祈ってくれても。

「それで、リタ」ミスター・ビッツィリーが訊いた。「なじみの連中はまだやってくるかい」

「たまに、ですけど」わたしは認めた。どうせ嘘は通用しない。

ミスター・ビッツィリーは刈りこんだばかりの頭を撫でて首を振った。「ようやく連中を遠ざけられるようになったとおばあさんからは聞いていたんだがね。何年もまえに。そうじゃないのかい」

「いえ、そうです。何年も現れてなかったんです――わたしのことは忘れたみたいに」

炭酸飲料の缶が手渡された。「なのにどうした？　また連中を呼びもどしたのかね」

「違います。ミセス・ビッツィリーと話しただけです。助けてほしいと言われて、がっかりさせたくなかったんです」

キッチンは静まりかえり、隣の部屋で流れるアニメのかん高い音だけが響いていた。祖母がお茶に口をつけると、ミスター・ビッツィリーはテーブルを離れて家から突きだすように建てられたホーガンに入っていった。東に面した入り口には子供時代の記憶と同じ、くたびれた青いペンドルトンのブランケットが吊るされていた。ミスター・ビッツィリーも以前よりくたびれた感じに見え、背中は丸まり、椅子の背につかまって身を支えていた。

わたしは祖母の手を引いてホーガンに入り、きしむ木の椅子に並んで腰かけた。煙がうねうねと天井へ立ちのぼりはじめた。ヒマラヤスギとセージを焚いた香りが渦を巻いて身体のなかへ入ってくる。祖母とふたりで目を閉じたままそれをふかぶかと吸いこみ、胸を上下させた。目をあけると、ミスター・ビッツィリーが黒炭に干した香木を振り入れながら、火のまわりをそろそろとまわっていた。足取りにも手の動きにも細心の注意が感じとれた。わたしの視線に気づいてミスター・ビッツィリーが微笑み、歌いはじめた。そのときはわたしも身を任せた。抗わずにそのひとときの一部になり、ふたりとともに祈りを捧げた。自分が怖気づいていることを認めないわけにはいかなかった。

祖母が元気でいてくれますように、ミスター・ビッツィリーの人生がこれからも平穏で、高血圧や糖尿病が悪くなりませんようにとわたしは祈った。ふたりを見守ってください、災いを遠ざけてくださいと霊たちにも頼んだ。わたしを見込んで話しかけてくる霊や魂たちが、こちらの望みも聞いてくれるようにと願うしかなかった。わたしが知ってしまった世界、ふたりにはけっして見せたくない世界から、かけがえのないふたりを守ってほしかった。受け入れざるを得ないその世界のせいで、わたしの心はたくさん傷ついてきたから。

翌日、アルバカーキ行きの列車に乗るために祖母と町へ出た。荷造りをしながらわたしは涙をこらえられなかった。祖母に見られたら叱られただろう。別れを惜しんで泣くのはよくないことだ。それはわかっていた。でも目に浮かぶのは、祖母が床に倒れた姿や、病気で電話もかけられずにいる姿ばかりだった。まだ起きてもいない不幸に頭がいっぱいだった。

祖母に涙は見せまいと思いながらダッフルバッグを車に積みこんでいると、ミセス・ビッツィーの孫のアーヴィスが、ポケットに手を突っこんで私道を入ってくるのが見えた。

「やあ、出ていくらしいね」アーヴィスがニカッと笑った。「大都会へ引っ越しってわけか」

「そんなに都会じゃないよ。でも、そう、大学へ行くの。そっちの家はどう？」

「母さんはぼくらを追いだすのをあきらめて、やっとこさ出ていった。こっちもほっとしたよ、なにしろ恋人にはほかに家なんてないから。ここ以外には」

「わたしも。ここがわたしの家」わたしはこぼれた涙を隠そうとした。「うちのおばあちゃんの様子をときどき見に来てくれない？」ポケットから紙を出して自分の電話番号を書いた。「おばあちゃんになにかあったり、必要なものがあったりしたら、電話してもらえる？」

「ああ、いいよ。お安い御用だ」アーヴィスがふっと真顔になってわたしを見た。「きみとおばあさんには大きな恩がある。自分のばあちゃんみたいなものだ。様子を見に来るよ」

玄関の網戸が閉まる音でわたしは振り向いた。ポーチに出てきた祖母はコートを着てバッグを腕に抱え、髪をきれいに整えていた。とてもしゃんとしていて、自分で建てた家の前に立つその姿は、急に二十歳も若返って見えた。力強さに満ちた様子を見て気持ちが軽くなった。祖母は長い人生のなかであらゆることを乗り越えてきた。わたしが思うよりずっと強い。それにアーヴィスも見守ってくれる。信頼できそうな人だし、彼のおばあさんと同じ温かい心の持ち主みたいだ。アーヴィスは笑顔で手を振ると、ポケットにまた手を突っこんで自分の家へ戻っていった。

祖母が車のギアを入れて幹線道路を走りだすと、気の荒い居留地の犬たちが家畜脱出防止溝《キャトルガード》の手前まで追いかけてきて、吠えたてながらゴムに噛みついた。祖母の家がひとつ目の丘の向こうに隠れ、屋根がヤマヨモギの茂みの下に沈んでいくのを、わたしは最後まで見ていた。

ギャラップ駅は改装したてで壁やベンチにアートが描かれていた。トイレも清潔で、鏡はぴかぴか、電動のハンドドライヤーまである。駅の構内でナバホ族の老女がふたり、赤いベルベットのテーブルクロスの上にアクセサリーを並べて売りながら、笑い声を高い天井に響きわたらせていた。わたしはプラットホームが見える窓の前へ行った。銀色のアムトラックは流線型のモダンな形をしていて、どこまでも走れそうだった。初めての列車の旅なので車窓からの景色を眺めるのは楽しみだった。高速道路からは目に入らなかった、こまごまとした興味深い発見があるはずだ。隣にやってきた祖母は遠くを見るような目をした。かつて祖母が乗った同じ路線のことが頭をよぎった。三十年前、故郷から引き離された祖母が通ったのも同じ道筋だった。その記憶がまなざしに見てとれた。

祖母がバッグから箱を取りだした。白いスイカズラの小花模様がついたラベンダー色の包装紙が目に入った。それまで気づかなかったことに驚いた。祖母はにっこりして箱を差しだした。包みを開くと、それはぴかぴかの黒いケースに入ったニコン F5の新品だった。緑色の液晶パネルがついたカメラを見るのはそれが初めてだった。

「おばあちゃん、こんな高いものをくれるなんて。どこで買ったの？」わたしはカメラの箱を抱きしめて胸に押しあてた。

「大学にはいいカメラを持っていってほしくてね。自分のカメラを。お下がりじゃなく、今度こそ本当に自分のだと思えるものをね」わたしががばっと抱きついたので祖母はびっくりした顔をした。乗車がはじまっても抱きしめつづけ、車掌が発車のアナウンスをするまで離さなかった。喉の奥の塊がどくどくと脈打ち、わたしは必死に涙をこらえた。ふたりともさよならは言わなかった。

第二十七章　ソニー サイバーショットＳ－６００

　ガルシアの情報を得るには元刑事のアルメンタを見つけないといけない。以前、警察・消防対抗ソフトボール大会のあとで、鑑識課の同僚たちとアルメンタの家でのパーティーに参加したことがある。ノース・バレーにあるこぢんまりした感じのいい家で、裏には数千平米の土地が広がっていた。敷地は背の高い日干しレンガの塀に囲まれ、庭には妻が育てたバラが咲き誇っていたのを覚えている。

　ノース・バレーへ向かうことにして、ロス・ポブラノス農場の冬眠中のラベンダー畑を縫うように車を走らせた。たしかパーティー会場にもラベンダーの香りが漂っていたはずだ。古びた日干しレンガの塀を抜けて長い私道を進み、家の前まで来た。人の気配はなく〝売家〟の看板が門に掲げられている。車を降りて庭をのぞくとバラはすっかり枯れていた。

「なにかご用ですかな」と、隣の家の塀越しに華奢な老人が声をかけてきた。泥のついたシャベルに寄りかかっている。その後ろでは別の男が土を掘りつづけている。

「アルメンタ刑事を探しているんです。ここに住んでいたはずですが」

「アルメンタはしばらくまえに引っ越したよ」老人は記憶をたぐるように天を仰いだ。

「奥さんがアルツハイマーでね。実家の近くに移ったんだ」

「どこか覚えていますか」

「なあ、ミゲル！」老人がもうひとりの男に声をかける。「どこに越したんだったかな、アルメンタは」

「タオスだよ。角を曲がってすぐそこだ《ア・ラ・ブエルタ・デ・ラ・エスキーナ》」ふたりが笑った。

「そうだった。思いだしたよ」老人は帽子を脱いで白髪頭を掻いた。「奥さんはタオスの施設に入ってる」

「ありがとうございました。お邪魔してすみません」ふたりの男は手を振ってまた土を掘りはじめた。

北のタオスに向かう途中でコーヒーを買って給油した。目的地までは二時間ほどかかり、背後からは嵐が迫ってきている。タオスに着くころには雪が降りだした。幹線道路沿いにある町で唯一の介護施設に向かい、なかに入った。ミセス・アルメンタについて尋ねると受付の女性が目つきを険しくした。

「ご家族ですか。いままでお会いしたことがありませんけど」

「いいえ。じつはミスター・アルメンタを探していて、奥さんがここにおられると聞いたものですから」

「ミスター・アルメンタのお住まいはモラの近くですよ、ここではなく」

「わたしはアルバカーキ市警の者です。至急伝えたいことがあって」と嘘をつく。「居場所を教えていただけたら、警察としては手間が省けて大変助かるんですが」

「警察なら署員の住所はわかるはずでは？」相手が疑わしげに腕組みをする。

「そのとおりです。ただ、アルメンタ刑事は連絡先を残さずに退職してしまって」そこで身分証を見せた。「わたしは鑑識課の人間です」

「住まいはルドゥーですよ、モラの向こうの。湖のそばの古いボトルハウスにお住まいよ」電話が鳴りだし、受付係は受話器を手に取った。わたしは吹きつける雪のなかに出た。

グローブボックスをあさって、折りたたみ式の地図に包んだソニーの小型カメラを取りだす。そばに誰もいないのは奇妙な気分だが、静かなのはありがたい。こうやって調べているあいだはそっとしておいてもらえるのだろう。カメラをかまえて電源を入れ、雪で覆われた介護施設の看板を撮った。バッテリーが切れていなかったのが驚きだ。

ルドゥー近くの曲がりくねった林道に入るころには、雪があたりを白銀の世界に変えていた。湖沿いの道を進んでいると、ガタつくピックアップトラックに乗った地元民がウィンドウを下ろして手振りでこちらを止めた。

「この先はいくらも進めないよ。そいつじゃね」とわたしの車を指差す。

「みたいですね」わたしは笑顔で答えた。「アルメンタ刑事を探しているんです。古いボトルハウスに住んでいると聞いたんですが。どこかご存じですか」

「ああ」男は道の先を示した。「すぐそこだよ。あと数百メートルってところだ」そう言ってウィンドウを上げかけ、手を止めた。「ミスター・アルメンタが刑事だったとは知らなかったな。そんな話は聞いたことがないよ」

黙っておくべきだったろうか。

「助かりました、どうも」すでに雪がドアに積もりはじめている。

「気をつけて行くといい」

ボトルハウスの前で車をとめた。石積みの煙突から灰色の煙がひっきりなしに空へ立ちのぼっている。そこがボトルハウスと呼ばれているわけがわかった。色とりどりの瓶が壁に目じるしのように埋めこまれていて、降りしきる雪のなかでもはっきり見えている。わたしは門に近づいた。あたりはしんと静まりかえり、ポーチのウィンドチャイムが揺れる音が聞こえるだけだ。

そのとき、撃鉄を起こす音がした。

「動くな」

わたしは足を止め、両手を頭の上に掲げた。拳銃が肩に押しつけられる。

「誰だ。施設から電話があって、こちらへ来るとのことだったが」

「リタ・トダチーニです」振り返ろうとしたが、銃口がさらに食いこむ。「アルバカーキ市警の鑑識課にいます」

「で、なんの用だ」拳銃が下ろされるのがわかった。相手は前にまわりこんでわたしをまじまじと見た。見覚えはあるようだが、はっきりとは思いだせないようだ。

「ある事件のことで、お話を聞けたらと思って」両手は上げたままにする。「わたしはただの写真係です、現場鑑識班の」

「顔は見たことがある。なにを知りたいんだ」

「ガルシアについて」

「ガルシアについてなら、話すことなんかない」

「お願いです。なにかが起きてます――突きとめるにはあなたの協力が必要なんです」

「ここへ来たのは市警で起きていることから逃げるためだ、なのにまた巻きこもうと？」

「ガルシアは重大なことに関わっていると思うんです」

「あんたは写真係だろ。なんの関係が？」アルメンタが背中を向けて家に入ろうとする。

「お願いです」

アルメンタは立ちどまって振り返り、しかたなさそうに首を振った。「まあ、入りなさい。あの小さな車じゃ今夜ここから帰るのは無理だ」

あとについてなかに入り、アルメンタがコーヒーを淹れるあいだに室内を見まわした。棚に並んだグラスが部屋じゅうにプリズム模様を投げかけている。

「女房のためにここに越してきたんだ。あいつの実家のそばで過ごせるように」

「事情はうかがいました。お気の毒です」わたしは壁の写真に目をやった。アルメンタと妻が湖畔に立って釣った魚を手にしている。

「ままならないもんだ。警察は誰にでも勧められる仕事じゃないな」

「心臓発作のあと、具合はいかがですか」

「心臓発作なんて嘘だ」コーヒーメーカーがかん高い音を立て、ガラスポットにドリップがはじまる。「抜けださなきゃならなかった、それもすぐに。関わりたくもないことに巻きこまれるのにうんざりだったんだ」

「なにに関わっていたんですか」アルメンタが窓の外に目をやる。「教えてくれませんか」

「鑑識課員なら、なぜ捜査の真似事など？　ガルシアのことが知りたければ内務調査課に行くべきでは？」

「すでに調べが入っています」忙しなく頭を回転させる。アルメンタの言うとおりだ。わたしがこんなことを訊きに来る理由が必要だ。「わたしが関わっている二件の事件が、ガルシアに妨害されているんです。こっちだって巻きこまれたくなんてない。わたしがいま知っていることをガルシアに知られたら、殺されてしまうかも」

アルメンタがふかぶかと息を吐く。こみあげるものをこらえているのがわかった。

「この年になると、自分が下してきた決断を省みずにはいられなくなる。もっと早く女房をここに連れてきていたらと思うよ。だがそうせずに仕事を続けた。その報いがこれだ」と食器棚からマグカップを取りだす。「女房はもうおれがわからないし、おれのほうも糖尿病でぼろぼろだと主治医に言われていてね。もう時間の問題だ。ふたりとも」

「あなたもまずいことに手を染めていたんですか、ガルシアと同じように」あえてずばりと訊いた。

「やつは物心ついたときからそうさ」アルメンタが食器棚からもうひとつマグカップを取りだす。「マーティ・ガルシアのことは子供のころから知ってるんだ。どちらの父親も警察官でね。ふたりともおまわりの生活がどんなものかはわかっていた」

薪ストーブの火が熱く、わたしはコートを脱いだ。「ガルシアはずいぶん長く警察にいますね、あなたと同じように」

アルメンタはキッチンテーブルのわたしの向かいに腰を下ろした。「あいつの父親のホセはテレビドラマに出てくるような警察官だった。出会う者すべてに手を差しのべ、木から降りられなくなった猫も助けた。やれることはなんでもやった。実績が認められ、市長から功労賞ももらったんだ。だが、何年勤めても刑事にはなれなかった。試験勉強も欠かさず、昇進を待ちつづけたが、結局望みはかなわなかった。当時はそうだったんだ」カップ二客にコーヒーが注がれる。「七〇年代、ホセは市警と本部長のシェーヴァーを訴えることを目的としたメキシコ系警察官の団体に参加した。市警上層部が姓と肌の色で採用や昇進を決めていると思われたからだ。八年に及ぶ紆余曲折ののちに裁判は終結した。最後は最高裁にまで持ちこまれたが、ホセが刑事になることはなかった。試験に合格したあとも」

「そのあとは警察を辞めたんですか」

「ホセは家族を連れて南のベレンに移った。そこで三人体制の警察署に入り、二十年勤めたあと、六十五歳でようやく署長になったんだ」アルメンタは熱いコーヒーを一気に飲んだ。まばたきひとつせず熱さに耐えられるなんて不思議だ。「マーティはその話を百万回も繰り返してた。とくに何杯か酒が入ったときには。やつは刑事のバッジだけじゃ満足できなかったんだ、親父さんと違って。二十四時間体制で働いて、女房の顔もほとんど見なかった。刑事の給料じゃとても払いきれない住宅ローンを抱えていてね。たまに麻薬の売人からいくらかせしめる程度のことはしていた。だが四年前、すべてが変わったんだ」

「四年前になにが？」

長い間があった。隅にいた小さな犬が起きてきてアルメンタの隣にすわった。

「マルコス・カルテルがメタンフェタミンの密売に手を出したんだ。アルバカーキにはそこらじゅうに隠れ家があって、取引の一大拠点になっていた。うってつけの街だったんだよ。カリフォルニアとメキシコとテキサスの各拠点の中間に位置していて、東西南北にのびた高速が街の中心を貫いている。おれたちはそれを潰そうとした」アルメンタが犬を抱きあげて膝にのせた。

「あのときの摘発のことは覚えてます。かなりの量の取引を阻止しましたよね。すごいことだったんでは？」

「まあね。マーティとおれは大規模な輸送計画を突きとめた。メキシコ経由でアルバカーキに届いて、マルコス・カルテルが街で集めた手下たちが加工してさばくことになっていた。マーティが家電運搬用トラック二台を捕まえたときは、二百万ドル相当のブツを摘発してやったと思ったよ」窓ガラスをこする凍てついた枝をアルメンタが見やる。「時速六十キロを超す風のなか、高速40号線の路肩にとめたパトカーの横に手錠をかけたイグナシオ・マルコスをすわらせて、おれたちはトラックの荷台を捜索した」また長い間。飼い犬までがアルメンタを見上げて話の続きを待っている。「〝おまえを金持ちにしてやる〟とマルコスは言いつづけた。マーティが黙れと何度言ってもマルコスはやめなかった。〝十万ドルやる。いますぐにだ。前の席のダッフルバッグに入ってる〟とね。〝そこまで馬鹿じゃない〟とマーティは返事をしたが」アルメンタが首を振る。「あいつがためらっているのがわかった。どうしようか考えているようだった」

「受けとったんですか」

「マルコスがトラックにはなにも積んでいないと言いだしたから、たしかめてみると、そのとおりだった。なにもなかったんだ。大手柄のはずが収穫ゼロ。空っぽのトレーラーを捜索してわかったのは、本物のブツはどこか遠くの道を運ばれているということだけだった」アルメンタが立ちあがって自分のカップにお代わりを入れ、湯気のあがるコーヒーをまた一気に飲んだ。わたしはカップに手もつけていない。

「釈放したんですか」訊くのが怖いくらいだった。

「その必要はなかったが、釈放した」アルメンタがまた窓の外に目をやる。「マルコスと高速の路肩にすわっていたら風が骨身にしみたよ。マーティがトラックの前まで歩いていってドアをあけた。そこにあった青いダッフルバッグを持ちだして、それきり人が変わってしまったんだ」

「ガルシアはどのくらい深くカルテルに関わっているんですか」そのことが及ぼす影響に考えをめぐらせる。

「いまか？　さあね。マーティはその金を数週間で使い果たした。ローンと奨学金の返済に充てたんだ。じきにもっと金が必要になった。それでマルコスの商売に目をつぶり、下っ端の売人たちが捕まらないよう、手を貸すようになったんだ。金の亡者《もうじゃ》みたいになって、あちこちに貯めこみ、裏庭にまで埋めてたな。恥ずかしい話、この家を買う金も出してもらったんだが」

「聞いたところでは、あなたは忽然と姿を消したそうですが」わたしはようやくほどよい温度になったコーヒーに口をつけた。

「耐えられなくなったんだ。嘘を重ねたり、悪事の証拠を隠したり、そういうことすべてに。だからいくらかの金を持って逃げた。マルコス・ファミリーはおれも関わっていたことを知っている。マーティの相棒だったからな。年金をふいにするまえに賄賂《わいろ》をもらうのをやめて抜けださなきゃならないのはわかってた。いざ年金をもらってみると、残された時間はいくらもないがね」

「アルバカーキでわたしが関わっている二件の事件を、あなたの元相棒が気にしているようなんです」相手が怖気づいてわたしを追い帰したりしないように、言葉を選ばないといけない。「ウィンターズ判事と家族全員が先週殺されました。確証もないのに、ガルシアは無理心中だと報告したんです。もう一件は若い女性が――」

「ウィンターズ判事が死んだ？」アルメンタは顔色を変えた。

「ええ。一家もろとも射殺されて」わたしはうつむいた。「判事は失職の理由になった事件について、訴えを起こそうとしていたところでした」

「まともに戻れとマーティには何度も言ったんだ。連中を刑務所にぶちこむ側に戻ろうと。だが、大量のヘロインとオキシコドンが送られてきていた。三百万ドル分の」アルメンタが指のささくれを引っぱった。爪は血がにじむほど噛みちぢめられている。「シナロアからアンテロープ・ウェルス国境検問所近くの砂漠を通って運びこまれていたんだ。あそこは国境警察官がひとりしかいないうえに、チワワ州エル・ベレンドの真向かいだ。月に四度は同じルートで運ばれていた。マーティの取り分は三割だった」

「あなたも取引に協力を？」アルメンタの目を見て訊いた。

「ああ、ふたりでやった」

「具体的にはなにを?」

「手順はいつも同じだった。イグナシオ・マルコスの右腕のマティアス・ロメロが国境のアメリカ側で待っていて、そこで荷を受けとり、25号線でアルバカーキに入って〈ピノの店〉という車の内装屋に持ちこむ。おれたちの役割は、マティアスが捕まらないように離れたところから見張ることだった」

「なにかあったんですか」すでに夜になっている。窓の外の雪の吹き溜まりが紫の影をまとっている。アルメンタがストーブの前へ行って二本の薪を火にくべた。

「麻薬取締局《DEA》はマーティとマルコスとの約束事など知りもしない。アルバカーキまで一時間ほどのところで、マティアス・ロメロのＳＵＶがフロントグリルに警光灯を隠した黒いトラック三台に囲まれた。おれたちは素知らぬふりでそこに近づいた。ＤＥＡの捜査官が十人がかりでマティアスを地面に組み伏せていた。マティアスは麻薬取引の罪で逮捕され、マーティにはどうすることもできなかった」

「ウィンターズ判事はどう絡んでくるんですか」ウィンターズのようなお堅い仕事の人間が、こういったことに深く関わっていたとは到底思えない。

「ウィンターズ判事はマティアスに二十年の刑を下したんだ。マーティは捜査を妨害しようとしていた。しまいにはウィンターズを脅して公訴棄却まで求めたんだ」アルメンタが床を見下ろす。「だが突っぱねられた。それで、ウィンターズを罠にはめて逮捕させたんだ」

アルメンタの説明によれば、マーティン・ガルシアは売春婦に金を渡して判事の車にドラッグを仕込ませたのだという。それからウィンターズをバーに誘ってビールに睡眠薬を混ぜた。市警本部の留置場で目を覚ましたとき判事にわかったのは、自分のキャリアが終わったことだけだった。

「判事は起訴内容に関して法廷で争おうとしている最中に亡くなったんです」

「マーティはウィンターズを失脚させればマルコス・ファミリーも納得するだろうと考えていた。だがファミリーは直接報復することを望んだようだな」

「そして実行したようです。子供や犬まで殺した」

アルメンタはわたしから目をそらした。「現場に行ったのか」

「撮影のために。悲惨でした」わたしは椅子から立ちあがって窓の外で降り積もる雪に目をやった。ここからどうやって帰ればいいか見当もつかない。この調子だと朝には車を出すのも難しくなっているだろう。「ガルシア刑事はアーマ・シングルトンを知っていましたか」

「マティアス・ロメロの恋人だな。マティアスが〈アポセカリー〉の奥の部屋で取引しているあいだ、表向きの商売を取り仕切っていた。ふたりはドラッグに混ぜ物をしてたんまり儲けていたよ」アルメンタは冷蔵庫の上の瓶を取っててのひらに錠剤を出し、コーヒーで飲みくだした。「アーマ・シングルトンはトラブルの種だとマーティは知っていた」

「不安要素ってことですね」アーマはなぜ自分がやっていたことを言わなかったのだろう。なんてことに引きずりこんでくれたのか。

アルメンタも近づいてきて窓のそばに立った。「アーマはおしゃべりで、マティアスの金を際限なく使っていた。いずれ痛い目に遭うだろうと思ってたよ」そこで間を置く。「なんの手も打たず面目ない。逃げだすだけで精一杯だった。心臓発作を装うのは書類仕事並みに簡単だった。辞めてからマーティとは話していない」

「話を聞かせてもらって感謝します、アルメンタ刑事」わたしは持ち物をまとめにかかった。

「空き部屋を使うといい、リタ。今夜帰るのは無理だ」

わたしはためらい、相手の意図を探ろうとした。

アルメンタは笑みを浮かべて毛布を数枚差しだした。「心配いらない。なにもしないさ」

第二十八章　ハッセルブラッド ポートレート

　大学は寂しいところだったが、実際にひとりになることはなかった。どこへ行っても学生の長い列ができていた。学資援助や食と住居の支援を求める列、履修登録や変更の列。ひととおり手続きを終えて、ようやく寮の部屋にたどりついた。スピーカーから流れるバウハウスのビートが聞こえてきた。ドアはあけっぱなしだった。

　ベッドにすわった女子学生は、書類によればメガン・ウリバッリという名で、長いつややかな黒髪と、黒のアイラインとマスカラで強調された黒い瞳の持ち主だった。シルバーのスパイクがついた黒革のチョーカーとおそろいのブレスレット、ふくらはぎまである黒革のブーツ。

「どうも」メガンが言った。

「メガンだよね、よろしく」わたしは手を差しだした。「リタよ。写真専攻の」

「どうも」

「それで、専攻は？」荷解きをしながらもう一度訊いてみた。

「医学」メガンはそう言って煙草に火をつけ、においをごまかすために消臭剤を思いきりスプレーした。「嘘。絵を描いてる。これ、わたしが描いたの」指差したのは、ザ・キュアーのロバート・スミスをモデルにしたモノトーンの肖像画だった。うまく描けていた。

わたしはベッドにすわって新品のニコンの箱を取りだした。ゆっくりと箱をあけ、なかをのぞいて新しいカメラを手に取った。プラスチックはつるつるで傷ひとつない。バッグからフィルムを出して背面にセットした。なかで装置が作動して回転する音が聞こえた。小さな軸をまわしてフィルムを巻きあげるのにすっかり慣れていたので、ニコンF5の自動巻きに感激した。

メガンが二台のベッドのあいだにある小さなコーヒーテーブルで煙草を揉み消し、カメラに見惚《みと》れていたわたしはわれに返った。部屋は狭くて居心地が悪く、おまけに煙草とシナモンアップルスプレーのにおいがぷんぷんしていた。でも、ここが新しい居場所なのだ。それは最高で、それでいて最悪な気分だった。この小さな部屋で、この彼女と、物憂《け》く気だるげな空気とともに暮らしていくのだ。

「写真を撮ってもいい？」

「なんで？」メガンはなにかを探しまわっていた。たぶん新しい煙草を。

「面白い人だなと思って」

「そんなこと言われたの初めて。撮って」わたしが写真を撮るあいだ、メガンは無表情でレンズを見つめていた。そして「煙草いる？」と訊いた。

ノーなんて言えっこない。


わたしは暇さえあれば写真スタジオの薬品臭と暗赤色の光のなかで過ごすようになった。現像タンクのなかに像が現れてくるのを見ているのが楽しかった。フィルムの棚、トング、スクイージー、ドライヤー、それがわたしの日常になった。

最初の二学期は必修科目のすべてで平均以上の成績を保ちはしたものの、本気で取り組んだのは映像写真講座の授業だけだった。メガンはわたしをすっかりニコチン中毒にしてしまった。おまけに、街のあちこちで行われている風変わりで実験的な映像イベントにわたしを連れだし、自分が捨てた元彼たちを紹介した。それに飛びついたりはしなかったけれど、パンクロック好きのさかりのついたサルみたいな男たちとはしゃぐメガンの傑作な写真はいくつも撮れた。アルバカーキには先住民やメキシコ系のパンクロッカーが大勢いた。彼らのポートレート写真もたくさん撮るようになった。とりわけ、毎週末の溜まり場になっていた小汚い〈サンシャイン・シアター〉で撮ることが多かった。薄暗いそのクラブには、安っぽい極小サイズのバーカウンターにスツール三脚とプラスチック椅子十脚があるきりだった。配管がひどい状態で、店全体に便器の尿石除去剤のにおいが漂っていたが、飲み物は安かったし、最高のパンクバンドが何組か来ることがあった。その店の金網フェンスの模様の黒い壁は、わたしの作品の多くに背景として登場することになった。

写真の授業は毎週火曜日と木曜日に六時間連続で行われた。写真制作の手順や技術について多くを学んだ。

「これはいいね」キッチンでカカシの壁時計とともに写した祖母のポートレート写真をジャーナリズムの授業で見せたとき、教授にそう言われた。クラス全員の目がしばらくその写真に集中した。「おばあさんの魂をとらえることができるなら、誰の魂でもとらえられるはずだ。この授業ではまだできていないようだが」

たしかにそうだった。わたしの作品は雑でつまらないものになっていた。写真を撮っているだけで、対象の本質をとらえてはいなかった。フォトジャーナリズムの授業とポートレートの授業の合間に学ぶべきことがまだまだあった。

ワークショップも残り数日になったとき、街をうろついて〝これだ〟と思えるものを探してみたものの、うまく見つからなかった。コーヒーを飲みにカフェに入り、店が混んでくると街の往来を撮りはじめた。仕事帰りの人々、車やタクシー、自転車、ベビーカー。

暗くなるまでそのカフェにいて、寮に帰る途中で墓地の前を通りかかった。

そこは街でもとくに古い墓地で、幹線道路やアパートメントに取って代わられる運命をまぬがれていた。昼間はその墓地を通りぬけて、キャンパスの反対側にある〈セブン - イレブン〉に行くこともあった。墓石に刻まれた日付はどれも一八〇〇年代初頭、アルバカーキがまだ西部劇の世界だったころだ。過酷な暮らしだったにちがいない。

夜にその墓地を歩くのは初めてだった。古い墓石のひとつひとつを明るい月が照らしていた。わたしはニコンを取りだして、ひび割れた墓石の上を飛び交うホタルのようなものにレンズを向けた。そんなものは見たことがなかった。月明かりのなかでわたしとわたしのカメラのために踊ってくれているようだった。

翌日写真スタジオに行って現像してみると、驚いたことに写真には閃く光がたくさん写っていた。尾を引いて飛び交っているもの、静かに漂っているもの、どれもが美しかった。霊たちが挨拶に来ていたのだ。気のいい霊ばかりで助かった。

教授は最後に撮った写真を見て「物悲しいが、そこがいい」と言い、どうやって墓地での撮影に光を写しこんだのかと訊いた。光の加工は一切していないと言っても信じてくれなかった。ただ笑って、Aをつけてくれた。二日後に祖母に見せたい写真をどっさり詰めた箱を抱えて帰省した。でも考えれば考えるほど、お気に入りの写真や逸話は祖母に喜んでもらえない気がした。わたしがどんな場所に行っていたか知ったら、震えあがるにきまっている。

卒業が数ヵ月後に迫ったころ、簡単には就職できそうにないと気づいた。写真の腕で食べていくすべを見つけるのが奇跡に等しいことは最初から覚悟していた。だから新聞社や地元誌など、あらゆるところに応募した。どこも採用してくれなかった。どうやって祖母の面倒を見よう、いつになったらあの家を直してあげられるだろう、卒業式のあいだもそんなことばかり考えていた。といっても、どのみちできることはなかった。祖母はわたしが居留地に戻ることを望んでいないから。考えるべきなのは、アルバカーキでしっかりと生計を立て、祖母のためにお金を貯めることだった。

〝事件現場撮影係募集〟という見出しがその広告にはついていた。給与、福利厚生、資格取得可。事件現場撮影係。思わず笑ってしまった。ナバホの人間にとっては最悪の仕事だが、給与と福利厚生という文字には心引かれた。番号にかけてみると、不愛想な声の男性に翌朝九時ごろに来るように言われ、がちゃんと電話を切られた。わたしはいい知らせを伝えようとトハッチーの祖母の家へ車を走らせた。

着いたとき、ミスター・ビッツィリーと祖母はキッチンでスイートロールと湯気を立てるコーヒーカップを前にしていた。わたしは写真の箱と高級なコーヒー、それに祖母の好きな〈ゴッドファーザーズ・ピザ〉のラージサイズのソーセージピザをわざわざアルバカーキから持ってきていた。ミスター・ビッツィリーは笑って、コーヒーのお供にと特大のひと切れを手に取った。

祖母は面接の話を聞いて激怒した。「どうして相変わらず死人にばかりこだわるの」

「幽霊たちのほうはどうなんだ？　まだつきまとわれているのかい」ミスター・ビッツィリーがピザを口に入れたまま訊いた。「そういう仕事をすると、もっとひどくなるかもしれん」

「死人ばっかりじゃないし。証拠品集めとか、自動車事故とか、調査とか。そういう仕事なの。警察みたいなものだから安全なはず」

「どうだかね」祖母は窓の外を見た。

「気をつけることだな」ミスター・ビッツィリーが言った。「なにか邪悪なものを感じたら、自分の服をここに送りなさい。祈禱するから」そう言ってもうひと口食べた。「おばあさんの家に悪霊を連れてくるんじゃないぞ」

第二十九章　ニコンＡＦ‐ＳＤＸ Ｚｏｏｍ‐ＮＩＫＫＯＲ55‐２００㎜ ｆ／３・５‐５・６ＧＩＦ‐ＥＤレンズ

アーマはわたしを休ませる気などないらしい。夢のなかで、わたしは〈アポセカリー〉の店内にいて、無口な酔客のようにカウンターの端にすわっていた。店内は活気と高級感にあふれ、沈みゆく夕日のなか、テーブルに置かれたキャンドルの温かい光が外のパティオにこぼれていた。

見ていると、アーマは倉庫で在庫チェックをはじめた。そこへ青いダッフルバッグを肩にかけた男が急に現れてアーマを驚かせた。スコッチの瓶が床に落ちて粉々に割れる。男は笑ってアーマの腰に腕をまわした。

「やめてよ、マティアス」アーマは身をよじってその腕から逃れ、ガラスを拾おうとした。

「今夜はくたくたよ」そう言って布巾を投げつける。マティアスはしゃがみこんで、破片とこぼれたスコッチを拭きとってゴミ箱に捨てた。

「悪かった。何時にあがる？」

「さあね。母さんにはあんまり遅くならないって言ってあるけど」

「鞄はここに置いていくよ」マティアスが酒とマルガリータ用の塩が並んだ棚の奥にダッフルバッグをしまいこんでから出てきて、アーマの額にキスする。「働きすぎるなよ」

アーマはにっこり笑ってカウンターに戻った。酒瓶を棚に補充してから金を数えはじめる。わたしが立ちあがるとスツールがきしみ、アーマが顔を上げた。近づいてきてわたしの目をまともにのぞきこむ。

「起きなさい！」アーマの吐く息がまわりの空気を冷たくする。

飛び起きると、アルメンタのソファの上だった。ブーツを履いたままだ。凍えるように寒い。夢があまりにもリアルで、夜どおし〈アポセカリー〉で飲んでいたような感じだ。頭痛までする。

家の外でトラクターのうなりが聞こえた。毛布をたたんでソファに置き、アルメンタがトラクターで私道を除雪する姿を眺めた。すでに谷間には日が差しこみ、積もったばかりの雪を解かしはじめている。

わたしは外に出て快適な自分の車へと小走りで向かった。

私道の先まで進んだトラクターが左いっぱいに寄ってとまり、重々しいエンジン音がやんだ。アルメンタが暖かい運転席から出てきてこちらに手で合図したので、わたしはバックで車を出した。ウィンドウを下ろす。

「悪かったね。起こすつもりはなかったんだが、女房に朝食を食べさせに行くのに雪をどけないといけなくてね」

「とんでもない」わたしは笑みを浮かべた。「泊めていただけてとても助かりました。本当にご親切に」

「気をつけるんだぞ、リタ」アルメンタはコートの襟を立てた。「ガルシアの件だが……本当は首を突っこまないほうがいい」

「ええ、どうも」手を伸ばして握手を交わした。「気をつけます」

アパートメントに戻ると眠気が襲ってきたが、考えるべきことが山ほどあった。アルメンタから聞かされた話のすべてが、ガルシアがしてきたことのすべてが頭のなかでぐるぐるまわっている。カルテルと手を組んだり判事を裏で脅迫したりといったことにまで手を染めているとは思ってもいなかった。

「寝る気じゃないでしょうね」いらだちで身をこわばらせたアーマが、すぐ隣にカラスみたいにちょこんとすわった。「あんたがいろいろ探りだせば、あたしもいろいろ思いだせる。怠けないで。聞いてる、リタ？　怠けてちゃだめ」

居間は冷えきっている。帰ってから一時間とたっていないのに、もうせっつかれている。「自分だって連中の一味だったくせに」アーマの隠しごとのせいで頭痛がひどくなる一方だ。「なにが行われていたか、知らなかったふりなんかしないで」

「あの子にいい暮らしをさせてやりたかったからよ、それがそんなに悪い？　母さんが守ってくれてるといいけど。さすがに子供までは襲わないはず、でしょ？」

「アーマのことは襲ったけど」アーマの怒りが押し寄せる。「連中はあなたとお腹の子を殺した。望むものを差しださなければ誰だって殺すはず」

アーマの憤怒《ふんぬ》と悲しみがレンガのようにわたしを打った。ぞっとするような絶叫があがる。ミセス・サンティヤネスにも聞こえそうだ。いや、アパートメントじゅうの住人に。

その声から逃れようとソファの上で身を丸めた。

「リタ！　いるのか？　いるって言ってくれ。ぼくだ。フィリップだよ。リタ？　リタ！」

はっと夢から覚め、身を起こした。時計を見ると――四時三十分。窓から光が差しこんでいるので午後の四時三十分なのはたしかだ。

ノックの音がやまない。

「なんの用、フィリップ？」

「リタ、頼むからあけてくれ」ドアをあけるとフィリップが拝むように両手を合わせていた。「大ピンチなんだ」奥へ戻ろうと後ろを向いたときコロンが香った。濃厚なにおいが口のなかにもまとわりつく。フィリップは腹を空かせた仔犬みたいについてきた。

「なんの用か言ったらどうなの、それとも当ててみろって？」すっかり気が立っている。冷蔵庫からビールを一本出すとふた口で飲みほし、空き瓶をカウンターに置いた。「なんだか調子が戻らなくて」

「今夜、大口のクライアントのパーティーがあるんだ。金持ちが集まってくる。丘の上のばかでかい豪邸を買った人がいるだろ、その友達連中だ。まさに芸術家気取りって感じの女性でさ。それはともかく、撮影を依頼してたカメラマンが来られなくなったんだ。先方はどうしてもカメラマンが必要だと言ってる。市長が来るから」フィリップはビールの瓶を手にして飲もうとしたが、空《から》だと気づいた。「いま、仕事は？」

「いまは入ってない。強制的に休まされてるみたいなもんだから」

「ああ、だったね」フィリップが未練がましく空き瓶を見る。

「それでなに？　金持ちのお友達の写真を撮れって？」

「ぼくの友達じゃない。クライアントだ。それに金は払うよ。千五百ドル。これからいっしょに車で行こう。パーティーは六時半スタートだ」

「千五百ドル？」悪くない。「何時間で？」

「六時半から十一時。そのあとはみんな酔っぱらって写真どころじゃなくなる」

「わかった。準備する」わたしはフィリップをドアの外へ押しだした。「それと、なにか食べるもの買ってきて……あ、飲み物も。あと、精神安定剤も一錠ちょうだい、あなたが使ってるやつ」

フィリップが驚いたようにこちらを見る。その目の前でドアを閉じた。

死体以外の写真はもう四年も撮っていない。生きた人間用の撮影ルールを思いださないといけない。クローゼットに行ってハンガーにかかった幽霊服を引っぱりだす。裏方として働く者なら誰でも幽霊服一式を持っている。アイロンのかかった品のいい黒のパンツに黒のシャツ、黒の靴と黒のソックス。この服装でいれば物陰から写真を撮っても誰にも気づかれない。気づかせてはいけない。そこにいてもいけない。わたしは暗がりで閃くフラッシュの光、シャッターを切る指だ。それでこそいい写真を撮れる。相手が笑顔になったところや、静かにくつろいでいるところをとらえられる（光の具合と背景の構成がよければなお望ましい）。対象にポーズをとらせたり、立ち方や表情を選ぶ隙を与えたりするのは好きじゃない。それではカメラを意識させてしまう。コツはその直前にシャッターを切ることだ。歯や髪を気にしていないありのままの姿でいるあいだに。

カメラバッグは満杯だ。少し張り切りすぎたかもしれない。レンズ四本とフィルターありったけ、カメラは二台。手っ取り早く稼げる仕事はそうそうない。コンピューターの横に置いてある特大の二百〜四百ミリのレンズが目に入った。よし、持っていこう。

二個目のバッグにそのレンズを詰めたとき、寝室のドアの奥でガシャンと大きな音がした。たしかめたくない気もするが、やはり気になる。ミセス・サンティヤネスの薬草液の瓶がひとつ割れていて、緑の破片がドレッサーの上に散らばり、金色の蓋はまだ床の上でまわっていた。姿は見えないが、アーマのしわざにきまっている。わたしはバッグふたつを持ってドアを出た。

ミセス・サンティヤネスが廊下に出てきていた。「大丈夫？　部屋から大きな音が聞こえたけど」

「大丈夫です、ミセス・サンティヤネス」

「なんだったの」訊かなくてもわかっているはずだ。小さな両手には赤いロザリオが握りしめられている。

「もらった瓶がひとつ割れてしまって」目を合わせられないままドアに鍵をかけた。

ミセス・サンティヤネスは十字を切ってぎゅっとわたしを抱きしめた。ありがたいことに、フィリップが階段をのぼってきた。もう出かける時間だ。

「あなたのためにに祈ってますからね、ミハ。気をつけて」

「この半年、ひたすらクライアントのご機嫌を取ってきたんだ」丘の上へと続くつづら折りの坂道を荒っぽいハンドルさばきでのぼりながら、フィリップが言った。「それこそ、飼い犬を動物病院へ連れていって、帰りにエプソムソルトまで買って届けたんだぜ。こっちはデザイナーだってのに。でもやりきった。なんでも言うことを聞いて、でかい仕事をもぎとったんだ」

峡谷の奥のこんな高いところにまで人家があるのは知らなかったが、このあたりの住民は月にでも家を建てられるくらいの資産があるのだろう。フィリップの話では、ベナビデス夫妻はこれまでのクライアントとは桁違いの金持ちで、九つのベッドルームと九つのバスルームを有する自邸の内装に二百万ドル以上をつぎこんだそうだ。わたしの役目は、パーティーに来た有力者ひとりひとりとベナビデス夫妻を写真に収めることだという。夫妻がゴージャスで大物で、人脈豊富に見えるように。

「ベナビデス夫妻はどんな仕事をしてるの」

「金と政治が絡むことらしい。でもその話はなしだ。せっかくボスに気に入られたんだから、台無しにしないでくれ、な？」

「なら、政治家のパーティーってわけ」

「この腐りきったチンケな大都会のお偉方のね！」フィリップが正面玄関の前に車をとめた。マニキュアの指をこちらに突きつける。「面倒を起こすなよ」

「わかってる。仕事しに来たんだし」

ベナビデス邸は砂地とヤマヨモギの茂みの上にそびえる三階建ての大豪邸で、褐色の漆喰が塗られた外壁は周囲の地面の色に完全に溶けこんでいた。大農場のランチハウスに似ているが、そこにコバルトブルーの窓枠がついた漆喰塗りの塔が加えられている。

わたしは部屋の隅から階段の吹き抜け、出入り口のそば、窓の前へと場所を移動した。お客は全員タキシードやイブニングドレス姿だ。男たちはプラチナのカフスボタンをつけ、女たちは特大ダイヤの指輪を指に食いこませている。低くくぐもった話し声に、ときおりわざとらしい笑いが混じる。市警本部長と郡保安官も来ている。政治家に市や州の高官、地元の有力者がそこらじゅうにいて、ワインを飲み、銀の大皿に並んだフィンガーフードをつまんでいる。優雅なものだ。顔に貼りついた笑み、交わされる握手、取引の合意、反《ほ》故《ご》にされる約束。片っ端から写真に収めていく。四時間後には千五百枚が撮れた。一枚一ドルだ。

窓の外で火が灯るのが見えた。煙草の火だ。誘惑には逆らえず、バルコニーに出た。

「すみません、一本いただけませんか？　お金は払います」わたしは一ドル札を差しだした。相手の男が首を振って煙草をくれる。一日じゅうポケットに入れていたみたいにぺしゃんこだ。男は最後にゆっくりひと吸いしてから、ミセス・ベナビデスのつややかな陶器の植木鉢のなかに煙草を突っこんだ。そして笑顔を見せてなかに戻ったので、わたしはひとり残された。

静かな峡谷に漂う夜気が心地いい。煙草をほぼ吸い終えたころ、下から話し声が聞こえた。潜めた声だが、高い壁に反響して一語一語がはっきりと聞きとれる。何人かがパーティーを抜けて臨時の駐車場のほうへ歩いていくようだ。

「やつを加えていいと誰が言った？」

「ここじゃまずい。場所を考えろ」

わたしは手すりから身を乗りだして下をのぞいた。タキシード姿の男も三人いるようだ。身振りと立ち姿にどことなく危険なものを感じる。日が沈んだあとなので顔は見えないが、マーティン・ガルシアの姿は事件現場で幾度となく目にしてきたので、シルエットだけで見分けがついた。とたんにアルメンタに聞いた話を思いだした。せっかくこの四時間はアーマ・シングルトンのことを忘れていられたのに。

「知るか。しくじるわけにはいかん」ガルシアの声だ。間違いない。「手を打ったはずじゃないのか」

心臓をばくばくさせながらカメラと望遠レンズを手に取った。もう一度バルコニーから身を乗りだして男たちの姿を写す。ガルシアがようやくこちらを向いたので、その顔をフレームいっぱいに収めた。シャッターボタンに指を置いたまま何枚もその顔を撮ってから、ズームアウトして残りの数人とともに写した。

男たちがそこを離れてめいめいの車へ歩きだす。最後にもう一度、全員を一枚に収めた。

次の瞬間、ことが起きた。自分の車のドアの前まで行ったガルシアがいきなり四歩引き返し、ひとりの男の後頭部を撃ったのだ。銃にはサイレンサーが使われていたが、男が倒れて息絶える音がはっきり聞こえた。そこで起きていることを、カメラの連写機能が一秒刻みにとらえていく。バルコニーから危なっかしく身を乗りだしたせいでカメラが手から滑り、フラッシュが手すりにあたって前庭を閃光で照らしだした。

あわてて身を引いたはずみに、漆喰でこすれて手に傷ができた。フラッシュに気づかれなかったはずはない。急いで機材をまとめて出口に向かった。

フィリップがわたしに気づいて広間の向こうから飛んできた。「どうかした？　まだ十一時になってないだろ」と腕時計を指でつつく。

「フィリップ、いますぐ帰らないと」パニックになりながら、隠れる場所がないかと目で探す。ここから逃げだすまえに男たちが探しに来るかもしれない。

「わかったよ、リタ。なにがあった？」

「車を貸して。ここを出なきゃ」

「車を？」フィリップは首を振る。「貸せないよ、わかるだろ」

しかたなく、じゃあねとも言わずにそこを飛びだした。息を切らして階段を駆けおりる。オーク材のばかでかいドアをそっとあけて外へ出た。誰もいない。くらくらする頭で、ほんの数分前に車がとめてあった場所をたしかめた。死体はどこへ行ったのだろう。血痕は見あたらない。車もない。ガルシアもいない。

暗い空を見上げ、自分がいたバルコニーを見ながら、なにが起きたのかと考えた。なにもかも妄想だったのか。アーマが見せた生々しい夢だったのか。

ガレージの陰に隠れて携帯電話を出そうとカメラバッグをあさった。そのとき、植え込みに投げこまれていた男がむっくり身を起こした。顔は肉と血の塊と化している。

男が首をまわし、凝視しているわたしに気づいた。「見たか？　さっきのあれを見たのか」

傷がよく見えるようになった。眼窩のすぐ下に大きな星形の射出創がある。肉は花が咲いたように爆《は》ぜ、潰れた眼球からこぼれた白濁液がそこに溜まっている。頬骨の上には空っぽの目袋がだらんとたるんだまま残っている。驚きで絶句していたわたしは、ようやくバッグの底から携帯電話を引っぱりだした。

911に電話する。

「ベルナリオ郡911です」

現在地を告げる。「警察の出動をお願いします。発砲事件です」それだけ言って切った。

幽霊が近づいてくる。「おれが見えるのか」

反応してはいけない。視線を素通りさせないといけない。片目が飛びだした状態でも相手が誰かはわかった。イグナシオ・マルコス。サンバダの麻薬カルテルの幹部として恐れられていた男。

「おれになにがあったか見たのか」幽霊が手の甲で顔の血を拭った。「やったのはガルシアだろ？　おれにこんなことをするやつがほかにいるか」

一刻も早くここを離れなくては。シャニースの携帯電話にかける。

「聞け、このくそアマ」耳に携帯をあてると幽霊が怒鳴った。「あのデブ野郎のガルシアに独り占めにされてたまるか。そんな取り決めはしてない。やつらはおれたちを皆殺しにするつもりだ」

突きだされた手がわたしの身体を突き抜ける。シャニースの電話は何度か呼出音が鳴ったあと留守電に切り替わった。いったん切って、もう一度かける。

幽霊が何度もわたしをつかもうとするが、そのたびに手が素通りする。「見えてるんだろ。わかってるぞ。話も全部聞こえてるはずだ！」

三度目でようやくシャニースが出た。

「ハイ！　フィリップから聞いたよ、金持ち連中といるんでしょ」ずいぶんご機嫌だ。

「シャニース、すぐに迎えに来て」近づいてくるサイレンが聞こえた気がする。

「やだ、今夜はどこにも行かない。あ、それにいまリタの部屋にいる。何日か泊めて」

「いますぐ迎えに来ないと、帰ってから首をへし折ってやる。すぐ来て、シャニース！」

「はいはい、わかった。場所は？」

第三十章　F値32

シャニースを待つあいだ、うるさい幽霊を振りきって屋敷を囲む石塀の陰に隠れた。こっそり見ていると、角ばった顎といかつい肩の男がオーク材のドアから出てきて、まっすぐリムジンに向かった。トランクをあけたときに顔が見えた。ガルシアの新しい相棒、バルガス刑事だ。タキシード姿の別の男がリムジンから降りて植え込みに向かう。ふたりはそこにあるイグナシオ・マルコスの死体を持ちあげた。腕と脚をつかんで運び、軽々とトランクに投げ入れる。そしてあたりを見まわした。誰かが――わたしが――見ていないかと。わたしは塀の外で身をかがめ、物陰から物陰へとすばやく隠れながら必死に殺人現場を離れた。

シャニースがカーブを曲がって現れたときには丘を半分ほどくだっていた。おんぼろのメルセデスがあえぐような音を立ててとまった。

「ちょっと、パーティーに行くんじゃないの？」シャニースががっかりしたように赤い唇をすぼめる。ドレスは非常ボタンの色だ。

わたしはカメラとバッグを後部座席に投げ入れて、ガタつくドアを閉じた。「いいから行って。屋敷には戻らない」

「どういうこと、リタ」シャニースがバス停に乗り入れて車を転回させ、縁石にタイヤをこすりながら坂をくだりはじめた。「なにやったの」

「コンピューターのある場所に行かないと」幽霊が追ってきてはいないかとわたしは丘の上を振り返った。ふたりの男に見られていないことを祈るしかない。まずいことになった。

シャニースが後部座席を指差す。「ノートパソコンがそこにあるよ。それでいい？」

「ばっちり。Wi‐Fiのあるところに行こう」デクランの番号が残っているようにと祈りながらポケットの携帯電話を出した。バッテリーが切れている。

丘を下りて街の北側に出たところに〈サテライト・コーヒー〉が見つかった。日干しレンガの箱みたいな建物に、ばかでかいコーヒーカップのネオンサインとUFOの看板を掲げたような店だが、そこそこ速いフリーWi‐Fiが使えて、まあまあのコーヒーが飲め、二十四時間営業している。車がとまるやいなや、わたしは後部座席のノートパソコンをひっつかんで電源を入れた。一刻も早く画像をメモリーカード以外にも保存しないといけない。マスターデータしかないと証拠は簡単に消されてしまう。

「さあ、入ろう」

「カフェイン切れでもうだめ」シャニースが財布に手を伸ばす。「わたしのも買ってきてくれる？　ここでWi‐Fiを拾おうかと思って」

「お好きに」

Wi‐Fiがつながると、カメラからメモリーカードを出してパソコンに差しこみ、千五百二十七枚の画像を一覧表示させた。ベナビデス家のパーティーでの握手や背中の叩き合いの写真は飛ばして最後の二十七枚を開く。あまりに鮮明に写っていて、見えているものが事実かどうか、目を疑わずにはいられなかった。

事実だった。

一枚目は、ガルシアをはじめ七人の男がパーティー会場から出てきたところで、じきに幽霊になるイグナシオ・マルコスも含まれている。ガルシアのすぐ後ろを歩きながら腕と口を動かしているところだ。千五百二十七枚目、最後の写真は、ガルシアがカメラのフラッシュを見上げたところで、その目はまともにレンズを見ている。この一枚は命綱にも命取りにもなるはずだ。いまこの瞬間もガルシアに見られている気がして、思わずあたりを見まわした。それはない。もしそうなら、とっくに殺されているだろうから。

一部始終をとらえた写真をすべて選択して自分のフリッカーアカウントに保存してから、メールにも添付して予備のバックアップ用アカウント三つに送った。アップロードのプログレスバーがゆっくりと動きはじめる。じれったいほどゆっくりと。カメラバッグからデクランの名刺を出してメールを書き、送りたい写真を添付した。同じものをアンジーとサミュエルズにも送る。ガルシアにこれ以上勝手はさせられないし、自分の頭がおかしくないことも証明しなくてはならない。でも、これで十分だろうか。相手は危険な連中で、警察も守ってはくれない。メールがようやく送信された。カードを抜いてカメラに戻し、それを見つめた。

シャニースが車に乗りこんでコーヒーを差しだした。「気取ったやつは好きじゃないだろうから、ミルクと砂糖だけ入れといた」

「ありがと」パソコンのうなりを聞きながらひと口飲んで舌を火傷《やけど》した。「ばっちり」

「それじゃ、行く？」シャニースがエンジンをかける。

「うちに帰りたい」と言ったものの、本当にそれがいい考えかはわからない。

「そんなのだめ」シャニースがミラーをのぞいて口紅を塗りなおす。「今夜はいっしょにクラブに行くの。車でコーヒーショップに行っただけなんて、おしゃれしたのにもったいない」

「シャニース。ベナビデス邸で発砲事件があった」

「リタが撃ったの？」シャニースが大声をあげる。「いったいなにに巻きこむつもり？」

「わたしは撃ってないって、シャニース。でも、一部始終を写真に撮った。だから、いまわたしといるとまずいかも」アルバカーキがちっぽけな田舎町みたいに思えてくる。連中はしばらくのあいだわたしを探しまわるはずだ。

「それって、わたしたち、マジで危険ってこと？　警察で働いてるんでしょ。電話して事情を話せば？」

「いろいろ見ちゃったんだ。警察に伝えたら、間違いなく喉を掻き切られるようなことを」

シャニースが絶句する。「まあ、これが初めてでもないか」しばらくしてそう言った。ずっと昔の警察でのしくじりのことはずいぶん話していなかった。「また幽霊を見たなんて言わないでよ」

「とにかく車を出して」わたしは通りのほうを向いたまま言った。「わたしが行きそうにないところに連れてって」

十五分後には、シャニースお気に入りのクラブ〈ロータス〉の前にいた。入り口のドアから音楽が漏れだし、ぴちぴちの黒Tシャツを着たマッチョで強面《こわもて》な白人ガードマンふたりが立っている。すでにビルの外壁に沿って長蛇の列ができている。黒ずくめのわたしの服装が完全に場違いなのはわかっていた。恋人のシャニースについてきたゴスの変人かと思われそうだ。やれやれ。シャニースがわたしの手を取り、ずらりと並んだおしゃれな客たちを尻目にずんずん前へ進んだ。みんなため息をついてぶつくさ言っている。シャニースはいつもそんな調子なので、入り口の大男たちもあえて止めようとはしなかった。

まっすぐバーに向かうとシャニースは言った。「コスモポリタンふたつ。いや、三つかな。いつ死ぬかわからないから、もう一杯」

「シャニース、そんな甘ったるいカクテルいらない」わたしは困惑顔のバーテンダーに言った。「わたしのはスコッチにして。それに誰も死なないから」

店内はいつものようにきらきらの服と網タイツとピンヒールの大女たちであふれていた。バーテンダーとDJとウェイトレスは、白い天使の翼に、赤いベストと蝶ネクタイ。まるきり八〇年代のクラブシーンだ。あたりにはスモークマシンのにおいが立ちこめている。

「踊ろ」シャニースが暗がりで真っ赤な全身をくねらせる。「ねえ、見て！」と指差した先にはフィリップがいた。こちらに近づいてくる。

「さっさと帰ったのは、ここに来るためだったのか？」フィリップが笑ってわたしの肩をつついた。

「違う。家に帰るつもりだったの。でも連れてこられちゃって」

「まあいいよ、リタ。たまには楽しめよ」フィリップがわたしを踊らせようとするが、そうはいかない。

バーテンダーが飲み物をカウンターに置いた。わたしはグラスをつかんで一気に飲みほした。

「リタが帰らないように見張っといて」シャニースがフィリップにそう言ってこちらをにらんだ。わたしは黙って帰ってしまうことで有名だからだ。

「帰らないってば」

「そうだ、リタが帰ってから、探しに来た男がいたよ。筋肉むきむきで、いい身体してた。新たな出会いってやつ？」

顔が火照るのを感じたが、フィリップが思っている理由とは違う。

「パーティーの撮影係はどこかと訊かれたよ。帰ったと言ったら、名前も訊かれた」

「なんて答えたの」

「なにも。友達だと言っただけだ。そこでミセス・ベナビデスに呼ばれたしね」

「もう一杯もらえる？」バーテンダーはじろじろわたしを見ながらも、新しいグラスにお代わりを注いでくれた。困惑と不安が押し寄せる。これでガルシアたちがわたしを探しているのがはっきりした。フィリップまで危ないかもしれない。「警察は来た？」

「警察？　本部長以外にってこと？」フィリップはもう酔っぱらっている。

「そう。パトカーが。ライトやなんかをつけて。わかるでしょ、警察よ」

「ぼくがいたあいだには来なかったな。きみが帰ったあと、十五分くらいして引きあげたんだ。なんで？　なにしたんだい」

「わたし？」二杯目を空にしてバーテンダーを見ると、またスコッチのお代わりが注がれた。

「もうやめときな」

その声は背後から聞こえた。振り返っても、グラスでいっぱいのトレイを持った小柄なブロンドのウェイトレスしかいない。

「あたしはスコッチが苦手でね」アーマが前にまわりこんだ。「時間を無駄にしてるよ、リタ。早く片をつけて」

わたしはさらにスコッチをあおり、アーマを無視して目を閉じた。

「聞こえないふりをしたってだめ。みんなを連れてきたっていいんだよ」

目をあけて熱気むんむんの店内を見渡すと、踊る客たちに交じってじっと立っている幽霊たちが見えた。二、三人が五、六人になり、さらに十人ほどに増えていく。知っている顔もいる。モーテルの部屋で穴だらけのナイトガウンを着ていた若い女性、ウィンターズ判事の妻と子供たち。冷えびえとした彼らの無念が骨の髄までしみこむのを感じ、目を伏せた。生気を吸いつくされてしまいそうだ。

強く腕をつかまれてわれに返った。「ほら、リタ。しゃんとしろよ」フィリップがポケットから茶色の小瓶を出す。「やりなよ」

「なに？」

「エクスタシーだ」フィリップが蓋をあけて吸引器に粉末を振り入れ、わたしの鼻の下に差しだした。「リラックスしなよ、リタ。たまにはくつろがないと」

ふかぶかと吸いこむと、舌に粉末の刺激と熱を感じた。残ったスコッチでそれを流しこみ、目を閉じて高揚の波を味わう。目をあけるとすべてが消えていた。幽霊もいない、声も聞こえない。あるのは全身を駆けめぐる温もりと幸福感だけだ。いつしかわたしは揺らめく人波の一部になり、周囲の人たちすべての熱に身を浸していた。シャニースとフィリップが音楽に合わせてわたしをくるくるとまわし、アルコールとエクスタシーが争うように身体の隅々へと行きわたっていく。わたしは目を閉じて身をゆだね、こうしてずっとこの靄のなかにいたいと思った。ガルシアだってこんなところには来ないはず。

早朝にクラブを出るころには、心地いい温もりは消えていた。エクスタシーが切れてきたせいで、身体の内側に霜が降りたみたいだ。

「きみを連れだせてよかったよ、リタ」フィリップがにっこりした。

「そう、週に二回もね！」わたしと腕を組んだシャニースがぶるっと震えた。シャニースも高揚が冷めてきたらしい。

「腹ぺこだ！」とフィリップ。「〈フロンティア〉はどう？」

〈フロンティア〉は街に欠かせない存在だ。いつでも湯気の立つ熱いコーヒーの香りで迎えてくれ、冬にはとくにありがたい。壁とボックス席は七〇年代のオールドウェストスタイル。馬車の車輪やオレンジ色の合皮がふんだんに使われ、日干しレンガ造りの家の絵があちこちに飾られ、ジョン・ウェインの特大ポートレートも二枚掲げられている。トイレがひどいのは有名で、鏡は割れ、アンモニア臭がしみつき、電話番号の落書きが長年そのままになっている。

朝食の看板メニューはむせるほど激辛のグリーンチリ・サルサが使われた特大ブリトー。それに顔よりも大きな、熱々でバターたっぷりのシナモンロール。日曜日の朝は地元民がこぞって詰めかける。大学の向かいにあるので、夜遊びのあとに行く場所としても人気だ。かつては終夜営業だったが、柄の悪い酔っ払いたちが喧嘩したり、銃を持ちだしたり、馬鹿騒ぎをしたりしたせいでやめてしまった。いまは夜に店を閉じ、はしご客が酔いつぶれたあとの朝五時から朝食を出している。

フィリップがカウンターの列に並んでいるあいだに、シャニースと窓際のボックス席を見つけた。ビルのほの青い影が歩道の東から西へ向かってのびている。市バスが騒音とともにやってきて乗客を降ろしては、また同じだけ乗せて去っていく。シャニースは見るからによれよれで、赤い口紅ははがれ、ドレスは皺くちゃで汗にまみれ、両手で頭を抱えている。見慣れた朝の姿だ。

誰かが窓ガラスを叩いた。

「早く助けて、リタ」アーマだ。「娘と母さんも助けて。やつらが次に誰を狙うかわかったもんじゃないでしょ。あたしたちを助けなさい。いますぐ。あたしたち全員を。わかった？」

「リタ。大丈夫、リタ？」シャニースがわたしの腕を揺すっている。「リタ、なに見てるの」と首をまわしてアーマのほうを向く。「そんな目をするの、子供のとき以来だよ」

わたしはシャニースに視線を戻した。「まだちょっとめまいがするみたい」フィリップにもらったクスリが幽霊を追いはらってくれたかと期待したのに、早くも戻ってきて目の前に並んでいる。

ウィンターズ判事と妻と息子がアーマ・シングルトンの隣に立ってこちらを見つめている。妻は赤ん坊を抱いている。銃創もはっきり見える。ぱっくりひらいた男の子の脳天、母親の額の穴、赤ん坊の目の下には銃弾がかすった傷。

「これはリタ」とアーマが険しい顔で言う。「あたしたちが死んだときに写真を撮った人よ。ねえ、リタ、あたしを覚えてる？　あたしを助けようともしなかったことを覚えてる？　覚えてるかって訊いてんの」アーマの憎しみの味と、灰色の皮膚から立ちのぼる死臭を感じる。

「今度はなんなの」シャニースがまた首をまわしてわたしの視線を追うのと同時に、幽霊たちは窓ガラスを突き抜けて座席を取りかこんだ。

「いいか」ウィンターズ判事が身をかがめて目を合わせようとする。「ずっとここに居すわってやるぞ、腐った死体のにおいしかしなくなるまで」

「ちょっとリタ、トリップしちゃってる」シャニースがわたしの顔の前で手を振る。「リタ！　戻ってきてよ、リタ」

トレイを持ったフィリップがテーブルの脇に立ち、まじまじとわたしを見ていた。シャニースの隣にすわって注文どおりにフードを分ける。「まだキマったまま？」と、わたしの腕を軽く揺すった。「大丈夫か、リタ。やりすぎた？　まいったな。量が多すぎたのかな」

ひと筋の血が唇に垂れた。すぐには止まりそうもない。どうすることもできないまま部屋を見渡した。後ろのボックス席は顔がない幽霊や目玉が飛びだした幽霊でいっぱいだ。左側の少し離れた場所には、ぼろぼろの服でかろうじてつながったばらばら死体。それがアーマだとわかるのはわたしだけだろう。

「その人の言うことを聞きな、リタ」死体がくぐもった声で言う。「もう容赦しないから」

ナバホ族の男もそこにいる。停職になる数日前に写真を撮った、ベンチの下で凍死していた人だ。座席のひとつにすわって、あの夜と同じように青白い顔でじっとしている。

「おれたちの姿が見えるとはね」男が口を開いた。「あんたナバホの人間かい」

「そう」思わず声に出して答えた。

「そう、ってなに？」シャニースがわたしの肩をつかんだ。「しっかりしてよ、リタ。ちゃんと食べなきゃ。正気に戻ってってば。ほら、食べてよ」氷水のグラスにナプキンを浸してわたしの鼻の下の血を拭う。

フィリップが首を振る。「覚えとかないとな、二度とクスリはやらせないって。きみには合わないみたいだ」

もう一度後ろのボックス席を振り返ると、幽霊たちは生きている家族連れに変わり、こちらを見返していた。いちばん幼い子が大蛇を手にしたプロレスラーみたいに母親の腕をぎゅっとつかんでいる。

「ほら、子供が怖がってるじゃないか」フィリップが口にものを詰めこんだまま言った。

「ナバホの人間で、幽霊が見えるのか」ナバホ族の幽霊がいきなり隣のテーブルに現れた。

「黙ってて」アーマが怒鳴りつける。「いつになったらあたしたちを助けるの」

わたしは向かいにすわったシャニースとフィリップに意識を集中させようとしながら、トルティーヤとチリをごっそりフォークですくって口に運んだ。大雑把に嚙んでコーヒーで流しこむ。くらくらする頭で、リノリウムの床に星形に滴った血を見下ろした。

「リタ、また鼻血が出てる」シャニースがナプキンの束を渡す。「ああもう」

「やっぱり量が多すぎたな。ぼくのせいだ」フィリップがまた口に食べ物を詰めこむ。

「リタ、この人たちを助けてあげて。助けてあげたらリタも帰れるから」知っている声だ。グロリア。わたしのすぐ隣にすわっている。なめらかでやわらかい肌、つややかな長い髪。

「リタ、聞いてる?」

自分が微笑むのがわかった。

「戻ってきた」シャニースがコーヒーカップを掲げた。「フィリップ、リタが正気づいたみたい」

「ああ、よかった。脳がいかれたかと思ったよ」

ドスンと大きな音がして、わたしは席から飛びあがり、後ずさった。フィリップとシャニースがびっくりしたように見上げる。ウィンターズ判事の幽霊がもう一度拳をテーブルに叩きつけ、その勢いでまわりにある鉢花やマクラメ編みのタペストリーが揺れた。「われわれを助けろ！」

フィリップとシャニースがまじまじと見ている。皿が動いたのにぎょっとしたようだ。ここを出なくては。わたしは出口へ駆けだした。

「リタ！　どこに行くんだ」フィリップの声が追ってくる。「リタ！」

振り返らなかった。身体はへとへとにくたびれているが、なにかに押されるように脚が前へ前へと進む。車の流れを縫い、朝のラッシュアワーの通勤や通学の人波をすり抜けて、ダウンタウン・ヴィレッジへと全力で走りつづけた。

最上階に着くと部屋のドアがあいていた。ミセス・サンティヤネスが自分の部屋から飛びだしてくる。

「ミハ。ああ、よかった、無事で安心したわ。本当によかった」

「なにがあったんです？」

「わからないのよ。今朝早く警察が来て、あなたの部屋のドアをノックしたの。まだ暗い時分だったから、それで目が覚めてしまってね。夫の夢を見てたのに。ああ、あの人の魂が安らかでありますように」

「なんの用か言ってましたか」

「いいえ。最後にはドアを蹴破って入っていった。大変な騒ぎでね。わたしは出ていかなかった。ほかの人たちもよ」

ふたりでわたしの部屋を見に行った。鍵は壊され、ドア枠は割れている。部屋のなかは滅茶苦茶だ。棚という棚は空っぽで、抽斗もすべて床に投げ捨てられている。コンピューターデスクの隣に置いてあったカメラは三台とも粉々だ。初めての自分のカメラまで。コンピューターの画面は端から端までひびが入り、点滅を続けている。デジタルアーカイブはデスクから消え、メモリーカードもバックアップも影も形もない。壁の写真は一枚残らず破り捨てられている。故郷の写真も、祖母の大判ポートレートも。無事なものはひとつもない。涙も出てこない。

「ああ、ミハ。こんなことになっていたなんて」ミセス・サンティヤネスがエプロンから卵を取りだして胸にこすりつけ、スペイン語で祈りはじめた。

「大丈夫です、ミセス・サンティヤネス。あなたを巻きこむわけにはいかない。だから、いますぐ部屋に戻ってください」ここを離れなくては、一刻も早く。警察は最初に来たときに見つからなかったものをまた探しに来るはずだ。わたしを。

「警察を呼びましょうか」

「いいえ。部屋に戻ってドアに鍵をかけてください」

「気をつけてね、ミハ」ミセス・サンティヤネスは戸口で立ちどまった。

「あやしい物音を聞いたら、電話するわね」

寝室のクローゼットの奥には自分でこしらえた小さな扉があり、着なくなったセーターの山で隠してある。なかをのぞいて、残りのカメラと母の写真のネガが入った箱があるのをたしかめた。なにより大事な母のカメラも無事で、バックアップ用ハードドライブ四台にも異常はない。パーティーで使ったカメラからメモリーカードを抜いてネガの箱に隠し、ハードドライブも元どおりに戻した。クローゼットを出て扉を閉めたとたん、心臓発作を起こしそうになった。


「なにこれ！」シャニースとフィリップが寝室の入り口に立っていた。「いったいなにごと？ リタがやったの？」

「ううん、やってない。なに考えてるのよ」

「だって、さっきはまだハイだったから。すごい勢いで通りに飛びだしていったし。なんなのよリタ、なにが起きてるの」

「署まで送ってくれたら途中で話す」

「待って、クビになったんじゃないの」シャニースとフィリップが出ていくわたしのあとからついてくる。

九時前にダウンタウン・ヴィレッジの駐車場を出た。「それで、どこに泊まるつもりだい」フィリップがバックミラー越しにわたしを見た。「あの部屋にはいられないだろ。警察には電話した？」

「してない。わたしを殺そうとしてる相手に電話しようなんて思いもしなかった」

「なんで警察のしわざだってわかるの」シャニースが助手席から振り返る。「リタだって警察の人間なのに？」

「聞いて。いまは警察の人間じゃない。あのことを知られたから。それだけ」

「知られたって？」シャニースがはっとする。「幽霊のこと？」

「幽霊のことって？　いったいなんの話？」フィリップが交差点でハンドルを切った。

「まあね」そわそわとウィンドウの外を見る。

「なんてこと。あの鼻血。考えもしなかった」

「なあ、幽霊のことって？　頼むよ、いったいどういうことか、誰か教えてくれよ！」

「なんでもない。いいから署まで送って。片がついたらちゃんと話すから。今夜電話しなかったら、なにかあったと思って」

朝早い時間なので署はひっそりしていた。いつものように正面入り口から入った。アンジーはデスクで電話中だった。通話を終えてわたしを見たとたん、立ちあがった。

「リタ。ここでなにしてるの」怒った顔だ。

「アンジー。話があるんです」

「ガルシアがゆうべあなたの逮捕状を請求したのよ。司法妨害で。三年のあいだ続けてきた捜査を台無しにされそうになったと言ってる」

「ガルシアは捜査なんてしてません。この街で次から次へと罪を重ねているんです、自分の悪事を隠すために。あらゆることに手を染めていて、どこから話せばいいか」話のあとで州立病院送りにならないことを祈るしかない。

アンジーが腕組みをした。「自分の言ってることがわかってる？　なにを訴えようとしているのか」

「わかってます。ガルシアは人殺しで、麻薬の売人で、嘘つきです。しばらく注意して見ていたんです。アルメンタと検死医とも話しました。調べはだいたいついてます。内務調査課にも一部は知らせたところです」

「ちょっと待って。捜査してるの？　リタ、あなたは刑事じゃないのに」

「お願いだから聞いてください。アーマ・シングルトンの件も、ウィンターズ判事の件も、全部つながってるんです」

アンジーの顔が怒りに赤く染まる。「また幽霊がどうとか言うつもり？」

「全部メールで送りました、アンジー。わたしの言うことを信じてくれなくてもいい。自分の目で見てください。すべてそこにあります」

「リタ。片がつくまで、あなたを勾留したほうがいいかしら」

「勾留？」わたしはドアを見る。「勾留なんてだめです。ガルシアに殺される。わたしのうちがどんなありさまか見てください。ガルシアはゆうべ人を殺したんです、アンジー」血の気が一気に引いていくのがわかる。ガルシアかカルテルの誰かに砂漠に埋められるまで、あと何時間あるだろう。

「ここにいるのがいちばん安全なはずよ」アンジーがドアに向かう。「どこにも行かないで」

アンジーが出ていくやいなや、アーマの幽霊がその椅子にすわった。「こんな馬鹿な話ってある？　なんで警察に来たのよ。あいつらもぐるなのに」アーマが椅子を揺らす。「あなたのためにやってるんだから、ちょっとはおとなしくしてて。仕返ししてやりたいんでしょ？　だったらあいつを刑務所に入れなきゃ」つい大きな声になり、誰かに聞かれなかったかとあたりを見まわした。「やれることはみんなやってるのよ、アーマ」

「あいつを刑務所に入れてくれなんて言ってない」アーマが立ちあがる。「地獄に落として。そしたら満足よ」

アンジーが戻ってきてデスクの前にすわり、しばらく黙ってわたしを見ていてから、どこかに電話をかけてスピーカーフォンにした。呼出音が二回鳴った。

「ガルシアです」

アンジーが黙ってというように唇に指を押しつける。アーマとわたしは口を閉じた。

第三十一章　F値22

「ゆうべベナビデス邸でなにがあったか聞かせて」アンジーが言った。

「すばらしいパーティーでしたよ、部長刑事」

アーマとわたしは顔を見あわせた。

「わかってるはずよ、ガルシア。あなたはうちの専門官を司法妨害の罪に問おうとしてる。なにがあったか確認する必要がある」

「復職したってことですか。停職になったと思ってましたが。あんな人間が警察の一員として認められる理由がわからない。妄想癖があるってのに」

「トダチーニ専門官の停職のことはあなたには関係ない。いいから、訴えの内容を説明して」

「ゆうべ彼女はベナビデス邸のパーティーに来ていて、あやうく〈ピノの店〉の潜入捜査をおじゃんにするところだった。そのときの写真を渡してほしい」

「ゆうべは警察とは関係のない仕事をしていたはずよ。あなたの捜査とどう関係が？」

「それはまあ、見てみないことには。写真を渡せば訴えは取りさげます。これまでの捜査が無駄になる危険がある」

「昨日、内務調査課に行ってきた。調査中の件で。そのことは？」

長い沈黙のあと、「なんの話ですか」

「〈ピノの店〉の捜査は打ち切ることになるでしょうね。あなたの件が——」

「そんな必要はない」ガルシアがさえぎった。「あと一歩なんだ」

シーヴァース部長刑事はさえぎられてかっとなったようだ。「なら、説明しなさい、ガルシア。もう何カ月もまともな報告をあげてないそうね」

「〈ピノの店〉の張り込み中で、じきに壊滅させられる見込みです」

「ウィンターズ判事の件はどう関わっているの？　高速道路で死んだアーマ・シングルトンは？　どういうことか話して」

「〈ピノの店〉の件を追っているうちに、彼らにつながったんです」そこでガルシアが声を張りあげる。「なぜです？　おれがメキシコ人だから汚いことをすると？　信用ならないとでも？　一度はマルコスを逮捕したってのに？」

「なにかが起きているのはたしかで、見過ごすことはできない。捜査の報告書を提出しなさい。出さなければ、バッジを剝奪して内務調査課に引き渡すことになる」

「必要なら今夜片をつけます」ガルシアが電話を切った。

ガルシアがどう片をつけるつもりにせよ、わたしにとって悪いことなのはたしかだ。

アンジーがわたしを見て眼鏡をかけ、コンピューターのマウスを操作した。

画面に表示されていく画像がレンズに映っている。

「これは昨夜のもの？」アンジーがスクロールを続ける。「ガルシアを署に呼びもどす」

「署には戻りませんよ。刑務所に行くか、死ぬかです」

「どっちにしろ、リタ、あなたは関わらないで」アンジーが立ちあがる。「ここにいなさい」とわたしに指を突きつけた。「あなたの安全のためよ」

アーマが笑った。「はいはい、わかってますって」

アンジーがオフィスを出て鑑識課に向かった。その姿が見えなくなると、わたしは署を出てタクシーに乗りこんだ。ぴったりついてくるアーマの霊もろとも。

第三十二章　F値16

　アルバカーキのダウンタウンは朝の大渋滞のさなかだった。わたしの案内でいくつか抜け道を通り、車はゴミ容器やときおり現れる段ボールハウスの住人をよけて進んだ。

「全体像が見えるのにこんなにかかるなんてね」アーマはフロントシートのあいだにちんまりとすわっている。「なにもかもおまわりのしわざだったってわけ」

「ガルシアのことは知らなかったの？」そうは思えない。アルメンタからはアーマも一味だったと聞いている。「あなたはマティアスと麻薬をさばいていた。なにも知らなかったはずはない」

「マティアスはあたしと娘が食べていけるように手を貸してくれてただけ」

「騙されないから、アーマ」

　運転手は誰と話しているのかと訝しげな顔で、バックミラーごしにこちらを見ている。視線を避けようとわたしはイヤホンを耳に入れた。

「マティアスは足を洗おうとしてた」アーマの声がかすれる。「〈ピノの店〉でやってることは聞かされてたけど、もう目をつけられてるからあそこは閉めるとも言ってた。仲間内で揉めごとも起きてるって。仲間というのがおまわりだとは聞いてなかったけど」

「アーマ、誰かが探しに来たと言ったでしょ。誰だったか覚えてる？」

アーマがわたしの隣に移り、白い瞳でウィンドウの外を見やった。「〈ピノの店〉のセドリックだった、イグナシオの甥《おい》の。逮捕されたマティアスにすごく怒ってた。それで仲間割れってわけ」

携帯電話がうなった。ミセス・サンティヤネスだ。不安で心臓が跳ねあがる。

「大丈夫ですか、ミセス・サンティヤネス」タクシーはセントラル・アベニューに入った。

「ミハ、おばあさんとお友達がここにいらっしゃるわ。あなたの部屋を見てびっくりされて――」

それをさえぎって祖母が話しだした。「じっとしていられなかったのよ、リタ」ミスター・ビッツィリーのまじない歌が後ろで聞こえている。「おまえの部屋を見たよ。どうなってるの、リタ」そんなに怯えた祖母の声を聞くのは久しぶりだ。

「いま向かってるからね、おばあちゃん。わたしが行くまでミセス・サンティヤネスの部屋を出ないで」

　ようやくアパートメントがある通りに入ると、祖母の古いピックアップが身体障害者用スペースにとめてあるのが見えた。ガルシアたちの車は――ない。

「寄っていく暇はないよ、リタ」アーマが座席を叩く。「あいつらが探してるものを見つけなきゃ。見つけるのを手伝って」

「こっちも緊急事態なの。敵意の塊みたいな刑事に追われてて、そいつが真っ先に探しに来そうな場所の隣に祖母が来てる」

　運転手はやばいやつだと言いたげにこちらを見つめている。料金を払って、わたしは全速力で階段を駆けあがった。

「待ってたわ」ミセス・サンティヤネスがわたしを部屋に引き入れた。

　祖母がぎゅっと抱きしめる。「おまえになにかあったかと思って」

「なんて姿だ、リタ。ひどいありさまだな」ミスター・ビッツィリーが近づいてきて、わたしの目をまっすぐ見てから肩をつかんだ。「関わるなと言ったのに」やれやれと首を振って、祖母と同じくらいきつく抱きしめる。「やはり連れて帰るべきだったよ」

「ふたりを助けてくれてありがとうございます」わたしは言った。

　ミセス・サンティヤネスはわたしたちに目配せをして、唇に指をあてた。「シーッ」ドアスコープから外をのぞく。脇にどいたので、代わってのぞくと、ちょうど階段をのぼってきた警官ふたりが壊れたドアからわたしの部屋に入っていくところだった。

「あなたの姿を見たのね」ミセス・サンティヤネスがまたシーッと唇に指をあてる。「戻ってくるのを一日じゅう待ってたのよ」そしてわたしたちをキッチンに案内し、やかんを火にかけた。「リタ、ここに戻ったのは危険だったようね」

警官たちが部屋から出てきて階段を下りていく。「帰っていった」

「あいつらはなにを探してるんだい、リタ」ミスター・ビッツィリーが訊いた。

「写真なんです」振り返ると、三人の視線が重しのようにのしかかった。「手遅れなのに。もう提出したから。いまはわたしを殺したいだけかも」

祖母が泣きはじめた。そんなこと言うんじゃなかった。

「あなたのためにずっと祈っていたのよ」ミセス・サンティヤネスがキッチンの一角を照らしている祭壇を示した。火の灯った蠟燭とセージの束がわたしの小さな写真を囲み、その奥に聖女の絵のついた大きな蠟燭が置いてある。聖女は波打つ黒髪をして、つややかな顔に安らかな笑みを浮かべている。ほかにもさまざまな置物が並び、小さな手編みのかごに敷きつめた薬草の上には卵が一個のせられている。このあいだまではなかったはずだ。

「これは？」ミスター・ビッツィリーが祭壇を指差した。

「お祈り用の蠟燭ですよ。リタのために祭壇をこしらえたんです」

「この聖女は？」祖母が蠟燭をしげしげと眺める。

「それは聖ヴェロニカ。写真家の守護聖女なんですよ。十字架を背負ったイエス様が苦しんでおられるのを見て、顔の血を拭えるようにとヴェールを差しだしたんです。あなたがたはカトリック？」

「ええ」祖母が答えた。

「わしは違うんです」ミスター・ビッツィリーは首から下げた小袋に手を入れた。薬草をつまんで蠟燭の上に振りかける。炎が揺らめいて大きくなった。「だが、きみの安全を守ってくれるものならなんでも信じるよ」

「へえ、みんなあんたの味方なんだね」カウンターにすわったアーマが言ったが、そちらは見ないようにした。「さあ行こう、リタ」

わたしはドアの前へ行って外をのぞいた。誰もいない。振りむいて言った。「片をつけなきゃならないの。心配だろうけど、大丈夫。戻ってくるって約束する」テーブルの上に祖母の車のキーを見つけてそれをひっつかんだ。

「だめ」祖母があわてて取り返そうとしたが、ミスター・ビッツィリーが止めた。

「みんなであなたのために祈ってますからね、ミハ」ミセス・サンティヤネスが十字を切った。「あなたが無事に戻るよう、みんなの力を合わせるから」

第三十三章　F値11

行き先にあてはないものの、アーマと〈アポセカリー〉の夢を見たことにはなにか意味がある気がした。たとえアーマにその意味がわからなくても。アーマは祖母のピックアップの助手席にちょこんとすわっている。小さな子供のようだ。「あたしの家に行ってくれる？　母さんと娘が無事かたしかめるだけ」

「それは危険だと思う、アーマ」わたしは信号で車をとめた。

「母さんの住所は誰にも教えてない。いつもあたしの家に来てたから」

行きたくはない。尾行されているかもしれない。でも折れることにした。「場所は？」

アーマの母親の住まいは古い街並みのなかに建つ感じのいいタウンハウスの一室だった。建物の周囲には背の低い白いフェンスがめぐらされている。アーマは緊張にかすれた声で部屋の場所を指差した。わたしはゆっくり車を進め、こちらを見張っている者かなにかが見あたらないかと目を凝らした。あたりに駐車場はない。通りの向かいの、消火栓の場所を示す赤い縁石の横に車をとめた。アーマに目をやると、すっかりおとなしくなってウィンドウの外を見ていた。

黒い服の人々がアーマの子供時代の家に出入りしている。夢に出てきたアーマの母親の姿も見える。かすかに笑みを浮かべて玄関に立ち、弔問客と握手を交わしている。ちょうどアーマの通夜の最中らしい。そんな偶然があるだろうか。アーマは知っていたのだろうか。

幼い少女が山盛りのニンジンの皿を持って家から出てきた。ポーチでアーマの母親の隣にすわっているもうひとりの女の子にニンジンを差しだしている。

「あの子がいる」アーマは痛々しいほど悲しげだ。重さを持たないその身体で家へ近づいていく。

「アーマ、待って」思わず声が出てはっとした。でもアーマは止まらない。わたしも仕方なくあとを追った。アーマが気の毒でたまらなかった。無理やり巻きこまれたことも、いまはどうでもいい。祖母の膝にすわってニンジンを食べている黒い服の幼な子を、アーマがどれほど深く愛しているかがわかった。自分の通夜に向かうアーマの幽霊を追って、わたしも吸い寄せられるようにポーチの階段をのぼった。

「ミセス・シングルトンですか」背後で聞き覚えのある声がして思わず振り返った。

ガルシアが呼びかけたのは悲しみに暮れる母親のほうだが、その目はわたしを睨《ね》めつけている。

「お悔やみ申しあげます、ミセス・シングルトン。アルバカーキ市警のガルシア刑事です。娘さんの事件を、こちらのバルガス刑事と捜査しました」バルガスはいつものように無言で会釈しただけだ。ガルシアが立ちつくしているわたしを手で示した。「こちらはリタ。鑑識課員です。だったよな、リタ？」

心臓が口から飛びだしそうな思いでミセス・シングルトンに手を差しだすと、ぎゅっと握り返された。「鑑識課のリタ・トダチーニです。お悔やみ申しあげます」アーマの幽霊が隣ですすり泣いていて、娘を思う気持ちがひしひしと伝わってくる。手を伸ばして抱きしめようとはしないのでほっとした。これ以上の悲嘆や怒りを目にするのは耐えられない。

ミセス・シングルトンはわたしの手を放そうとせず、さらに力をこめた。「娘になにがあったか、みなさんはいまも調べてくださってるの？」

「ええ、そうです」わたしはガルシアをにらんだ。

「あの子が橋から飛び降りるなんてありえない」ミセス・シングルトンが声を張りあげる。

「ねえ、聞いてます？」ポーチの反対側にいた客たちが振り返ってこちらを見た。

「お気持ちはわかります」ガルシアが低く言った。「このようなときにお邪魔して申しわけない」

「失礼します、ミセス・シングルトン」わたしも握られた手に力をこめた。「あらためて、お悔やみ申しあげます」

アーマには悪いが、いつまでもここにはいられない。早く逃げなくては。でも、どこへ？　心臓を波打たせながら祖母の車に向かった。ガルシアの敵意が背後から追ってくる。怯えが熱となって背中に突き刺さる。ふたりはすぐにわたしに追いついた。バルガスがわたしの腕をつかんで振り返らせる。アーマの霊はポーチの前でちらちらと揺らめき、そのまわりで娘がくるくると踊っている。バルガスの拳銃がみぞおちに押しつけられた。

「口は禍《わざわい》のもとだぞ。車に乗れ」

銃口が食いこんだままふたりの車へ歩かされ、頭から後部座席に押しこまれた。バルガスがわたしの隣に乗りこみ、ガルシアは運転席にすわって車を出してから、バックミラーでこちらを見た。わたしを殺すつもりだ。

「写真はどこだ」バルガスの声は低くくぐもっている。

「口がきけるの？　どっちなんだろうと思ってたところ」どのみち死ぬ。軽口で数分は時を稼げるかもしれない。

バルガスがまた銃口を食いこませる。あばらがきゅっと縮こまる。やはり稼げそうにない。

「なめた口をきいてる場合か、リタ」ガルシアが車の流れに合流する。

「写真は署に置いてある」と嘘をついた。ポケットのなかで携帯電話の振動を感じる。気づかれないのではという期待は〇・五秒で消えた。

「出ろ」ガルシアが命じる。「スピーカーフォンにするんだ」

「もしもし、リタです」この電話が助けになることはなさそうだ。

「リタ、内務調査課のデクラン警部補だ」デクランが咳ばらいをする。ガルシアがバックミラーごしににらみつける。「きみのメールを受けとった。シーヴァース部長刑事もここにいる。送ってきた写真のことで、署で話したかったんだ。ここを出るなと言われていたそうだが、いないようだね」バルガスがさらに強く銃口を押しつける。「リタ、聞こえないのか」

「いえ、聞こえてます。戻ってから話します。いまは運転中なので」

「写真のことだが、トダチーニ専門官」そこで間がある。「きみが目撃したことについて話をしたい」

「わかってます」ガルシアが奥歯を嚙みしめ、歯ぎしりする。「片をつけなきゃならないことがあるんです、個人的に。今日じゅうには署に戻りますから」

ガルシアが首を振り、ミラーごしに射るような目で見た。

「なにか問題が？」デクランが返答を待ち、こちらが黙っていると、続けて言った。「シーヴァース部長刑事がきみの身を心配している」

「大丈夫です」横目でバルガスと拳銃を見ながら答える。

「わかった、ではこれから裁判所で〈ピノの店〉の捜索令状を取る。今夜は強制捜査に入る見込みだが、明日には話をしよう」

「携帯を取りあげろ、バルガス」ガルシアが顔色を変えた。

バルガスがわたしの携帯を切って助手席に放ると、ガルシアがウィンドウを下ろしてそれを路上に捨てた。車は見覚えのある通りに入った。〈アポセカリー〉が入った建物の前で車がスピードを落としたとき、アーマの夢で見た場所だとすぐにわかった。

「さあ、知っていることを洗いざらい吐け。まずはおれのブツのありかを」

「ブツ？」ととぼける。

「百万ドル相当のだ」ガルシアが搬入口に通じる路地に車を入れた。「見つけるのを手伝え。今夜見つからなかったら、あのばあさんの家に戻って見つかるまで荒らしまわる」

ガルシアが車を降りると、バルガスがごつい手でわたしを後部座席から引きずりだした。自分の身に起きることを心配するべきなのだろう。でも、恐怖より怒りを覚えた。いま望んでいるのは制裁と答えだ。バルガスに小突かれながら古い建物の奥の通路を進んだ。壁の下のほうは一九二〇年代か三〇年代のままにしてあるようで、レンガと配管がむきだしになっている。ガルシアは息をあえがせている。

「先週アーマ・シングルトンを橋から突き落としたのはあなた？」わたしはガルシアに向かって訊いた。

バルガスがわたしを引き寄せ、エレベーターのボタンを押す。

アーマ殺害の件をわたしが知っていることに動揺したとしても、ガルシアは顔には出さなかった。「この痛む腰でか？　おれがあのデブ女を橋から投げ捨てられたなんて本気で思ってるのか」バルガスとガルシアがげらげら笑う。「ここにいるバルガスは若くて腕っ節《ぷし》も強い。それにいいやつだ――言われればなんだってやる」

「でしょうね」つい口に出したが、どうなるか考えるべきだった。バルガスが銃の台尻でわたしの額を殴りつけた。とたんに痛みが襲い、血の筋が頬を伝い落ちた。

ガルシアが胸ポケットに手を入れてハンカチを取りだす。「顔を拭け」

額を押さえるとこぶになっているのがわかった。エレベーターを降り、ホテル・パーク・セントラルの館内へ出た。このホテルは元病院で、最初は結核患者、次は鉄道職員、そして最後は精神疾患の子供の治療に使われていた。病院時代の遺物が〈薬局《アポセカリー》〉へと続く長い廊下に展示されている。古い医療器具や案内図、当時の衣類がガラスケースに並んでいる。この場所に出るという幽霊の噂を思いだした。ささやき声が聞こえるとか、廊下をぼんやりとした影がさまよっているとか。空気が重苦しく感じられるのは、ここに留まったままの病める霊たちのせいだ。

バーは夢で見たときと同じようにランチ客でにぎわっていた。まっすぐバーテンダーのところに向かった。腕はバルガスにつかまれたままだ。

「ご注文は?」

ガルシアが上着の前を開いてベルトにつけたバッジを見せた。「倉庫はどこだ」

バッジを見たバーテンダーは建物の奥を示した。ガルシアを先頭に、夢のなかでアーマが通ったのと同じ通路を進んだ。奥行きのある倉庫内には背の高いスチールの棚が何列にも並び、箱や酒類の在庫が詰めこまれている。マティアスがダッフルバッグを置いた場所ははっきり見ていないが、奥のほうだったはずだ。でも、そこには片隅に古い医療用のシンクが置かれているだけだ。

「本当にここにあるのか」バルガスが箱をあさりにかかる。探すのに夢中でわたしをつかむ手の力が緩んでくる。

ガルシアは一列ずつ順に調べていき、身をかがめて奥のほうをのぞいている。「マティアスはここだと言っていた」

「なんで嘘じゃないとわかるの」思わず大きな声が出た。

ガルシアが腰を伸ばして棚の向こうからわたしを見た。

「おれに嘘をついた人間がどうなるか知ってるからさ。やると言ったらやるってことをな」

アーマのこともそのひとつだったんだろうか。ガルシアはマティアスのほかの家族も脅したんだろうか。「マティアスが出所したらあなたを殺すはず」

「いや、それはない」ガルシアはわたしの前に来て足を止め、しゃがんでシンク下の青い戸棚をあけるとダッフルバッグを取りだした。「やつは死んだ。獄中の人間を始末するのなど造作もない」ガルシアがわたしの顔をのぞきこむ。「おまえも用無しだ」そしてバルガスに向かって言った。「車に連れていけ。おれは金庫の中身をたしかめる」

バルガスがわたしをエレベーターのほうへ引きずっていく。

「どうするつもり、バルガス」なんとか腕を振りはらおうとする。「放して」バルガスは笑うだけだ。腕力ではとてもかなわない。

目前に迫った死を避けるにはどうしたらいいだろう。廊下を進んでいくと、エレベーターホールでカップルが待っているのが見えた。いまだ、逃げるチャンスだ。

「放してよ！」ふたりの会話を掻き消すほどの大声を出す。「この人が暴力を振るうんです！」

「なにか問題でも？」男性のほうが連れから離れてバルガスと向きあう。エレベーターのベルが鳴った。

「いや、問題ない。この女性を逮捕したところだ」その瞬間、わたしは全力でバルガスから離れ、手を振りはらった。男性の腕の下をくぐってエレベーターに飛びこみ、必死に〈閉〉ボタンを探して震える指で押す。男性に止められたバルガスが、自分は警察官だと叫んでいる。目をまん丸にした女性が見えたのを最後に、ドアが静かに閉じた。

心臓を波打たせながら、各階を通過するたびに鳴るベルの音を聞いた。下に着くまでに止まらないだろうか。バルガスが相手を振り切って階段で先まわりしていないだろうか。途中の階で降りるか、それとも思いきってダッシュで逃げるか。少なくとも通りに出れば人目があるはずだ。

一階でドアがあくと、死刑執行猶予を喜ぶ間もなくセントラル・アベニューに飛びだし、息が切れるまで駆けつづけた。

イグナシオ・マルコスもマティアス・ロメロも死んだとなると、ガルシアが分け前を独り占めにするのに障害となるのはセドリック・ロメロひとりだ。ガルシアはアーマを母親と娘から奪い、わたしとわたしのかけがえのない人たちすべてを危険にさらした。祖母を、ミスター・ビッツィリーを、ミセス・サンティヤネスを、シャニースを、そしてフィリップを。内務調査課がガルシアのことを調べようが、アンジー・シーヴァースがようやくわたしのことを信じてくれようが、意味はない。撮った写真もガルシアの復讐から守ってはくれない。警察組織が悪徳警官を捕らえて罪に問うはずだと、どうして信じきれるだろう。警察が身内の人間、しかも国内有数の危険な犯罪組織に命を懸けて立ちむかった仲間を切り捨てる（と署員の多くは感じるはずだ）ことなどあるだろうか。それにガルシアを投獄したところで、息のかかったネットワークから安全でいられるはずがない。正義だけでは不十分だ。ガルシアが死ぬまで自由にはなれない。

残る手はひとつ――セドリック・ロメロのところに行くことだ。ガルシアが彼を殺そうとしていること、マルコス・カルテルを潰そうとしていることを知らせに行く。脚は痛むが、〈ピノの店〉は遠くない。

ブロードウェイの角を曲がったところで市バスが目の前でとまった。バスを見てこんなにうれしいのは初めてだ。そこに乗りこんで最前列にすわると冬だというのに汗が滴った。まわりにじろじろ見られているのがわかる。

「大丈夫ですか」運転手がバックミラーでわたしを見た。「誰かに連絡しましょうか」額のこぶからにじんだ血が眉に垂れてきたのがわかった。口をきくこともできない。「じっとしていたほうがいい、お客さん、救急車を呼びますから」

「いいから四番通りまで行って」袖で血を拭った。「助けは呼べます」

セドリック・ロメロは、シナロア・カルテルとの大口取引をガルシアが独占するのに邪魔な唯一の人間だ。わたしはガルシアの次の標的へと向かった。

第三十四章　F値8

〈ピノの店〉は四番通りを北へずっと行った場末の一画にあった。コンクリートブロックと漆喰塗りの建物で、家々と線路にはさまれて建っている。バスが四番通りとハネット通りの角でとまり、わたしは降り口に向かった。

「助けを呼んだほうがいい」と運転手が言った。「やはり救急車を呼びますよ」

背後でドアが音を立てて閉じた。店の駐車場には五〇年代や六〇年代の錆びた車が並び、車高の低い車やピックアップの改造車もいくつか置かれていた。重たい鉄のドアをノックすると男が出てきた。ズボンの前に拳銃を差している。

「あなた、セドリック・ロメロ？」

「おまえは？」拳銃に手がかかる。

「アーマ・シングルトンの友達。伝えたいことがある」

セドリックは続きを聞かなかった。腰の拳銃を抜いて店内を示す。「入れ」

古ぼけた店内にはマリファナの煙が立ちこめていた。カウンターやくたびれたテーブルのまわりにはギャング風の男たちが数人。ステレオから大音量で音楽が流れている。

「そいつを切れ」セドリックがひと声かけると、室内は急に静まりかえった。「用件は？」

「あなたの家族を殺した人間を知ってる」

薄汚れた室内にすわった荒くれ男たちがいっせいに身がまえる。

「おまえ何者だ。アーマのダチじゃないのか。あいつは死んだ。知ってるだろ」

「嘘は言わないと誓う。わたしは鑑識課の人間よ」

セドリックが拳銃の撃鉄を起こす。「おまえサツか」

考えが足りなかったらしい。「お願い、いいから証拠を見て」

「証拠って、なんの」ふたりの手下がわたしの背後にまわる。

「あなたのおじのイグナシオを殺したのがガルシアだという証拠」

セドリックが拳銃を下ろす。「あのデブ野郎にできっこない」

「いま見せる」わたしはデスクの上の埃をかぶった古いコンピューターを指差した。

セドリックに銃を向けられたまま、フリッカーのアカウントにログインして仕事用ファイルを開く。セドリックがわたしの肩越しにのぞきこむ。写真がゆっくりと表示され、ほの暗い光がセドリックの顔を照らした。

一枚ずつ写真が現れるにつれ、ベナビデス邸での一部始終が明らかになっていく。二十枚目の写真は倒れたセドリックのおじ。二十七枚目はガルシアの顔だ。

「昨日の夜、ベナビデス邸でガルシアがあなたのおじさんを殺すところを撮ったものよ。ガルシアは取引に関わった人間を皆殺しにしようとしてる。アーマ・シングルトンも殺させた。ハリソン・ウィンターズ判事とその一家も」セドリックの拳銃が怒りで震えだした。銃口はわたしに向けられたままだ。でも、もう怖くはない。

表のドアが閉まる音が響いた。ガルシアとバルガスが拳銃をかまえて入り口に立っている。セドリックもそちらへ銃口を向けた。手下たちもスツールやへたったソファから立っていっせいに拳銃を抜く。

「くたばれ、ガルシア」

「その女の言うことはでたらめだ」ガルシアが銃口をわたしに向ける。「もう必要ない」

そして引き金を二度引いた。

第三十五章　F値5・6

〈ピノの店〉の床に倒れたわたしの耳に、ミスター・ビッツィリーのまじない歌が聞こえた。身の内で鳴り響くほど大きく激しい歌声だ。喉がしゃがれ、ハンカチは汗でぐっしょり濡れている。祖母とミセス・サンティヤネスは歌に合わせて祈っている。顔は真っ青だ。わたしは必死に助けを求め、気づいてもらおうと呼びかけた。でも見ていることしかできない。三人の不安が血管のなかでどくどく脈打つのを感じる。

「なにかあったらしい」とミスター・ビッツィリーが言う。「リタになにかあったんだ」

鼻から血を流してよろよろと立ちあがる。

ノックの音がする。「このアパートメントに住んでいる者です。リタの友達です」ミセス・サンティヤネスがドアをあけると、フィリップとシャニースが立っていた。

シャニースは身を震わせ、濡れた髪からシャツに水を滴らせている。「リタを見てませんか」そこで、ミスター・ビッツィリーが濡らしたペーパータオルで鼻の下を拭いているのに気づいた。「それ、血ですか」

頭の奥にさらに情景が浮かぶ。ミスター・ビッツィリーがそこを出て隣の部屋の入り口をふさいでいる黄色いテープをくぐった。滅茶苦茶にされたわたしの住まいへそろそろと入っていく。そして声を振りしぼって歌いながら、煙と祈りを隅々まで行きわたらせた。ミセス・サンティヤネスも続いて入ってきて、ロザリオを握りしめてささやくように祈りを捧げはじめた。祖母もその横で祈っている。ひとところに立った三人の息の温もりが部屋の冷気を白く曇らせていく。身を寄せあったフィリップとシャニースは、窓ガラスの曇りが氷に変わるさまを見つめている。

エドウィン・ビッツィリーは口のなかに血の味を感じるまで歌いつづけた。歌いながら、途方もない隔たりを越えてわたしと目を合わせ、汚いモップとブリキのバケツの横に血を流して倒れているわたしを見つけた。そしてその場所へ向けて声を放ち、わたしに息を吹きこんだ。

第三十六章　F値4

激痛に目覚めるとわたしは〈ピノの店〉の床に倒れていた。腿にあいた穴からコンクリートに血がどくどく流れだし、脇腹にも銃弾が貫通している。視線のすぐ先にガルシアとセドリックの足がある。顔は血まみれの髪に隠れているので、そのまま死んだふりをした。

「ポリ公、銃を捨てろ」幹線道路からサイレンが聞こえてくる。「おまえのしくじりのせいであいつはムショで死んだ。ブツのありかを吐かせるのに何カ月金を払ってやった？　この能無しが」

次の瞬間、撃ち合いがはじまった。顔にぽっかり穴があいたセドリックが床に倒れた。わたしは横になったまま、痛みと闘いながら必死に身じろぎをこらえた。そのとき、ガルシアがすぐそばに倒れこんだ。喉をゴボゴボ鳴らし、目を見開き、血まみれの両手で襟もとをつかんでいる。自分の血で窒息しかけているのだ。すさまじい銃声がやんだ。火薬と鉄のにおいとくぐもったうめきが室内に充満している。

頭がずきずき痛む。腿の傷を手で押さえても、血はどんどん噴きだしてくる。意識が遠ざかっていく。

終わりだ。これがわたしの最期だ。麻薬の売人と悪徳警官とカルテルの幹部に囲まれて、床に転がったまま死ぬんだ。

命から遠ざかるにつれ、重さも痛みもなくなった身体がふわふわと浮かびはじめた。人がなぜ死に屈するのかわかった。最高だからだ、痛みがないのは。脚も頭も、全身くまなく心地いい。触れることのできない温もりがわたしを包みこむ。それは祖母の家のにおい、母の笑い声、そしていとこのグロリアの笑顔だ。その光と温もりのほうへ近づいていく。この世の一部でなくなっても、もうかまわない。

身体が跳ねあがり、息を吸いこんだ瞬間に痛みが戻った。音が聞こえ、救急救命士に手当てされているのがわかった。身体を押さえられ、目にはライトをあてられている。

なにを考えていたかは自分でもわからない。目を閉じたままでいれば、この世に引き戻されたという現実に向きあわずにすむと思ったのかもしれない。ようやく目をあけると、そこにいる死者全員が、ついさっきのわたしと同じように命から遠ざかる自分を眺めていた。

ガルシアが自分の胸を手当てする救命士たちを怒鳴りつけた。押さえれば押さえるほど血溜まりが大きくなっていく。ガルシアは死んだ。そして自分の死体から目を上げ、ストレッチャーの上で見ているわたしに気づいた。次の瞬間、目の前に飛んできた。「逃げられるとでも思ってるのか、くそアマ」

冷たい腕がわたしに突っこまれる。ぎゅっとつかまれるのを感じた。憎悪に満ちた力で。ふたたび意識が遠ざかっていく。

そのときアーマが見えた。アーマはガルシアの魂をタールの塊のようにわたしから引きはがした。店内をまばゆい光で照らし、ガルシアを白い燃えかすに変える。そして差しのべた手でわたしの手をつかんだ。魂たちが群れをなして横を通りすぎ、いっせいに光のなかに吸いこまれていく。最後の魂がいなくなるとアーマは手を放した。わたしも行きたかった。温もりを感じたかった。

なのに、胸に金属が押しあてられ、液体の光に貫かれたように衝撃が走った。アドレナリンだ。身体に逆戻りするのは、平手打ちを食らうような、一気に磁石に引き寄せられるような感じだった。

わたしは生きている。生きているのはアーマがそう望んだから、そして地上のどこかでみんながわたしのために祈っていたからだ。信じたくはなくても。

第三十七章　F値2・8

四日間の入院のあと、わたしはようやく目をあけた。病室には機械のうなりやブザー音が響いていた。開いた窓から見える世界はなにも変わらず、いつもどおりの時が流れていた。左脚に刺すような痛みを覚えて、起きたことを思いだした。記憶はおぼろげだが、ガルシアが死んだのはわかっていた。

アーマにきつい冗談を飛ばされそうな、早く起きろと怒鳴りつけられそうな気がして、あたりを見まわした。でも、そこにいるのはわたしだけだった。

いや——早とちりだった。

漫画柄の医療用衣を着た看護師がドアをあけて、明るい声で「おはようございます」と言いながらベッドの毛布をはがした。「脚は順調に回復してますよ。ラッキーね。あんなにひどく脚を撃たれたら、助からないこともあるんですよ。うまく動脈を外れてよかった」せっせと書類になにか書きこんでいる。「意識が戻ったことをご家族に知らせてきますね。何日もここで待ってらっしゃるから。上司の方からも目が覚めたら連絡をと言われているので、お知らせしてもいいかしら」

「それには及びません」アンジーが入り口に立っていた。

「アンジー」弱々しいしゃがれ声しか出なかった。

「無理しないで、リタ」アンジーが枕もとに来る。「なんて言ったらいいか。わたしたちに知らせようとしてくれてたのに」

「あいつは死んだんですよね」ガルシアの魂があの世に吸いこまれるのはこの目で見たが、それでも喉もとに恐怖がこみあげた。

「ええ、死んだ」アンジーがわたしの手を握る。「意識を失っているあいだに、あなたの復職手続きをすませておいた。ほら、保険のことがあるでしょ」と笑う。「まえに言ったことは忘れないで。辞めてもいい。望んでいなければ、無理して戻らないで」

　返事が出てこなかった。

「好きなようにして」アンジーが笑いかける。「デクラン警部補もあなたと話をしたいはずよ。事件についてまとめているところだから」長い間があった。「なにもかも、あなたのおかげよ」

「終わったことです」みんな死んだのだから。

祖母がさっそくミスター・ビッツィリーといっしょに入り口に現れ、枕もとに飛んできてわたしを抱きしめた。

「あとでまた話しましょう」アンジーはふたりと握手して出ていった。

「ふたりとも大丈夫？　いつからここにいるの」

「ずっとだ」ミスター・ビッツィリーが言った。祖母は黙ったまま涙ぐんでいる。「これが潮時じゃないかね。事件は解決した。霊たちは消えた。やめるならいまだ。もし――」

「わかってます、ミスター・ビッツィリー。霊たちを受け入れたら、取り憑かれてしまうんでしょ。アーマはいなくなった。わたしが仇《かたき》を取ったから。それで納得してくれた」わたしはふたりに笑いかけた。「いまはあの世へ旅してるとこ」

「まだ霊が見えるの？」祖母が沈黙を破った。

「もう見えないよ、おばあちゃん」祖母の手を取る。声が震えている。

「おまえの友達はふたりともいい人だね。部屋の片づけを手伝ってくれてるの」祖母がわたしの洗っていないべたつく髪を撫でつけようとする。「おまえが家に戻ってくれたらいいんだけど」

「そしてこの仕事を辞めてほしいんだ。邪悪なものを近寄せるのをな」ミスター・ビッツィリーがわたしのタディディーンバッグを手渡した。部屋のブラインドの紐に結びつけてあったもので、長いあいだ放ってあったのもお見通しのようだ。

「またあとで食べるものを持ってくるからね」祖母がわたしの手を握った。

「ああ、まずい病院食なんて食べるんじゃないぞ。あのせいで、このあいだは手術のまえより具合が悪くなったんだから」

第三十八章　絞り開放

愛する人たちに嘘をつくのはつらい。祖母とミスター・ビッツィリーには幽霊がいなくなったと言わなければならなかった。そうするしかなかった。

病室にはなにかの本を読んでいる男がずっとすわっていた。だいたい一時間ごとにその幽霊はため息をついてぱたんと本を閉じ、窓辺へ行って外を見る。わたしがそこにいるあいだじゅう、昼も夜もひたすらそれを繰り返していた。はてしなくそうしているせいで足の裏にマメができていることも忘れてしまったかのように。わたしに気づいたり、頼みごとをしたりといったことは一度もなかった。亡くなるときになんらかの認知症を患っていたのかもしれない。あらためて死とは不思議なものだと思った。病気にかかったまま死後の世界へ入った霊を見たのはそれが初めてだった。

ふたり目の訪問者はふた晩に一度やってきて、病室の床にモップをかけた。最初はその人を幽霊だとは思わなかった。足を引きずって歩いていて、仕事ぶりはとても熱心だった。

入院して二、三週間たったころ、わたしが部屋の奥から見ているのに気づいたその人は、「ほかに行くところがないんだ」と言ってバケツのほうを向いた。金属のモップが床をこする音がした。きっと永遠に、あるいはこの病院が崩れ落ちるまでモップをかけつづけるのだろう。

三人目はわたしと話すのが好きな女の幽霊だった。

「わたしの声が聞こえていますか」落ち着いた、カウンセラーのような口調だった。

わたしは黙っていた。

「どうかしら?」

わたしはそちらを向いて目を合わせたが、返事はしなかった。それくらいは心得ている。

「だと思った」その人はわたしに微笑みかけ、窓の前へ行ってそこから飛び降りた。毎晩のように。

ほかの病院と同じように、そこにも幽霊はあらゆる場所にいた。廊下で列に並んでいたり、待合室や理学療法室にすわっていたり、女子トイレに居すわっていたり、外のベンチで煙草をふかしていたり。セント・ジョセフ病院はあの世行きのバス停だった。目的地に向かうために来る魂もいれば、バス停の床で寝泊まりし、けっして来ないバスを待っている魂もいた。

医者の話では、半年間は松葉杖が手放せず、脚の機能が完全に戻るまでには丸一年かかるとのことだった。しばらくは理学療法と診察を毎日受けないといけない。それでも数週間後には鑑識課に戻ってデスクワークをはじめるつもりだった。怪我と治療費のことを考えると、現状のままでいるほうがよさそうだからだ。

前向きな気持ちも生まれている。身体の回復には時間がかかりそうだが、頭が覚醒したからだ。退院して帰宅した夜、アパートメントの廊下や部屋にたくさんの霊が棲みついているのを見て驚いた。最上階まで上がるあいだに、壁を出たり入ったりしている霊に五回も出くわした。感覚が研ぎすまされたらしい。

暗い居間にすわり、母のハッセルブラッドを膝に置いて、わが家の静けさを味わった。壁には新しく故郷の写真を飾るつもりだ。それに、これからは生きているものの写真を撮るようにして、新しい生活をはじめる。なにより、故郷の祖母とミスター・ビッツィリーにもっと頻繁に会いに行かないといけない。わたしはソファに頭を預けて目を閉じた。

すぐに眠りに落ち、夢を見た。本当に久しぶりに、楽しく穏やかなグロリアの夢を。ふたりで手をつないで、祖母の家を目指して北へと思いきり走っているところだ。光の具合は完璧で、夕日がグロリアの髪を燃えたたせている。脇腹が痛くなるほど笑いながらいっしょに羊の囲いのそばにある最後の坂を駆けあがった。

「グロリア」わたしは息を切らして言った。「もうあんなふうに置いていかないで」

グロリアは両手を腰にあてて微笑んだ。夕日の最後のひと筋がその顔を照らしていた。

「どこにも行かないよ」グロリアはそう言ってわたしの肩を抱き、祖母の家に入っていった。「わたしが必要でしょ」

祖母はいつも、白人になにかしてあげるのに見返りを求めてはいけないと言っていた。それは白人の生き方だ。なにかしてあげるのは、必要とされているからだ。自分がしなければ誰もしないからだ。

謝辞

この本の完成にご協力くださったみなさんに感謝します。

IAIA（アメリカンインディアン美術研究所）のロー・レジデンシー美術学修士プログラムとSWAIA（南西部インディアン美術協会）のディスカバリー・フェローシップには、本書執筆の初期の段階で支援をいただきました。議論を交わし、意見を聞かせてくれる作家仲間の友情にも感謝を捧げます。

先生や指導者のみなさんにも感謝を。イーデン・ロビンソン、アマンダ・ボイデン、ラモーナ・オースベル、リンダ・ホーガン、チップ・リヴィングストン、パム・ヒューストン、そしてライティング・バイ・ライターズ。草稿に目を通し、赤字を入れ、夢を託してくださってありがとうございます。

最大の支援者であり、擁護者であるみなさん。ジョーン・テュークスベリー、フィクションに取り組むことを勧めてくれてありがとう。世界がすっかり変わりました。いつも支えてくれ、信じてくれるベヴァリー・モリスにも感謝を。ナンシー・スタウファー・カフーン、一から十まで相談にのってくれ、先住民の口承文学について助言してくれてありがとう。

世界一の編集者であるジュリエット・グレイムズにも感謝を捧げます。ねばり強く支えてくれ、何年ものあいだわたしが戻るのを待っていてくれました。あなたは最高です。ソーホー・プレスのみなさんにも感謝します。みんなとても温かく迎えてくれました。

ママとジョセフ、応援してくれ、誇りに思ってくれてありがとう。

息子のマックス、夕食をとることを毎日思いださせてくれてありがとう。

そして親友であり夫であるケリーに特大の感謝を。いつでもそばにいてくれてありがとう。これからさらなる物語をあなたと紡ぐ年月に乾杯。

訳者あとがき

物心ついたときから、リタ・トダチーニは幽霊と話ができた。というより、霊たちが勝手に話しかけてくるのだ。

ナバホ族の居留地で育ったリタには、それはひどくやっかいな能力だった。ナバホの人々は死を強く恐れ、口にすることすら嫌う。白い目で見られてつらい思いもしたが、しだいに霊たちを遠ざけるすべを身につけ、アルバカーキ市警の鑑識課で写真係として働いて五年が過ぎていた。

ところがある日、高速道路の跨道橋から落下した女性の轢死現場を撮影したリタの前に、アーマというその女性の幽霊が現れ、自分は殺されたのだと訴える。犯人を突きとめなければ生き地獄を味わわせてやると脅し、しつこくリタにつきまといはじめたのだ。

幽霊の訴えを上司に伝えたところで正気を疑われるだけだ。アーマの死亡時の記憶が抜け落ちているため、肝心の真相もわからない。そもそも故郷の祖母やまじない師からは、幽霊と関わることを止められているのに……。恐ろしく押しの強いアーマの霊にせっつかれ、しぶしぶ事件を調べはじめたリタだが、やがてその背後にひそむ、国境を股にかけた大規模な犯罪組織と対峙せざるを得なくなり――

ニューメキシコ州アルバカーキ。化学教師が麻薬王にのしあがる大ヒットドラマ《ブレイキング・バッド》の舞台として知られ、全米で最も危険な都市ランキングにしばしば名を連ねる街。先住民やヒスパニックなど、複数の文化が織りなす豊かな伝統が息づく土地でもある。ナバホ族出身のラモーナ・エマーソンのデビュー作は、この混沌とした街にふさわしい、なんともユニークで盛りだくさんな物語だ。

冒頭、一章にわたって凄惨な轢死現場の撮影の模様が克明に綴られる。散乱した遺体片をひとつずつカメラに収めていくさまは、読み手もともにファインダーをのぞいている気がするほどの生々しさだ。じつは作者自身が、アルバカーキ市警や民間調査会社で事故現場などの映像撮影の仕事に長くたずさわっていたという。

緻密でダークな警察小説が展開されるかと思いきや、現れる幽霊たちは恐ろしくも賑やかで、物語はむしろ軽妙に進行していく。謎解きとおかしみと恐怖とスリルが絶妙にブレンドされ、総じてホラー・コメディ・ミステリとでも呼べそうな趣《おもむき》がある。

アーマの死の真相を探るその物語の合間に、リタの生い立ちの章が差しはさまれていく。リタが祖母と暮らしたトハッチーの集落は、ナバホ・ネイションと呼ばれる居留地にある。ニューメキシコ、ユタ、アリゾナの三州にまたがる約七万平方キロメートルの土地を持つナバホ族の準自治領であり、独自の政府や法制度に加え、警察組織も有している。トニイ・ヒラーマンによるリープホーン警部補&チー巡査のシリーズで知られるナバホ族警察だ。

ナバホ族を描いた作家といえばヒラーマンが真っ先に挙げられる。自身がトハッチー出身のエマーソンには、そのことが歯がゆかったという。白人作家の彼から自分たちの物語を取りもどすつもりで本作を書いたとインタビューで意気込みを語っている。

祖母の家での安らぎに満ちた幼き日々、カメラとの出会い、メディスンマンと呼ばれるまじない師の存在、独自の信仰や死生観。居留地での暮らしや家族との思い出がみずみずしい筆致で描かれている。生い立ちのパートはもともと回想録として構想されたものだそうで、作者や家族の実体験が随所に盛りこまれている。白人文化への同化を目的としたフェニックス先住民寄宿学校での経験を祖母が語る印象的なくだりも、やはり実話にもとづいているそうだ。

この回想録としての性格を際立たせているのが各年代を代表するカメラの存在であり、

それがそのまま章題となっている。やはり写真好きだった祖母のころから今にいたるまで、家族と主人公の使ってきたカメラはその時代の一瞬をとらえ、先住民として受けてきた苦難を、そして故郷への愛着を記録しつづけている。かつては文字を持たなかったナバホ族の、オーラルヒストリーの伝統に通じるものも感じられる。カメラはリタにとって、生きる上での相棒なのだ。

眼前のリアルを写しとるカメラと見えるはずのない幽霊を見る能力、この組み合わせが、現実感と浮遊感のあいまった不思議な読書体験をもたらしている。《USAトゥデイ》には〝この物語は単なるスリラーでも、単なるゴースト・ストーリーでもない。家族と歴史の話であり、文化の話であり、過去と現在の話であり、境界を越える話であり、自己発見の話である〟と評されている。

ミステリと回想録。まとまりに欠けたものになりそうなところを、〝霊能力〟というフックで見事に縫いあわせた稀有《けう》な一作、ぜひお楽しみいただきたい。

作者のラモーナ・エマーソンはニューメキシコ大学でメディア芸術を学び、IAIA（アメリカンインディアン美術研究所）で文芸創作の美術学修士号を取得した。前述の現場撮影係を長く務めたのち、現在はアルバカーキで夫とともに映像制作会社リール・インディアン・ピクチャーズ（https://reelindianpictures.com/）を営み、おもにドキュメンタリー映像の制作にたずさわっている。コミュニティの改革を目指すナバホ族の若きリーダーたちを追った*The Mayors of Shiprock*は、二〇一八年の地域エミー賞にノミネートされた。

修士課程在学中に書いた草稿に幾度となく手を入れ、十年近くの歳月を経て完成した本作は刊行されるや大きな注目を集め、二〇二二年の全米図書賞のロングリストに選ばれた。さらに二〇二三年のレフティ賞最優秀新人賞を受賞し、MWA（アメリカ探偵作家クラブ）賞最優秀新人賞最終候補、PEN／ヘミングウェイ賞最終候補にも選ばれたほか、アンソニー賞、マカヴィティ賞、バリー賞の最優秀新人賞など、多くの賞にノミネートされている。

リタ・トダチーニ・シリーズは三部作が予定され、次作の*Exposure*が今年十月に本国アメリカで刊行される。本作にも登場する田舎町ギャラップを舞台とした先住民連続殺人事件がテーマとのこと。今度はどんな幽霊がリタを悩ませるのか、楽しみに待ちたい。

二〇二四年五月

訳者略歴　京都大学法学部卒，翻訳家　訳書『マンハッタン・ビーチ』イーガン，『衝動』オードレイン，『ニードレス通りの果ての家』ウォード，『奇妙な絵』レクーラック（以上早川書房刊）他多数

HM=Hayakawa Mystery
SF=Science Fiction
JA=Japanese Author
NV=Novel
NF=Nonfiction
FT=Fantasy

鑑識写真係《かんしきしやしんがかり》リタとうるさい幽霊《ゆうれい》

〈HM⑲-1〉

二〇二四年六月 二十 日　印刷
二〇二四年六月二十五日　発行
（定価はカバーに表示してあります）

著者　ラモーナ・エマーソン
訳者　中《なか》谷《たに》友《ゆ》紀《き》子《こ》
発行者　早川　浩
発行所　株式会社　早川書房
郵便番号　一〇一 - 〇〇四六
東京都千代田区神田多町二ノ二
電話　〇三 - 三二五二 - 三一一一
振替　〇〇一六〇 - 三 - 四七七九九
https://www.hayakawa-online.co.jp

乱丁・落丁本は小社制作部宛お送り下さい。
送料小社負担にてお取りかえいたします。

印刷・三松堂株式会社　製本・株式会社フォーネット社
Printed and bound in Japan
ISBN978-4-15-186151-2 C0197

本書は活字が大きく読みやすい〈トールサイズ〉です。